슬픈 殺人

金聖鍾

추리문학사

슬픈殺人

차 례

1. 검은 바다

그날 오후, 해운대 바다는 잿빛도 아닌 검은 빛이었다. 하늘마저 검은 빛이었고, 그래서 수평선도 오륙도도 보이지 않았다. 바람이 몹시 불고 있었고, 굵은 빗방울이 바람과 뒤엉켜 휘몰아치고 있었다. 갈매기들의 울부짖는 소리가 유난히 시끄럽게 들려오고 있었다. 모래밭을 가득 메우고 있던 사람들도 모두 비바람을 피해 어디론가 모습을 감추었기 때문에 한여름의 바닷가는 오히려 갑자기 황량한 느낌마저 주고 있었다.

빨간색 르망 한 대가 빗속을 뚫고 바닷가 쪽으로 느린 속도로 내려오더니 호안도로가에 바싹 붙어섰다.

운전석에는 젊은 여자가 한 명 앉아있었다. 그녀는 까만 선글래스를 끼고 있었는데, 얼굴이 흰 탓으로 그 모습이 마치 흑백 초상화같이 선명한 대조를 이루고 있었다. 차 안에는 그녀 혼자 앉아있었다. 그녀는 차의 엔진을 끄고 녹음테이프에서 흘러나오는 음악도 꺼버렸다. 몇 시간 동안 차 안에 가득 차있던 엔진소리와 음악소리가 사라지자 갑자기 정적이 찾아왔다. 그녀는 그 정적과 함께 스며드는 적막감을 음미하기라도 하듯 한동안 꼼짝

하지 않고 앉아있었다.

서울을 출발한 것은 이른 아침 6시경이었다. 비가 내리고 있었기 때문에 느린 속도로 고속도로를 달려왔고, 도중 몇 군데 휴게소에서 식사도 하고 차도 마시느라 조금 지체하는 바람에 부산에 도착한 것은 오후 1시가 훨씬 지나서였다. 하지만 별로 피로감은 느끼지 못하고 있었다.

그녀는 바다를 바라보고 있다가 차창을 조금 밑으로 내렸다. 바다의 짠 내음새와 비바람이 몰려들어왔다. 무엇엔가 막혀 단단히 응어리져있던 가슴이 한꺼번에 확 트이는 것 같았다. 높게 일어선 파도가 모래밭 쪽으로 밀려와 부딪치면서 하얗게 부서지는 모습이 마치 풀어놓은 물감이 흰 띠를 두르는 것 같았다. 그녀는 빨갛게 칠해진 입술을 벌리면서 바닷바람을 깊숙이 들이마셨다. 그동안 탁한 공기와 술에 찌들었던 폐가 한꺼번에 말끔히 씻겨나가는 것 같았다.

부산에 온 것은 거의 2년만의 일이었다. 그동안 그녀의 머리속에서는 푸른 바다, 특히 해운대의 바다가 항상 떠나지 않고 있었지만 마음과는 달리 쉽게 시간을 내어 내려올 기회가 없었기 때문에 이렇게 내려오는데도 큰 마음을 먹어야 했었다. 모든 것을 훌훌 털어버리는 심정으로 서울에서 떠나왔던 것이다.

그녀는 가늘고 긴 손가락으로 던힐갑에서 담배 한 개비를 꺼내 입에 문 다음 라이터 불을 켰다. 재떨이 안에는 담배꽁초가 수북이 들어있었다.

호안벽 아래쪽만 때리던 파도가 갑자기 쿵하고 벽을 치면서 위로 솟구쳐올랐다. 그리고 그것은 덮치듯 그녀의 차 위로 쏟아져내렸다. 열린 창틈으로 바닷물이 날아드는 바람에 그녀는 물을 뒤집어쓰고 기겁을 했다. 하지만 기분이 나쁘기는 커녕 오히려 후련한 기분이었다.

창문을 올리고나서 그녀는 급히 차를 돌려 호안도로변에 있는 어느 카페 앞에다 갖다붙였다.

하늘은 더욱 캄캄해지고 있었고 비바람 역시 더욱 거세어지고 있었다. 거친 파도는 드넓은 바다 위에서 마음대로 몸부림치며 울부짖고 있었다. 갈매기들의 울음소리는 마치 칼날처럼 날카롭게 들려오고 있었다. 바람이 세차기 때문에 우산도 소용없을 것 같았다.

차에서 내린 그녀는 카페 출입구 쪽으로 뛰어갔다. 그 카페의 이름은 「바다의 침묵」이라고 했다. 2년 전에는 그와 같은 이름의 카페가 없었다. 건물도 새로 지은 것이었다. 지중해식으로 지은 조그만 2층 건물로, 흰 회벽 위에 주황색의 기와를 얹은 것이 단순소박하면서도 바다에 어울려보였다.

1층과 2층 전면에는 긴 테라스가 있었고, 거기에는 흰색의 의자와 테이블이 여러 개 놓여있었다. 그러나 비바람이 들이치고 있었기 때문에 거기에는 아무도 앉아있는 사람이 없었다. 「바다의 침묵」이라는 간판은 나무 판자에다 거칠게 각을 떠서 만든 것이었다. 카페 이름치고는 조금 이상하고 이색적이라는 생각이 들었다.

서화(西花)는 문을 밀고 안으로 들어갔다. 실내는 비를 피해 몰려든 사람들로 북적대고 있었다. 조용한 음악이 흐르고 있었지만 사람들의 왁자지껄 떠드는 소리 때문에 잘 들리지가 않았다. 마침 창가의 자리에서 한쌍의 남녀가 일어서는 것을 보고 그녀는 그쪽으로 걸어갔다.

서화가 차지한 자리 옆 테이블에는 아가씨들만 앉아있었다.

그리고 또 그 옆 테이블에는 남자들만 네 명이 앉아있었다.

남자들은 모두 부유한 집 출신인 듯 미끈하고 허여멀끔한 얼굴들을 하고 있었다. 거기에 비해 옆 테이블의 아가씨들은 하나같이 못생긴데다 차림새도 촌스러워 보였다. 그래서인지 몰라도 그녀들은 과장된 몸짓과 함께 남자들 쪽으로 자주 추파를 보내고 있었지만, 남자들은 그런 그녀들을 거들떠보지도 않고 있었다. 이를테면 자기들의 상대가 안 된다는 그런 태도였다. 그들의 시선은 오히려 지금 막 혼자 들어와 앉은 서화쪽으로 쏠리고 있었다. 그녀의 미모와 몸매는 남자들의 시선을 끌기에 충분할 만큼 뛰어나보였다.

「야, 근사한데.」

뚱보가 침을 삼키면서 말했다.

「드디어 나타난 것 같은데.」

매부리코가 피우던 담배를 비벼껐다. 기다리던 사냥감이 마침내 나타났다는 말에 모두가 긴장하는 표정이 되었다.

「서울 넘버를 달았어. 서울서 내려온 모양이야.」

안경을 낀 젊은이가 밖에 세워져있는 빨간색 르망을 내려다보면서 말했다. 그는 넷 중에 몸집이 제일 작아보였다.

「가슴도 풍만해.」

그는 가슴이 큰 여자를 좋아하고 있었다. 고무풍선처럼 풍만한 젖가슴 사이에 얼굴을 파묻고 잠자는 것이 그의 소원이었다.

「저런 가슴 속에 얼굴을 한번 푹 파묻어봤으면 원이 없겠다.」

「그 말 할줄 알았다. 넌 어릴 때 엄마 젖을 별로 빨지 못하고 우유만 먹고 커서 그런 거야. 그래서 젖가슴 큰 여자만 보면 환장하는 거야.」

뚱보의 말에 안경은 인정한다는 듯 고개를 끄덕였다.

「그, 그건 그래. 난 할머니 밑에서 컸거든. 할머니의 쪼글쪼글 말라붙은 가슴을 만지면서 말이야.」

여자가 오른쪽 다리를 들어 왼쪽 다리 위에 포개놓자 미니스커트 밖으로 흰 허벅지가 고스란히 드러났다. 육감적인 느낌을 주는 미끈한 다리였다.

미니스커트는 검정색이었고, 위에 입고 있는 블라우스는 흰색이었다. 검정과 하양의 서로 대비되는 색깔이 그녀의 미모를 한층 뚜렷하게 돋보이게 해주고 있었다. 분명 그녀의 차림새에서는 세련된 감각이 느껴지고 있었다.

「저 다리좀 봐. 기막히게 늘씬해. 벌써부터 손이 근질근질해지는데. 쟤는 내가 찍었으니까 너희들은 넘보지 말고 옆에서 지원이나 해.」

표범 같은 눈을 가진 청년이 눈을 번득이며 말했다. 그의 말이 끝나기가 무섭게 뚱보가 턱을 앞으로 내밀었다.

「웃기지 마. 쟤는 내가 찍었어. 들어서는 순간 내가 콱 찍었단 말이야.」

「그런게 어딨어? 나는 뭐 병신인줄 알아? 나도 찍었어.」

매부리코가 콧잔등에 주름을 잡으며 끼어들었다.

안경만이 그 대화에 끼어들지 않은채 안경을 닦으면서 쿡쿡 웃었다.

「난 포기할테니까 잘들해봐. 너무 키가 크고 육감적이라 나한테는 어울리지 않아. 저런 풍만한 가슴에 짓눌리면 나 같은 놈은 숨도 못 쉬고 질식하고 말 거야. 너희들이 먹고나서 혹 남는 것이라도 있거들랑 그것이나 줘. 난 그것으로 족하니까.」

그 말에 뚱보와 매부리코, 그리고 표범은 낄낄거리고 웃었다.

「역시 너는 하이에나 같은 놈이야. 남이 애써서 잡아놓으면 옆에서 가만히 기다리고 있다가 잽싸게 훔쳐먹기나 하고.」

「힘이 없으니까 그렇지. 그건 힘없는 자의 생존법칙이야.」

「힘이 없긴. 하이에나란 놈은 죽은 짐승고기를 탐하지만 성격이 포악하고 교활하단 말이야.」

이번에는 웃음소리가 더욱 크게 터져나왔다. 웃음소리가 커지자 다른 사람들의 시선이 그들쪽으로 쏠렸고, 서화도 잠시 그들을 쳐다보고나서 바다쪽으로 시선을 돌렸다.

「머리에 피도 안 마른 것들이…….」

그녀는 속으로 중얼거리면서 갈매기들을 눈으로 좇았다.

바다새들은 다른 곳으로 날아가지 않고 계속 바닷가 하늘을 맴돌며 울부짖고 있었다. 그들이 왜 그곳에서만 날아다니고 있는지 그녀는 그 이유를 알 수가 없었다.

「노브라야. 젖꼭지좀 보라구.」

무슨 큰 발견이나 한듯 표범이 눈을 번득이며 재빨리 속삭였다.

그녀가 마침 오른손을 들어 머리칼을 쓸어올리는 바람에 가슴께가 더욱 두드러져 보였다. 하이에나가 한숨을 내쉬었다.

서로가 먼저 찍었다고 하는 바람에 결론은 쉽게 날 것 같지 않았다. 아무도 양보할 기색을 보이지 않고 팽팽하게 대치하고 있었다.

「공동으로 소유하는 게 어때?」

매부리코가 기발한 제안이라도 한 듯 말하자 그들은 또 한 번 낄낄거리고 웃었다.

「그건 여자 마음에 달렸어. 저 기집애가 누구를 찍느냐에 달려있는 거야. 혼자서 우리 네 명을 동시에 상대하겠다면 별 문제가 없겠지만, 그렇지 않고 누군가 한 사람을 찍으면 나머지는 볼장 다보는 거지 뭐. 그러니까 우리가 찍는 건 아무 소용 없고 저 기집애가 우리를 찍어야하는 거야. 김치국 마시지 말라구.」

뚱보가 제법 아는 체를 하며 말했다.

「저 기집애가 과연 누구를 찍을까? 그리고 만일 아무도 찍지 않으면 어떡하지?」

매부리코가 걱정스러운 듯 말하자 표범이 공격적인 표정이 되면서 대꾸했다.

「그런 걱정하지 마. 해운대에 온 계집애들은 모두 바람나서 온 것들이야. 말 안 들으면 강제로라도 납치해서 작살내버리는 거야. 나한테 맡겨.」

「그래. 그런 건 네가 잘하니까 한번 해봐. 네가 첫번째 공격을 맡아. 첫번째 공격에 실패하면 다음에는 네가 공격하는 거야.」

뚱보가 매부리코를 손가락으로 가리켰다.

「좋아. 내가 첫번째 총대를 메지.」

표범이 가슴을 펴면서 자신만만한 투로 말했다.

「그대신 말이야. 성공하면 보상이 있어야 할 거 아니야. 만일 성공할 경우 나는 이번 여행 경비를 한푼도 내지 않기로 한다. 어때?」

「그건 좀 너무 한데…….」

하이에나가 마땅치 않은 듯 말하자 뚱보가 손을 흔들었다.

「좋아, 좋아. 그대신 실패하면 어떡 하지?」

「하인으로 삼는 거야. 밥도 하고 양말도 빨고 잔 심부름도 하고…… 하여간 우리가 불편하지 않게 해주는 거야. 이때?」

매부리코가 코끝을 어루만지며 짓궂게 미소를 지어보였다. 표범은 그를 노려보다가 주먹을 쥐면서 결심한 듯 고개를 끄덕였다.

「좋아. 약속은 지켜야 해.」

「장도를 축하한다. 부디 몸조심해서 잘 갔다와. 우리는 네가 무사히 돌아올 때까지 잠 한숨 못자고 기다리고 있을 거야.」

뚱보가 표범의 어깨를 두드려주면서 말했다. 그것을 보고 하이에나가 한숨을 내쉬었다.

「아, 아름다운 꽃이 이리떼한테 짓밟힐 날도 머지 않았구나! 불쌍도 하지. 내가 힘이 있으면 보호해 주련만. 저렇게 아름다운 여자는 쳐다보고만 있어도 배가 부를 거야. 아무 것도 먹지 않아도 살겠어. 도대체 무슨 일을 하는 아가씨일까? 저런 아가씨도 화장실 출입을 할까?」

킬킬거리는 웃음소리가 잔물결처럼 일었다.

하이에나는 계속 중얼거렸다.

「학생은 아닌 것 같고, 그렇다고 오피스걸도 아닌 것 같고……」

「학생이나 오피스걸 치고는 너무 화려하게 생겼어. 자유직업을 가진 여자 같아.」

「자유직업이 뭐야?」

「그것도 몰라? 집에서 놀고 있는 것도 자유직업이야.」

「집에서 놀고 있는 기집애 같지는 않은데…….」

그때 여자가 몸을 일으켰다. 젊은이들은 대화를 멈추고 그녀의 움직임을 지켜보았다.

「야, 저 엉덩이좀 봐. 보면 볼수록 정말 근사한데.」

뚱보가 침을 삼키면서 말했는데, 목소리가 너무 컸기 때문에 그말을 들은 옆테이블의 아가씨들이 까르르 소리내어 웃었다.

그러나 그녀들은 이내 새쭉한 표정으로 돌아가 서화의 뒷모습을 힐끗거리며 쳐다보았다.

조금은 무거워보이는, 그러면서도 탄력있는 엉덩이가 팽팽해진 스커트 안에서 안타깝게 흔들리고 있었다.

「어휴, 저걸 그냥…….」

매부리코가 참을 수 없다는 듯이 말했다.

공중전화 앞으로 다가선 서화는 백원짜리 주화를 한 개 집어넣은 다음 다이얼 번호를 재빨리 하나씩 눌러나갔다.

이윽고 신호가 떨어지면서 노쇠한 남자의 껄끄러운 목소리가 들려왔다. 그녀는 끊을까 하다가 말했다.

「강유미씨 계십니까?」

그녀의 말소리는 서울 말씨로 또박또박 끊는 맛이 있었다.

「어디시오?」

남자는 꽤나 무식한 투로 물어왔다.

「유서화라고 합니다.」

「잠깐 기다려 보슈.」

조금 있자 높은 옥타브의 맑은 목소리가 들려왔다. 서화는 그 목소리가 싫었다. 그러나 싫더라도 앞으로는 들어야만 할 것 같았다.

「지금 어디 있어? 도착했니?」

「네, 지금 해운대에 있어요.」

「해운대? 왜 이쪽으로 오지 않고 해운대로 갔어?」

「맨 먼저 바다가 보고 싶어서요.」

「넌 아직도 여전히 소녀구나. 보고 싶으니까 빨리 와. 그리고 피곤하겠지만 일부터 해야겠어. 그렇잖아도 네가 도착하기만을 기다리고 있었어.」

「언니, 그런 이야기는 나중에 해. 오늘은 아무 일도 하고 싶지 않아. 며칠 동안 아무 일도 하지 않고 쉬고 싶어요. 전 지금 몹시 피곤해요. 심신이 지쳐있어요. 그리고 나 돈이 좀 필요해서 그러는데 그때 밀린 것좀 갚아줘요.」

「그런 건 걱정하지 마. 이자까지 쳐서 갚아줄테니까 빨리 오란 말이야. 너한테 아주 적당한 사람이 있어. 아무한테나 소개시키고 싶지 않아서 그래. 돈도 많고 아주 멋진 일본 사람이야. 굉장한 부자야.」

서화는 상대방의 말을 믿지 않았다. 유미의 말은 반쯤 접어두고 들어야 옳다는 것을 그녀는 경험을 통해서 알고 있었다.

「언니, 오늘은 정말 피곤해서 일하고 싶지 않아. 손가락 하나 까닥하고 싶지 않아요.」

그녀는 혹시 누가 엿듣지나 않나 해서 뒤를 힐끗 돌아보았다. 네 명의 젊은 사내들이 그녀를 주목하고 있는 것이 웬지 마음에 걸렸다. 그녀는 목소리를 낮추어 속삭이듯 말했다.

「몸살감기에 걸렸나봐요. 아직도 미열이 좀 있고 어지러워요.」

「그 사람 내일은 돌아간단 말이야. 내 부탁좀 들어줘. 급할 때는 급한대로 서로 도와야 할거 아니야.」

상대방은 집요하게 물고 늘어지고 있었다. 그녀의 손에 붙잡히면 빠져나오기가 힘들다는 것을 서화는 잘 알고 있었다.

「언니, 정말…….」

「지금 있는 데가 어디야?」

「바다의 침묵이라는 카페에 있어요.」

「바다의 침묵이라면 나도 알고 있어. 밥맛 없는 여자가 하나

카운터에 앉아있을 거야. 거기 전화번호좀 가르쳐줘.」

그때 등 뒤에서 신경질적인 남자 목소리가 들려왔다.

「전화좀 빨리 쓸 수 없습니까?」

서화는 힐끗 뒤돌아보았다. 키가 큰 청년이 표범 같은 눈으로 그녀를 쏘아보고 있었다. 그녀는 카페 전화번호를 일러준 다음 전화를 끊었다.

「기다리는 사람을 생각해서 공중전화는 좀 빨리 쓰십시오. 그것이 에티켓 아닙니까?」

표범이 시비조로 말을 걸어왔다. 두 사람의 시선이 차갑게 부딪쳤다. 네 명의 청년중 한 명인 것 같았다. 서화는 한 마디 쏘아붙이려다가 잠자코 물러났다.

자리로 돌아온 그녀는 갑자기 가슴 속이 불같이 끓어오르는 것을 느꼈다. 가슴이 터질 것만 같아 그녀는 창문을 열어젖혔다. 소금기를 머금은 바닷바람이 몰려들어오자 가슴 속이 조금 후련해지는 것 같았다. 가까이에 앉아있는 여자애들이 어깨를 움츠리면서 얼굴을 찌푸렸다.

「아이, 문좀 닫으세요. 추워요.」

바닷가에서 울부짖고 있던 갈매기들은 어디로 날아갔는지 보이지 않았다. 호안벽을 두드려대는 파도소리는 건물의 바닥을 통해 그녀가 앉아있는 곳까지 쿵쿵 울려오고 있었다.

「여보세요! 문좀 닫아주세요.」

「귀가 먹었나?」

꼼짝도 하지 않고 바다를 바라보고 있는 서화를 보고 아가씨들이 투덜거렸다. 서화는 고개를 홱 돌려 그녀들을 무섭게 쏘아보았다. 그 기세가 워낙 당돌하고 드셌기 때문에 아가씨들은 그만 찔끔해서 입들을 다물었다.

그것을 보고 웨이터가 다가왔다.

「실례합니다. 문좀 닫아주시겠습니까? 다른 손님들이 추워하고 있어서…….」

정중한 말에 그녀는 그제서야 창문을 닫았다.

「잠깐 기다려주세요. 식사를 주문할테니까.」

그녀는 메뉴판을 들여다보았다. 그리고 생선튀김을 주문했다.

「빵으로 하시겠습니까, 밥으로 하시겠습니까? 그리고 스프는?」

「빵하고 크림스프 주세요.」

주문을 끝내고나서 그녀는 무심코 카운터 쪽을 쳐다보았다.

카운터 앞에는 30대 초반으로 보이는 여인이 한 명 앉아있었는데, 아무렇게나 길게 기른 머리와 광대뼈가 튀어나온 얼굴, 누르스름한 피부, 놀란듯 동그랗게 뜬 두 눈 같은 것이 어쩐지 인디언 여인 같은 모습을 하고 있었다. 위에 입고 있는 남방셔츠도 무늬가 유난히 요란스러워 보였다. 목에 조가비가 달린 목걸이를 걸고 있었고, 양쪽 귀뿌리에는 무거워보이는 고리 모양의 금빛 귀걸이가 대롱거리고 있었다. 크게 찢어진 입은 한번도 열린 적이 없는 듯 조개처럼 굳게 닫혀있었다.

생선튀김은 맛이 있었다. 음식은 정성스럽고 깔끔한 편이었다. 남자들의 시선을 의식하면서도 그녀는 눈 하나 깜짝하지 않고 식사를 계속해나갔다.

「유서화씨 계세요?」

인디언처럼 생긴 여인이 수화기를 쳐들어보이며 손님들을 향해 물었다. 그러나 목소리가 작은데다 음악소리가 컸기 때문에 잘 알아들을 수가 없었다. 그녀가 다시 한 번 이름을 불렀을 때에야 서화는 포크와 나이프를 내려놓고 일어섰다.

전화는 강유미한테서 온 것이었다.

「나 지금 거기 가고 있는 중이니까 기다려. 차에서 전화 걸고 있는 거야.」

그래서인지 전화에 잡음이 많이 일고 있었다.

「알았어요.」

서화는 별로 내키지 않는 목소리로 대답했다.

「참, 거기서 만날게 아니라 오리온 호텔에서 만나는게 어때? 새로 지은 호텔인데 아주 멋지다구. 우리 거기서 뷔페 먹자구.」

「나 지금 식사하고 있는 중이에요.」

「그래? 아이, 애두…… 함께 먹지 않구. 하여간 거기서 만나. 오리온 호텔 커피숍이야. 식사하고 그쪽으로 오라구.」

서화는 유미라는 여인을 싫어했다. 그러나 그녀의 힘이 필요하기 때문에 어쩔 수 없이 그녀와 관계하고 있었다.

처음에는 부산에 도착하면 마음이 내킬 때 그녀에게 전화하려고 생각했었다. 그런데 부산에 내려오던 도중 고속도로 휴게소에서 갑자기 마음이 바뀌어 그녀에게 전화를 걸었던 것이다. 전화를 받은 그녀는 놀라워하면서도 몹시 반가워했다. 그러면서 왜 그동안 통 연락이 없었느냐고 그녀를 나무라기도 했다.

사실 서화는 지난 2년동안 유미와의 관계를 끊고 거의 숨어지내다시피 지내왔었다. 그렇게 소식을 끊은 것은 그때까지의 생활을 청산하고 새로운 생활, 그러니까 남들처럼 평범한 생활에 젖어보기 위해서였다. 그러나 그녀에게 있어서 그것은 결국 불가능한 일로 끝나버리고 말았던 것이다. 그리고 그녀는 다시 강유미를 찾게 되었던 것이나.

그것은 굴욕이었다. 그러나 지금은 그런 것을 따지고 있을 계제가 아니었다. 부산에 도착하는대로 다시 전화를 걸기로 하고 전화를 끊었는데, 전화박스를 나서면서 괜히 전화를 걸었다고 후회했다. 하지만 밀린 돈을 받기 위해서도 어차피 그녀를 만나야 했다. 수중에 돈이 별로 남아있지 않았기 때문이다. 그녀에게서 받아야할 돈은 2백만원 가량 되었다. 그 돈은 그녀를 유미에게 묶어두는 일종의 끈 같은 것이었다. 그녀는 자기가 관리하는 여자들에 대해서는 누구나 그렇게 끈으로 묶어두곤 했다.

오리온 호텔은 바다의 침묵으로부터 2백 미터쯤 떨어진, 해운대 바닷가의 중심부에 자리잡고 있었다. 바깥벽이 흰색으로 칠해진 원통형의 건물로 주위를 압도할 정도로 웅장해 보였다. 바다를 한눈에 조망할 수 있게 원형의 베란다가 둥그렇게 나있었다. 창문을 열고 베란다로 나와 난간에 기대서면 바다를 가슴 가득히 안을 수 있을 것 같았다.

바다는 더욱 미친 듯 울부짖고 있었다. 카페 출입구 앞에 서서 포효하는 바다를 잠시 바라보고 있다가 서화는 몸을 웅크리고 차 안으로 뛰어들었다. 차에 시동을 걸고 막 출발하려는데 옆자리의 문이 홱 열리면서 한 사내가 밀고들어올듯이 하면서 그녀를 들여다보았다.

「실례합니다. 잠시 이야기좀 나눌 수 없을까요?」

표범 같은 눈이 그녀를 쏘아보고 있었다. 조금 전 바다의 침묵에서 보았던 그 무리들 중 한 명이었다. 가만 보니 아까 전화를 오래 쓴다고 시비를 걸었던 그 시건방진 녀석이다. 이런 것은 흔히 겪는 남자애들의 수작이다. 이런 경우에는 매섭게 쏘아붙여야 한다. 상대가 호감이 가는 녀석이라면 몰라도.

「시간 없어요.」

그녀는 차갑게 쏘아붙였다.

「잠깐이면 됩니다. 잠깐만 시간을 내주십시오.」

표범이 금방이라도 차 안으로 들어올듯이 상체를 웅크리는 것을 보고 그녀는 다시 한번 매몰차게 쏘아붙였다.

「시간 없다니까요! 문 닫아주세요.」

그래도 물러서지 않는다. 쉽게 물러날 것 같지 않아 보인다.

「전화 빨리 쓰는 에티켓은 알면서 남의 차 가로막는 무례함은 모르고 있군요. 빨리 비키세요!」

「아, 그거…… 아까는 실례했습니다. 사과합니다.」

「다쳐도 몰라요.」

그녀는 차를 조금 앞으로 전진시켰다. 그러나 표범은 차문을 잡고 집요하게 따라왔다. 그녀는 하는 수 없이 도로 차를 세웠다.

「비키지 못해요! 사고 나도 책임 못져요!」

「잠깐이면 됩니다. 잠깐만 시간을 내주십시오.」

무턱대고 부딪쳐오는 그 무모함과 박력에 그녀는 다소 마음이 흔들렸다. 그러나 경계심을 늦추기에는 아직 이른 것 같았다. 피식 웃음이 나오려는 것을 참으면서 그녀는 속으로「이 애송이가……」하고 중얼거렸다.

「저…… 나쁜 놈 아닙니다. K대에 다니고 있는데, 친구들하고 부산에 놀러왔습니다.」

그게 어떻단 말인가. K대 학생이라고 자랑하는 건가. 대학에 다니다만 그녀는 은근히 반발심이 솟았다. 적대감과 호기심이 뒤섞인 눈으로 쳐다보자 그가 다시 말했다.

「친구들하고 내기를 했습니다. 만일 지게 되면…….」

뒤에서 클랙션 소리가 요란스럽게 들려왔다. 음료수병을 잔뜩

실은 소형 트럭이 뒤에 바싹 다가와있었다. 그녀는 차를 길 한켠으로 비켜세운 다음 담배를 한 대 뽑아물었다. 그러자 표범이 잽싸게 라이터 불을 켜주었다. 그녀는 멈칫하다가 거기에다 담배를 갖다댔다.

「난 지금 남자 친구를 만나러 가요. 만일 비키지 않으면 그 친구가 가만두지 않을 거예요.」

「그런건 상관하지 않습니다.」

K대생의 얼굴 위로 빗물이 줄줄 흘러내리고 있었다. 얼굴 뿐만 아니라 온몸이 어느 새 비에 젖어있었다.

그녀는 더이상 참을 수가 없었다. 피식하고 웃자 대학생도 멋적은 듯 미소를 지었다.

「비 맞지 말고 타세요.」

그것은 놀라울 정도로 부드러운 목소리였다. 그녀는 자신의 그같은 변화에 스스로 내심 놀랐다.

「실례합니다.」

표범은 기다렸다는 듯이 옆자리로 들어와 앉은 다음 문을 닫았다.

그녀는 비에 젖은 그의 얼굴을 유심히 쳐다보았다. 그녀 자신보다는 두세 살쯤은 아래일 것 같았다. 연하의 남자일 것이라는 사실이 문득 그녀에게 야릇한 느낌으로 와닿았다. 그녀가 지금까지 상대해온 남자는 모두 그녀보다 나이가 많은 사람들이었다. 연하의 남자들이란 하나같이 젖비린내가 나고 개망나니들 같다. 그러면서도 막상 이렇게 접근해오면 신선함이 배어있는 야릇한 감정을 느끼게 된다.

그는 멋적은 듯 웃으면서 손바닥으로 얼굴에 흐르는 빗물을 훔쳐냈다. 손수건이 없는 것 같았다.

「손수건 없으세요?」

그녀가 백 속에서 손수건을 꺼내주면서 물었다. 그는 당황해하면서 고개를 저었다.

「괜찮습니다.」

「닦으세요.」

그 손수건은 연분홍 바탕에 녹색 꽃무늬가 수놓여진 아주 예쁜 것이었다. 그리고 별로 사용하지 않은 듯 깨끗해 보였다. 한쪽 귀퉁이에 일제 상표가 붙어있었다. 표범은 황송한 표정으로 그것을 받아 얼굴에 흐르는 빗물을 닦아냈다.

「그래 용건이란게 뭐예요?」

서화는 금방 냉정한 표정으로 돌아가 물었다.

「사실 우리들끼리 내기를 했습니다. 유서화씨한테서 데이트 약속을 받아내면 저는 이번 부산여행 비용을 한푼도 내지 않아도 됩니다.」

「흥, 실패하면 어떻게 되죠?」

「반대로 제가 실패하면 모든 잔심부름, 이를테면 식사준비에서부터 양말 빠는 것까지 저 혼자서 도맡아 하기로 했습니다. 우리는 지금 콘도에 묵고 있거든요. 제발 부탁드립니다.」

서화는 웃음이 나왔다. 자신을 놓고 자기들끼리 홍정을 벌였다니, 정말 어처구니 없다는 생각이 들었다.

「내 이름은 어떻게 알았죠?」

「그거야 뭐…… 아까 카페에서 들었습니다. 카운터에 앉아있는 여자가 전화를 바꿔주기 위해 이름을 부르는걸 들었습니다. 실례지만 서울서 내려오셨습니까?」

그녀는 대답대신 창문을 열고 밖으로 담배연기를 내뿜었다. 여전히 갈매기떼는 보이지 않고 오직 한 마리만이 따로 떨어져

날고 있는 것이 보일 뿐이었다. 왜 저 갈매기는 혼자 떨어져있는 걸까. 그 갈매기가 자신의 신세와 비슷하다는 생각이 들었다. 세찬 바람에 갈매기는 물러서지 않고 그 속을 뚫고 가려고 파닥거리다가 한순간 낙엽처럼 힘없이 바다 위로 떨어져내린다. 그러나 물 속에 처박히기 직전 아슬아슬하게 수면을 차면서 다시 공중으로 솟아오른다. 그 갈매기는 유난히 하얀 빛깔을 지니고 있었다.

「나하고 데이트하려는 이유가 뭐예요?」

그녀는 여전히 갈매기를 눈으로 좇으면서 따지듯 물었다.

「너무 인상적이라…… 모두가 매력에 끌렸습니다. 그래서 데이트하고 싶은 겁니다.」

그녀는 고개를 돌려 다시 남자를 쳐다보았다. 그녀의 얼굴에 다시 미소가 감돌고 있었다.

「내가 그렇게 매력적으로 보였나요?」

「네, 그렇습니다.」

표범은 서슴없이 대답했다. 그의 표범 눈이 어느 새 번득이고 있었다.

서화는 매력적이라는 말을 들으니 싫지는 않았다. 그러나 그런 말은 워낙 많이 들어왔기 때문에 한편으로는 진부한 느낌이 들기도 했다.

「콘도 이름이 뭐예요?」

「태평양 콘도 1015호실에 묵고 있습니다. 지금 바쁘시면 있다가라도 좋습니다. 데이트만 허락해주신다면 정말 영광이겠습니다.」

「데이트는 곤란해요. 커피 한잔 정도는 할 수 있어요.」

표범의 눈이 번쩍하고 빛났다. 커피 한잔 정도 나눈다는 것은 데이트의 시작이라고 볼 수 있다.

「고, 고맙습니다. 커피는 제가 사겠습니다. 며, 몇 시가 좋겠습니까?」

「시간은 정할 수 없어요. 시간이 나면 제가 콘도로 전화를 걸겠어요.」

「알겠습니다. 고맙습니다. 기다리고 있겠습니다.」

「누구를 찾아야죠?」

「제 이름은 최명치입니다. 꼭 전화 걸어주시는 거죠?」

「너무 기다리지는 마세요.」

차에서 내려 이쪽을 기대에 찬 눈으로 쳐다보는 표범을 거들떠보지도 않고 서화는 차를 출발시켰다.

차를 몰고가는 동안 그녀의 얼굴에는 계속 냉소가 흐르고 있었다. 저 애숭이들을 한번 가지고 놀아볼까. 저런 애숭이들이라면 얼마든지 데리고 놀아볼 수 있을 것 같다. 필요하다면 성교육 선생이 되어줄 수도 있다. 1대 1보다는 1대 4가 좋겠지. 1대 1은 너무 시시할테니까.

호안도로에서 오른쪽으로 꺾어지는 샛길이 있었다. 그 길은 오리온 호텔을 끼고 도는 길이었다. 그 길에는 빗물이 웅덩이처럼 고여있었다. 그녀는 그대로 거칠게 차를 몰았다. 그 바람에 고인 물이 물보라를 일으키면서 마침 그 곁을 지나가던 한쌍의 남녀를 덮쳤다. 여자는 비명을 질렀고 남자는 빨간 르망을 향해 욕설을 퍼부었다.

호텔 안은 비바람을 피해 들어온 사람들로 흡사 장터처럼 붐비고 있었다. 호텔 내부는 최고급의 자재로 처리되어 있었고, 여기저기 적당한 곳에는 값진 장식품들이 놓여있었다. 그러나 서화의 시선을 끈 것은 각양각색의 꽃들이었다. 꽃의 축제라도 열리고 있는 듯 호텔 안은 화려한 꽃들로 장식되어 있었다.

커피숍은 앉을 자리 하나 찾기 어려울 정도로 붐비고 있었다. 돔형으로 꾸며진 넓은 커피숍의 대형 창 저쪽으로는 시커먼 바다의 울부짖음이 너무나 선명히 보이고 있었다.

호텔 안에 있는 사람들은 대부분이 피서객들인지 남녀를 가리지 않고 거의가 티셔츠나 남방, 그리고 반바지를 입고 있었고, 맨발에 슬리퍼를 끌고 있는 사람들도 많아 보였다. 한 마디로 호텔 안은 바캉스 열기로 가득 차있었다. 그와 같은 열기가 그녀는 싫었다. 냉소적인 시선으로 실내를 살펴보는 그녀의 시야에 어떤 여인이 손을 쳐들고 흔드는 모습이 들어왔다. 강유미는 먼저 와서 기다리고 있었다.

그녀는 중간쯤의 자리에 혼자 앉아있었다. 전보다 더 살이 쪄 보였고, 몸을 감싸고 있는 요란스런 무늬의 원피스는 천박스런 느낌을 주고 있었다. 머리를 뒤로 묶어 틀어올리는 바람에 그렇지 않아도 둥근 얼굴이 마치 소다를 섞어 부풀린 찐빵 같아 보였다.

여성 특유의 호들갑을 떠는 모습을 지켜보면서 서화는 대꾸없이 그저 웃기만 했다. 요란스럽게 호들갑을 떨면서도 수술로 쌍거풀이 진 두 눈이 계속 자신의 구석구석을 관찰하고 있음을 느끼면서 시선을 피하려고 애를 썼다.

「넌 전보다 더 예뻐졌다, 얘.」

서화는 웨이터에게 커피를 주문했다.

「그동안 어디서 뭘 하고 있었길래 통 소식이 없었지?」

「그냥 하는 일 없이 지냈어요.」

「도쿄에 또 갔었니? 거기서 널 봤다는 애가 있던데…….」

「잠시 다녀온 적은 있어요.」

도쿄의 번화가에는 한국 아가씨들이 벌레처럼 우글거리고 있으니까 그 바닥에서 누군가의 눈에 띈다는 것은 하나도 이상할 게 없다.

도쿄의 환락가에 기생하고 있는 한국 아가씨들을 보고 있노라면 정말 벌레처럼 우글거리고 있다는 표현이 적절하다. 현재 일본 전역에서 슬픈 미소와 시들어가는 육체를 밑천삼아 자기 인생을 갉아먹고 있는 한국인 호스티스는 줄잡아 5만 여명이나 된다. 한국에서 한국 남자들을 상대로 한 벌이가 신통치 않자 마치 대바겐세일에 몰려가는 여자들처럼 제발로 현해탄을 건너 바퀴벌레처럼 우르르 몰려간 것이다. 그녀들에게는 민족적 자존심이니 긍지니 하는 것은 존재하지 않는다. 오로지 한푼이라도 더 버는 것만이 유일한 목적이자 최고의 가치로 통한다. 민족적 자존심 운운하면 그것이 밥먹여주느냐고 오히려 비아냥거린다. 비행기를 타고 한국과 일본 사이를 왔다갔다하니 국제적인 숙녀라도 된 듯 착각에 빠져 으시대는 꼴은 정말이지 눈뜨고는 봐주기 어렵다. 대부분이 유학 비자, 친족방문 비자, 연예인 비자 등으로 건너간 그녀들은 체류기간을 연장하기 위해 현지의 남자와 위장 결혼을 하기도 한다.

「도쿄에서 재미좀 봤니?」

「재미보기는요. 잠깐 다녀왔다니까요.」

「그냥 다녀온 건 아니잖아.」

다 알고 있는데 왜 거짓말 하느냐는 그런 표정이다. 이쪽에서 사실대로 이야기를 해도 상대가 도대체 믿지를 않는데에는 두 손을 들 수 밖에 없다. 이쪽에 대한 인식을 아무리 바꾸려고 해도 일단 한번 상대에게 찍힌 인상을 고친다는 것은 거의 불가능하다. 마치 창녀가 숫처녀로 돌아갈 수 없듯이. 그것을 인정할 수밖에 없을 때의 비참한 심정은 한과 원망이 되어 가슴 속에 쌓인다.

「머리도 식힐겸해서 그냥 다녀왔다니까요.」

서화는 조금 신경질적인 목소리로 대꾸했다. 커피를 한 모금 마시고나서 바다를 쳐다보고 있는데 그녀의 표정을 살피고 있던 강마담이 다시 입을 열었다.

「난 그동안 소식도 없고 해서 네가 결혼한줄 알았지.」

하얀 갈매기 한 마리가 멀리 날아가고 있었다. 그러나 그 갈매기는 시야에서 사라질 듯하다가 다시 되돌아오고 있었다.

「그 남자는 어떻게 됐니?」

「그 남자라니요?」

「네 애인 말이야. 하교수라는 사람 있잖니. 난 그 사람 한번도 보지는 못했지만…….」

서화는 식은 커피잔을 내려다보았다.

「그 사람…… 헤어졌어요.」

비로소 하교수라는 사람에 대해 자랑삼아 강마담에게 두서너번 이야기했던 기억이 났다. 그러나 그녀에게 그 사람을 보인 적은 없었다. 왜냐하면 그 사람은 처음부터 존재하지 않았으니까.

「남자란 믿을게 못돼. 그러기에 내가 뭐랬어. 너무 빠지지 말라고 했잖아. 결국 상처만 받는다고 말이야. 그저 적당한 선에서 재미보고 끊어버리는게 상책이야. 우리 같은 입장에서는 돈이 제일이야. 일단 돈부터 벌어놓고 봐야 해. 돈만 있으면 멋있는 신랑감도 살 수 있다구.」

그렇다. 돈만 있으면 멋있고 장래성 있는 신랑감은 얼마든지 살 수가 있다. 요즘 물건을 달고 다니는 젊은 족속들은 유난히도 돈을 밝힌다. 사랑이니 젊음이니 낭만이니 하는 것은 돈 앞에서는 맥을 못춘다. 돈 많은 여자를 아내로 맞이하기 위해서라면 9년 동안 사귀어오고 임신중절 수술을 아홉 번이나 한 애인 따위도 헌신짝처럼 차버린다. 그들은 애인보다도 자가용 승용차, 아파트, 별장, 많은 지참금에 더 군침을 흘린다. 따라서 아무리 들창코에 뻐드렁니를 가진 못생긴 여자라 하더라도 돈만 많이 가지고 있으면 유망한 청년을 신랑감으로 차지할 수가 있다. 인신매매가 따로 있는게 아니다. 돈에 팔려가는 물건이야말로 가장 전형적인 인신매매품인 것이다.

강마담의 돈에 대한 예찬론은 한동안 더 계속되었다. 그 말을 들으면서 서화는 가슴 속을 적셔오는 서글픔을 막으려고 일부러 미소를 짓고 있었다. 그러나 하나의 얼굴이 떠오르자 그녀의 얼굴은 이내 창백해지기 시작했다.

X에 대한 것은 이제 그녀의 마음 속에 하나의 환영으로 남아 있을 뿐이었다. 그러나 그에 대한 생각은 뼈를 깎는 고통과 연민 없이는 일지를 않았다. 사랑과 배신, 버림받은 여자의 비탄, 증오, 그리고 고통은 그녀가 하나하나 밟아온 길이었다. 그녀는 이제 그를 증오하고 있지 않았다. 오로지 그를 생각할 때마다 두 번 다시 그와 같은 전철을 밟아서는 안 된다고 자신에게 다짐하곤 했다.

「아주 좋은 기회이기 때문에 그 사람을 소개하려는 거야. 기회를 잡을줄을 알아야 해. 기회를 놓치면 두 번 다시 오지 않아. 다른 애들한테는 소개하고 싶지 않아. 그래서…….」

어느 새 강유미의 말은 바뀌어져 있었다.

눈처럼 하얀 털을 가진 갈매기는 바람에 날아가지 않으려고 공중에서 버티고 있다가 마침내 바람을 이기지 못해 물 위로 힘없이 떨어지고 있었다. 저 갈매기는 어쩌면 내 신세와 비슷할지도 모른다고 그녀는 생각했다.

「그 사람을 상대할 수 있는 애는 너밖에 없어. 너라면 그 사람 마음에 들 거야. 그 사람은 막강한 실력자고, 여자를 보는 눈이 아주 까다롭기 때문에 아무 아가씨나 상대를 하지 않는대. 솔직히 말해 내가 할 마음만 있다면 너한테 권하지 않아. 너한테 뺏기기에는 정말 아까운 사람이야. 하지만 너도 알다시피 난 늙어서 안 되지 않니. 오야지가 신신당부를 했어. 그 사람한테는 특별한 아가씨를 소개해야 한다구. 사실은 그 사람…… 오늘 출발해야 하는데 날씨가 나빠 비행기가 뜨지를 못하기 때문에 오늘 하루 여기서 더 묵기로 한 거야. 정말 날씨가 기회를 만들어 줄줄이야 누가 알았겠니. 내 말 듣고 있니?」

서화는 강마담을 쳐다보았다. 그녀의 눈에는 그녀가 흡사 비게덩어리로 보였다.

「듣고 있어요. 하지만 언니, 오늘은 피곤해서 싫어요. 2년만에 내려왔기 때문에 생각도 좀 정리하면서 혼자서 보내고 싶어요. 미안해요.」

「미안할 건 없어. 하지만 너무 아까와서 그래. 정말이지 놓치고 싶지 않은 사람이야. 그 사람 보면 너도 마음에 들 거야. 첫눈에 반할까봐 걱정이야. 네 심정 모르는 바 아니지만 내 부탁 좀 들어줘. 내일이면 그 사람 떠난단 말이야. 이왕 발벗고 나섰으면 적극적으로 해야할거 아니니. 피곤하다고 해서 좋은 기회를 놓치면 돈은 언제 버니. 피곤하긴 피차 다 마찬가지야. 나도 이짓하기 정말 신물나고 피곤해. 하지만 어떡 하니. 돈없고 백없는 주제에 한밑천 잡을 때까지는 눈 딱 감고 이짓 할 수밖에.」

천번만번 맞는 말이다. 그러나 오늘은 정말 혼자 있고 싶다.

「그 사람 뭐하는 사람이에요?」

그녀가 아무나 상대하지 않는다는 것은 강마담도 잘 알고 있었다. 그녀는 그만한 값어치가 있었고, 그래서 그녀는 보통 아가씨들보다 몇 배에 해당하는 금액을 받는다.

「내 정신좀 봐. 아직 그 사람에 대해서 얘기하지 않았구나. 내 이렇다니까. 그 사람 말이야, 일본 정계와 재계의 실력자야. 지금 국회의원인데…… 그건 부업이고 본업은 재벌기업의 회장이래. 이건 비밀이야. 그 사람, 여자한테 신분이 노출되는 것을 아주 싫어한대. 여자 관계를 철저히 비밀로 해달라는 거야.」

강마담은 고개를 앞으로 숙인 채 속삭이듯 말했다.

「잘만 하면 아파트 하나 얻을 수 있어. 한국에다 방을 하나 차리고 싶나봐. 비밀로 말이야. 시시한 게다짝들하고는 질적으로 달라. 나 괜히 하는 말 아니야. 그리고 우선 이거 받아.」

비게덩어리는 핸드백을 열더니 그 안에서 수표 한 장을 꺼내 놓았다. 백만원짜리 자기앞 수표였다.

「나머지는 다음에 줄께.」

남은 백만원은 걸어놓겠다는 말이다. 그것까지 모두 받을 수 없다는 것을 알고 있었으므로 서화는 잠자코 수표를 받아 백 속에 집어넣었다.

「그 사람 이름이 뭐예요?」

서화는 비로소 구체적으로 관심을 보였다.

「그냥 클라크라고 불러.」

「클라크요? 일본인 이름 같지 않은 데요?」

「클라크는 별명이야. 영화배우 클라크 케이블하고 비슷하게 생겼기 때문에 그렇게 부른대. 그냥 그렇게 알고 있어. 그 사람에 대해 꼬치꼬치 알려고 하지 마. 친해질 때까지는 말이야.」

정말 클라크 케이블을 닮았다면 멋질 것이라고 서화는 생각했다.

「그럼 콧수염도 길렀겠네요?」

서화가 마침내 흥미를 보이기 시작하는 것을 보고 강마담은 됐다 싶었던지 한술 더 떠서 클라크에 대해 칭찬을 늘어놓기 시작했다.

「콧수염도 없이 어떻게 클라크 케이블이라고 할 수 있니. 콧수염을 길렀어. 하지만 나이는 아직 젊어. 마흔 두셋 밖에 먹지 않은 것 같아. 아주 멋있는 사람이야. 외모도 외모지만, 하여간 그 사람, 굉장한 사람이야. 호박이 넝쿨째 굴러들어온 거니까 아무 말 말고 한번 상대해봐. 기대 이상일 거야. 지금 이 호텔에 묵고 있어.」

강마담은 마치 클라크의 모습을 찾기라도 하는 듯 주위를 둘러보았다. 서화도 그녀의 시선을 좇아 주위를 살펴보았다. 그러나 클라크 케이블처럼 멋지게 코밑수염을 기른 사람은 보이지 않았다. 코밑수염을 기른 사람이 한 명 있기는 했지만 그 사람은 너무 늙은 노인이었다.

「모든 건 너 하기에 달려있는 거야. 굴러들어온 호박이라고 해서 다 자기 것이 되는 건 아니야. 그것을 어떻게 요리하는가에 달려있는 거야. 그 사람이 하룻밤 자고나서 실망하면 그것으로 끝난 거야. 그래서는 안 돼. 꼼짝 못하게 녹여놔야 해. 잊지 못해 다시 찾아오게 말이야. 사람 잘 만나 너 잘 되면 오죽 좋니. 그럼 나도 네 덕좀 볼 수 있고 말이야. 안 그래?」

서화는 시선을 바로 해서 비게덩어리를 가만히 노려보았다.

그 눈초리에 섬뜩함을 느꼈던지 강마담은 멈칫해서 입을 다물었다.

「언니, 지금까지 한 말 믿어도 돼요?」

「그렇다니까. 내가 언제 거짓말하는 거 봤니?」

서화는 다시 바다 쪽으로 시선을 돌렸다. 하얀 갈매기는 이제 더이상 보이지 않았다. 아마 수평선 저쪽으로 날아가버린 모양이라고 그녀는 생각했다. 나도 그 갈매기처럼 날아가버릴 수만 있다면 얼마나 좋을까.

「자, 이거 받아. 순수한 네 몫이야.」

순수한 몫이라는 것은 뺄 것 다 빼고 난 나머지 몫이라는 뜻이다. 앞에 디밀어진 것은 흰 봉투였다.

「얼마예요?」

서화는 아무런 감정도 보이자 않은 채 물었다.

「20만엔…….」

강마담은 담배를 피워물면서 느긋한 목소리로 말했다. 서화는 눈을 깜박거렸다. 20만엔이라면 처음 받아보는 거액이다. 그렇다면 마담은 50만엔쯤 받았다는 이야기이다. 이렇게 선금을 받기도 드문 일이다.

「믿지 못하겠으면 세어봐.」

그녀는 여전히 느긋한 표정이었다. 이제 미끼가 물렸으니 서두를 거 없다는 태도였다. 서화는 봉투 안에 들어있는 것을 조금 꺼내 대충 헤아려보았다. 빳빳한 만엔짜리 일본 지폐가 그녀의 손가락 끝을 간지럽히고 있었다. 좋은 감촉이었다.

「그건 기본이야. 너하기에 따라 얼마든지 불어날 수가 있을 거야.」

팁이라는게 기본보다 훨씬 많을 수도 있다는 이야기이다. 서화는 봉투를 천천히 집어 백 속에 넣었다.
「몇 호실이에요?」
「15층 이야. 1501호실. 일박에 150만원 하는 로얄이야.」

2. 서귀포의 달밤

제주도 서귀포 해변에 자리잡고 있는 문라이트 호텔은 해풍에 씻겨 아주 낡은 모습을 하고 있었지만 사실은 그렇게 오래된 호텔은 아니었다. 벼랑에서 조금 떨어진 곳에 자리잡고 있는 그 호텔은 멀리서 보면 나즈막한 건물과 흰 벽면, 그리고 그것을 덮고 있는 주황색의 지붕으로 해서 유럽의 어느 수녀원을 연상케 하고 있었다.

깎아지른 벼랑은 오랜 세월 동안 파도와 풍상에 깎일대로 깎여 날카로운 이를 드러낸채 거의 직각을 이루고 있었다. 규칙적으로 벼랑을 후려치는 파도의 힘은 엄청나서 호텔 방안에서도 지층을 울리는 소리가 쿵쿵하고 들려올 정도였다. 벼랑이 만일 흙만으로 이루어져 있었다면 그 호텔은 거센 파도에 휩쓸려 벌써 흔적도 없이 사라졌을 것이다. 그러나 벼랑은 온통 시커먼 바위덩어리로 이루어져 있었다. 그리고 바위로 이루어진 그 직각의 벼랑은 끝없이 펼쳐진 푸른 바다와 조화를 이루기도 하고 또는 줄기찬 싸움을 벌이기도 하는 동안 어느 사이에 천혜의 절경을 빚어내고 있었다.

그 호텔에서 밤 하늘에 떠있는 달을 바라보는 감상은 그 어느 곳보다도 깊은 인상을 사람들에게 심어준다. 그것은 바다에 뛰어들고 싶은 충동을 불러일으킬 정도로 처연한 아름다움을 보여주는 환상적인 광경이라고 할 수 있었다. 그래서 달빛이라는 뜻의 호텔 이름인 문라이트가 그 호텔에 더욱 어울리는지도 몰랐다.

호텔은 피서철을 맞아 뭍에서 몰려온 사람들로 만원을 이루고 있었다. 그러나 악천후 때문에 교통편이 끊기는 바람에 거기에 머무르게 된 사람들이 더욱 많아졌다는 표현이 옳을 것이다. 어제 저녁 때까지만 해도 교통편은 정상적으로 운행되고 있었는데 밤 사이에 갑자기 날씨가 나빠지는 바람에 배편은 물론 항공편까지 끊겼던 것이다. 기상예보에 따르면 내일쯤에나 태풍과 비가 그칠 것 같다고 했고, 교통편 역시 그때 가서나 재개될 모양이었다.

호텔 프런트 주위는 방을 구하지 못한 사람들이 계속 몰려드는 바람에 어수선했지만 호텔측으로서는 즐거운 일이 아닐 수 없었다.

「318호실 어떻게 됐지?」

객실 담당 계원이 옆에 있는 여직원에게 물었다. 여직원은 컴퓨터 화면을 통해 객실 상황을 알아보고나서 열쇠박스 쪽을 살펴보았다. 318호실의 열쇠는 거기에 없었다.

「아직 체크 아웃하지 않았는데요.」

「빨리 알아봐. 다른 손님들이 기다리고 있잖아.」

남자 계원이 퉁명스럽게 쏘아붙이자 그녀는 뾰루퉁한 표정으로 구내 전화기 쪽으로 손을 가져갔다.

한참동안 신호를 보냈지만 318호실에서는 전화를 받지 않았다. 318호실 손님은 오늘 퇴실하기로 되어있었는데, 체크 아웃할 시간이 벌써 한 시간이나 지나고 있었다. 여직원은 조금 기다렸다가 다시 한번 전화를 걸어보았다. 그러나 여전히 응답이 없었다.

「응답이 없어요. 올라가봐야겠어요.」

여직원의 말을 듣고 남자 계원은 벨맨을 불러 마스터키를 주면서 318호실에 올라가보라고 지시했다.

객실에 투숙한 손님들 가운데 종종 프런트에 아무런 말도 없이 사라져버리는 사람들이 있다. 그런 경우에 대비해서 호텔측에서는 손님을 투숙시키기 전에 미리 숙박료를 챙겨둔다. 그렇지만 손님이 객실 냉장고에서 음료수나 술을 꺼내마시거나, 식당에서 비싼 음식을 시켜먹고나서 사인으로 처리한 다음 줄행랑을 쳐버리면 호텔측으로서는 아주 난처한 입장에 빠지게 된다. 그런 손님의 경우 카드에 적혀있는 주소나 전화번호 같은 것은 으례 가짜이기 마련이다. 추적을 받지 않을 자신이 있기 때문에 실컷 먹고나서 도망쳐버리는 것이다.

그러나 318호실의 경우 식음료대를 사인으로 처리해놓은 것은 한 건도 없었다. 방안의 냉장고에서도 무엇 하나 손을 댄 흔적이 없었다. 냉장고 안의 물건을 꺼낼 경우 그 대금은 곧 컴퓨터 장치를 통해 프런트 데스크에 있는 계산기에 자동으로 입력되기 때문에 굳이 방안에 들어가서 확인하지 않아도 무엇을 몇병 꺼내마셨는지 금방 알 수가 있었다.

프런트 데스크 위의 전화벨이 요란스럽게 울렸다. 구내 전화기에서 울리는 소리였다. 여직원이 재빨리 수화기를 집어들었다.

「큰일 났어요! 318호실 손님이 죽었어요! 지배인님한테 빨리 알려요!」

318호실에 올라간 벨맨의 숨가쁜 목소리에 여직원은 귀속이 멍멍해졌다. 이런 경우에 대비하는 요령을 귀가 아프게 들어왔기 때문에 그녀는 당황해지려는 몸가짐을 추스리면서 남자 계원을 안쪽에 있는 사무실로 데리고 갔다.

「왜 그래? 무슨 일이야?」

여직원의 창백한 표정을 살피면서 남자 계원이 물었다.

「318호실 손님 죽었대요.」

사무실 안에 있던 직원들이 일제히 그녀를 쳐다보았다.

「뭐라구?」

담당 계원은 즉시 318호실로 전화를 걸었다.

「여기 프런트인데 어떻게 된 거야?」

「손님이 죽었습니다. 사, 살해됐습니다.」

벨맨의 목소리는 떨리고 있었다.

「그 방 출입을 막아! 아무도 들여보내지 마! 손님들이 알면 안 돼!」

「아, 알겠습니다.」

이제부터 골치아픈 사태가 벌어지려하고 있다고 담당 계원은 생각했다. 아니, 사태는 이미 벌어졌다. 투숙객이 살해된 것이다. 벨맨은 자기 판단으로 손님이 살해됐다고 단정적으로 말했다.

벨맨이 그렇게 단정적으로 말한 것은 충분히 수긍이 가고도 남았다. 조금 후 담당 계원이 318호실에 들어가보았을 때 시체에 덮여있는 시트는 온통 검붉은 피에 질퍽하게 젖어있었던 것이다. 아니, 질퍽하게 젖어있는 것이 아니라 이미 그 젖은 것이 말라붙어 굳어있었다고 해야 옳은 표현일 것이다.

방안은 피비린내로 가득 차있었다. 벨맨이 비릿한 냄새를 빼려고 창문을 열려는 것을 보고 프런트 계원이 놀라서 소리쳤다.

「손대지 마! 경찰이 올 때까지 방안에 있는 어느 것 하나도 손대면 안 돼! 그건 상식이야!」

벨맨은 머쓱해서 뒤로 물러섰다.

죽어있는 사람은 젊은 남자였다. 시트 밖으로 벌거벗은 상체가 드러나 있었는데 그것으로 보아 시트에 덮여있는 하체도 벌거벗은 상태인 것 같았다. 그리고 하체를 가리고 있는 시트에만 피가 번져있는 것으로 보아 치명적인 상처는 하체에 있는 것 같았다.

죽은 남자는 천정을 향해 두 눈을 멍하니 뜨고 있었고 입도 약간 벌리고 있었다. 잠든 상태에서 얌전히 죽었는지는 몰라도 몸부림치거나 격투를 벌인 흔적 같은 것은 보이지 않았다. 나이는 서른댓쯤 될 것 같았다. 침대를 차지하고 있는 면적으로 보아 키가 꽤 큰 것 같았고, 얼굴색이 깨끗하고 윤곽이 뚜렷한 것이 상당한 미남인 것 같았다.

방안은 어느 새 호텔 직원들로 붐비고 있었다. 그러나 그들은 큰 소리로 떠든다거나 하지 않고 모두가 조용하게 움직이고 있었다. 하나같이 이 사실이 밖으로 새어나가는 것을 극도로 조심하고 있는 몸가짐들이었다.

「이건 썩는 냄새 아니야? 죽은지 꽤 된 것 같은데.」

막 안으로 들어선 총지배인이 코를 벌름거리면서 말했다. 그는 알맞게 살이 오른 중키에 깔끔한 양복 차림의 40대 중반의 사내였다. 그의 지시가 아직 떨어지지 않았기 때문에 경찰에 신고하는 것은 그때까지 보류되고 있었다.

「지독하군.」

침대 가까이 다가서서 시체를 내려다보던 총지배인이 얼굴을 온통 찌푸리면서 중얼거렸다. 그는 시트를 들쳐보고 싶었지만 거기에 손대는 것을 삼가하는 대신 객실 담당 지배인을 돌아보았다.

「이 사람, 이 방 투숙객 맞나?」

「네, 맞습니다.」

그렇게 대답한 사람은 머리에 둥근 모자를 쓴 벨맨이었다.

「이 방 손님이 맞습니다.」

프런트 계원도 똑같은 말을 했다. 그 계원은 어느 손님이 몇 호실에 투숙하고 있는가를 정확히 알고 있는 비상한 기억력의 소유자였다. 그래서 그에게는 컴퓨터라는 별명이 붙어있었는데, 객실이 85개 밖에 안 되는 작은 호텔이라고는 하지만 사실 일일이 기억하고 있다는 것은 쉬운 일이 아니었다.

「어제 아침 이 방으로 2인분의 식사를 가져다줬습니다. 그래서 기억하고 있습니다.」

벨맨이 자기의 증언을 보다 강조하려는 듯 덧붙여 말했다.

그는 318호실로 식사를 날라다준 뒤 팁을 만원 가까이나 받았기 때문에 그 방의 투숙객을 기억하고 있었던 것이다. 그러나 굳이 팁을 받았었다는 말은 할 필요가 없을 것 같아 그 사실을 입밖에 꺼내지는 않았다. 개인적으로 호텔 직원들이 손님들로부터 팁을 받는 것은 엄격히 금지되어 있었다. 그러나 음성적으로 팁을 받는 것은 종업원들 사이에서는 으레 있을 수 있는 일로 받아들여지고 있었고, 그래서 그런 일은 하나의 묵계처럼 인정되고 있었다.

「2인분 식사를 가져다줬다고? 또 한 사람이 있었다는 거야?」

총지배인이 작은 눈을 반짝이며 물었다.

「네, 하지만 또 한 사람은 보지 못했습니다. 그 사람은 아마 그때 화장실 안에 있었던 것 같습니다. 그 사람은 여자가 틀림 없습니다.」

「어떻게 그렇게 단정할 수 있지?」

「방 안에 여자 옷이 있었습니다. 여기저기에 여자용 물건들이 있었습니다.」

「식사를 가져다준 시간은?」

총지배인이 마치 형사나 된 듯 따져물었다. 벨맨은 머뭇거리다가 신중하게 대답했다.

「그때가 그러니까 아침 10시쯤 됐을 겁니다.」

정확한 시간이야 전표를 조사하면 알 수 있는 일이다. 손님이 커피 한 잔을 주문해도 전표에는 주문시간이 정확히 찍혀나오기 때문이다. 커피숍에서 커피를 주문하면 좌석번호까지 전표에 기록된다. 그러니까 전표를 보면 누가 어느 좌석에서 무엇을 주문했는지를 환히 알 수가 있다. 컴퓨터가 만들어낸 기록의 한 단면이다.

「무얼 주문했지?」

「토스트와 후라이, 그리고 오므렛하고 커피 두 잔을 시켰습니다.」

아침의 간단한 식사에는 커피가 서비스로 제공된다. 식사값은 만원쯤 됐는데 손님은 2만원을 내놓았던 것이다.

「계산은 사인으로 했나?」

「아닙니다. 바로 그 자리에서 계산해 주었습니다.」

「이 사람 카드좀 가져와봐.」

총지배인이 죽은 남자를 턱으로 가리킨 다음 창가 쪽으로 가서 소파에 주저앉았다.

「여기 가져왔습니다.」

프런트 계원이 들고 있던 숙박카드를 그에게 내밀었다. 총지배인은 그것을 받아들고 꼼꼼히 들여다보았다.

죽은 남자의 이름은 오동파(吳東坡)였다. 나이는 33세. 직업은 사업이라고만 되어있었고, 주소지는 서울 강남의 A동에 있는 H아파트였다. 연락 전화번호와 주민등록번호도 적혀있었다. 숙박카드는 완벽하게 구비되어 있었다. 투숙일자는 7월 24일이었고, 기간은 26일 오전까지로 되어있었다. 그러니까 2박 3일 동안 투숙하는 것으로 예약이 되어있었다.

「대금은 받았겠지?」

「네, 받았습니다.」

프런트 계원이 공손히 대답했다.

「부대시설 이용한 건 없나?」

「없습니다. 깨끗합니다.」

「여자와 함께 투숙했었나?」

「프런트에 와서 체크인할 때는 혼자였습니다. 여자는 보지 못했습니다. 다른 동행도 없는 것 같았습니다.」

총지배인은 방안에 있는 직원들을 둘러보았다.

「누가 이 사람하고 함께 투숙했던 여자 본 사람 없어?」

물을 끼얹은 것 같은 침묵이 방안에 깔렸다. 아무도 거기에 대답하는 사람이 없었다. 총지배인은 부하직원들을 흘겨 보고나서 노기 띤 목소리로 말했다.

「이 방에서 사람이 죽었는데 그래…… 이 방에 누가 투숙하고 있었는지 그것도 모르고 있었단 말이야? 도대체 어떻게 근무들하고 있는 거야?」

객실 담당 지배인은 얼굴이 창백해지면서 고개를 숙였다. 이런 경우 입이 열 개라도 할 말이 없다. 변명할 말이 있다 하더라도 상대방이 불 같은 성격임을 알고 있기 때문에 아예 입을 다문 채 죽은 듯이 있는게 상책이다. 총지배인은 사장의 동생이었다. 따라서 그의 눈밖에 나면 호텔을 쫓겨나는 것은 시간문제이다. 그는 사장을 대신해서 인사권을 휘두르고 있었다.

「호텔이 어마어마하게 크다면 출입하는 사람을 모를 수도 있어. 하지만 이렇게 작은 호텔에서 살인범이 들락거리고 있었는데 아무도 본 사람이 없단 말이야? 모두 장님이야? 아니면 낮잠들 자고 있었나?」

지금 그런 것을 따지고 있을 때가 아닙니다. 빨리 경찰에 신고부터 해야 합니다. 잔소리는 나중에 해도 늦지 않습니다. 그의 부하직원들은 대놓고 말은 하지 않았지만 그들의 얼굴에는 하나같이 그렇게 말하고 싶은 표정이 나타나있었다.

총지배인은 더이상 역겨운 냄새를 참을 수 없다는 듯 탁자 위에 놓여있는 담배를 집어들었다. 그것을 보고 프런트 계원이 놀라서 소리쳤다.

「지배인님, 그거 집으시면 안 됩니다. 그건 이 방에 있던 겁니다! 피살자가 피우던…….」

「알고 있어, 임마. 너희들이나 조심해.」

총지배인은 그를 째려보면서 담배갑 속에서 담배를 한 개비 꺼낸 다음 담배갑을 탁자 위에 탁하고 놓았다.

객실 담당 지배인이 재빨리 라이터불을 켜대자 그는 담배연기를 깊이 빨아들인 다음 시체 쪽으로 후우하고 불었다.

「저걸 어떡 하지? 왜 하필 우리 호텔에서 죽었지? 염병할! 기자들이 알면 떼거지로 몰려들텐데, 어떡 하지?」

호텔에서 살인사건이 발생했다는 보도가 신문이나 방송에 나가게 되는 경우 투숙객이 격감하게 될 것은 불을 보듯 뻔하다. 더구나 지금은 피서철이라 방이 없어서 손님을 못받을 정도이다. 살인사건이 일어났다는 것을 알게 되면 그 많은 손님들은 썰물처럼 여기를 빠져나갈 것이다.

「어떻게 하면 좋겠어? 가만 있지 말고 말들좀 해봐. 저걸 바다에다 던져버릴까?」

시체 쪽을 힐끗거리면서 총지배인이 입술을 묘하게 비틀어보였다. 직원들은 그의 눈치를 보면서 머뭇거리기만 했다.

「빌어먹을, 호텔생활 오래 했지만 이런 일은 처음이야. 어떻게 하면 좋겠어? 박과장, 어떻게 하는게 좋겠어? 모두 벙어리가 됐나? 말해보란 말이야.」

객실담당 지배인인 박과장은 마지못해 조심스럽게 입을 열었다.

「제 생각에는 아무래도…… 경찰에 먼저 연락하는 것이…….」

「알았어. 그말 할줄 알았어.」

총지배인은 더 들을 필요도 없다는 듯이 손을 흔들어 박과장의 말을 막은 다음

「그래, 좋아. 서에 전화를 걸어! 지금 바로 걸어!」

하고 소리쳤다. 그리고 박과장이 전화를 걸려고 하자 이렇게 덧붙였다.

「살인사건 났다는 말은 하지 말고 수사과장을 먼저 찾아. 수사과장 나오면 나한테 바꿔줘.」

수사과장은 마침 자리에 있었다. 수사과장이 나오자 총지배인은 요란스럽게 떠들어대기 시작했다.

「아이구, 안녕하십니까? 문라이트 장지배인입니다. 요즘 바쁘시죠? 얼굴 보기 힘듭니다.」

말하는 투가 허물없이 지내는 사이인 것 같기도 하고, 가까운 사이라는 것을 과장해보이고 있는 것 같기도 하다.

「아이구, 안녕하시오? 지배인께서 전화를 다 주시고…… 웬 일입니까? 요즘 거기에는 손님 많죠?」

「여름 한철 아닙니까. 하지만 손님이 아무리 많아도 우리 호텔은 수용하는데 한계가 있으니까요. 과장님은 어떠십니까?」

「큰 사건은 없는데 피서철만 되면 그 왜, VIP들 있잖습니까. 그 양반들이 대거 몰려들어오는 바람에 정신 못차릴 지경이에요. 거기에 따라붙는 가족친지들이 또 좀 많습니까. VIP 이름 팔면서 찾아오는 사람도 많구요. 정말 골치아파 죽겠어요. 나 지금 휴가 받아놓고 가지도 못하고 있어요.」

「정말 VIP들 골치에요. 여기도 없는 방 내놓으라고 떼를 쓰지를 않나, 정작 방을 비워놓고 기다리고 있으면 오지도 않고. 브이 아이 피 이름 팔아서 돈도 내지 않고 줄행랑치는 놈까지 있어요. 정말 그 VIP라는 것좀 없으면 좋겠어요.」

「제가 하고 싶은 말입니다. 참, 그렇지 않아도 장지배인께 부탁을 하나 하려고 했는데…….」

「네, 말씀하십시오. 과장님 부탁이라면 들어드려야지요.」

「다름이 아니고 한 이틀 방이 하나 필요한데…….」

「그런 거라면 걱정하지 마십시오. 다른 사람이라면 몰라도 과장님 부탁인데 들어드려야죠. 언제부터 쓰실 겁니까?」

「내가 쓸건 아니고…….」

장지배인이 용건을 이야기할 때까지는 좀더 시간이 걸렸다. 불필요한 이야기들을 한참 늘어놓은 뒤에야 그들은 공통의 화제쪽으로 관심을 돌렸다.

「과장님께 긴히 드릴 말씀이 있습니다.」

「무슨 일이 생겼습니까?」
「네, 좀 골치아픈 일이 생겨서…….」
「무슨 일입니까? 말씀해 보십시오.」
「전화로 말씀드려도 괜찮을지 모르겠습니다. 외부에 알려지면 좀 곤란한 일이라서 그럽니다.」
「그런 걱정은 하지 마시고, 말씀해 보십시오.」
감을 잡았는지 목소리가 어느 새 긴장되어 있었다.
「그럼, 말씀드리겠습니다. 다름이 아니고 우리 호텔에서 손님이 한 사람 죽었습니다. 남자 손님인데 조금 전에 방안에서 죽은 시체로 발견됐습니다.」
「그래요? 어떻게 죽었나요?」
「제가 보기에는 살해된 것 같습니다. 온몸이 피투성이가 되어 죽어있는데…….」
「알겠습니다. 지금 곧 갈테니까 현장을 잘 보존하고 출입을 통제해주십시오. 현장에 손을 대면 안 됩니다.」
「알겠습니다. 기다리고 있겠습니다. 그런데 외부에 이 사실이 알려지면 곤란하니까 수사를 하더라도 비밀로 좀 해주십시오. 특히 기자들이 알기라도 하는 날에는 신문과 방송에 기사가 나가게 될텐데, 그렇게 되면 큰일입니다. 기자들한테만은 꼭…….」
「알겠습니다. 노력해보지요. 하지만 기자들이란 워낙 냄새를 잘 맡기 때문에 끝까지 보안을 유지할 수 있을지는 자신할 수가 없는데요.」
「부탁드립니다. 과장님만 믿겠습니다. 외부에 알려지면 정말 영업에 막대한 지장이 있다는 거 잘 알고 계시지 않습니까. 꼭 부탁합니다. 그리고 기다리고 있겠습니다.」

전화를 걸고난 총지배인은 벌떡 몸을 일으켰다. 그리고 침대 쪽으로 다가가 다시 사체를 내려다보았다. 그는 아까부터 사체의 아랫도리를 한번 보고 싶었다. 하체의 어딘가에 치명적인 상처가 있을 것 같았고, 바로 그곳을 한 번 보고 싶었던 것이다. 현장에 손을 대면 안 된다는 것을 알고 있었지만 그런 것이야 아무래도 좋았다.

「어떻게 죽었는지 보고 싶지 않아? 다들 이리 와보라구.」

혼자 보기보다는 여럿이 함께 공범관계를 이루는 것이 두렵지도 않고 위안이 되기 때문에 부하직원들을 둘러보며 말했다. 그들 역시 호기심이 당겼기 때문에 그의 말이 떨어지기 무섭게 침대 앞으로 몰려왔다.

「시트를 들쳐봐.」

그 말에는 선뜻 나서는 사람이 없었다.

「겁나서 그러나? 미스터 김, 겁나나? 한 번 들쳐봐.」

지적을 받은 벨맨은 어쩔줄 모르며 서있다가 조심스럽게 손을 뻗어 피가 묻지 않은 시트 끝을 잡았다. 그리고나서 아주 조금씩 시트를 하체 쪽으로 걷어내기 시작했다.

이윽고 복부가 드러나고, 사타구니 아래까지 시트가 내려갔다.

「억!」

벨맨이 먼저 시트를 내던지면서 손으로 입을 틀어막았다.

「아니, 물건이 없잖아?!」

총지배인이 놀라서 소리쳤다.

하덕수(河德守)는 비바람이 몰아치는 바다를 바라보고 있는 동안 거듭 즐거워지는 기분을 감출 수가 없어 계속 싱글벙글거리고 있었다.

「왜 얼빠진 놈처럼 웃고 그래?」

서인배(徐仁培)가 얼굴을 찡그리며 묻는다. 그들은 언제나 그림자처럼 붙어다니는 짝이다.

「이거 보라구.」

하형사가 앞으로 고개를 숙였다.

「만일 날씨가 좋아 그치들이 해수욕장에 하루종일 나가있는다고 생각해봐. 그러면 우리도 뙤약볕에 하루종일 나가있어야 된다구. 그렇다고 남들처럼 수영을 할 수 있는 것도 아니고…… 파김치가 되어 아마 축 늘어질걸. 다행히 하늘이 우리를 생각해줘서 이렇게 비바람을 내려주시니 얼마나 고맙냐 말이야. 그치들한테는 안 됐지만 말이야. 히히…….」

그치들이란 VIP들을 말하는 것이었다. 하형사와 서형사는 지금 요인경호 업무를 맡고 있었다.

요인이란 집권당의 차기 대권 후보자로 선출된 양대식(梁大植)이라는 인물이었다. 그는 오는 가을에 있을 차기 대통령 선거에서 야당 후보를 누르고 대권을 장악할 가능성이 많기 때문에 벌써부터 그의 주위에는 해바라기성 아첨배들이 구름처럼 몰려들고 있었다. 이번에 그를 따라서 제주도에 몰려온 얼굴들만 봐도 정계와 관가의 내노라하는 실력자들이 대부분이었다. 그 바람에 제주도 전역에는 때 아닌 비상이 걸렸고, 전 경찰력이 동원되어 양후보를 비롯한 실력자들을 경호하느라 비지땀을 흘리고 있었다.

하형사 팀은 지금 요인들이 대거 포진하고 있는 오리엔탈 호텔에 진을 치고 있었다. 호텔 안팎에는 현재 5백 명 가까운 사복경찰이 요인경호를 위해 요소요소를 지키고 있었다. 만일 날씨가 좋아 양후보가 바깥 나들이를 했다면 경호에 동원된 경찰 수는 훨씬 더 많았을 것이고 경호에도 어려움이 컸겠지만, 다행히도 날씨가 나빠 요인들이 호텔 안에만 죽치고 있는 바람에 경호요원들은 호텔 안팎만 지키고 있으면 되었다.

양후보가 그의 측근들을 데리고 제주도로 날아온 것은 바로 어제 오후였다. 피서겸 유세를 위해 온 것인데 갑자기 태풍이 불어닥치는 바람에 모든 일정이 취소된채 호텔 안에서 지역 유지들을 만나고 있었다.

호텔 안은 그를 지지하는, 또는 그를 만나기 위해 몰려든 사람들로 그야말로 북새통을 이루고 있었다. 그는 벌써 현직 대통령을 젖혀둔채 권력의 최고 정점으로 부각되고 있었다. 임기가 1년도 채 남지 않은 대통령은 기우는 달처럼 벌써부터 아첨배들로부터 외면당하고 있었다.

「독수리 떴다! 모두 제 위치를 지켜라!」

귀에 꽂아놓은 레시버를 통해 경호요원들을 지휘하는 지휘관의 목소리가 들려왔다. 독수리는 양후보를 가리키는 암호였다.

하형사 팀은 벌떡 일어나 대연회장 쪽으로 움직였다.

대연회장에서는 1시 정각에 양후보가 지역 유지들과 함께 오찬을 가지기로 되어 있었다. 그러나 예정이 조금 늦어져 그것은 1시 30분으로 연기되어 있었다.

연회장 안에는 제주도 지역의 이렇다할 인물들이 다 모여있었다. 그들은 배고픈 것도 참은채 지정된 자리에 얌전하게 앉아있었다. 각 탁자 위에는 1인당 2만 5천원짜리 식사가 잔뜩 차려져 있었다.

「야, 맛있겠는데.」

하형사가 연회장 안을 들여다보면서 입맛을 다셨다. 그는 너무 먹성이 좋아 살찐 몸을 줄이는 것을 아예 포기하고 있었다.

「저 맛있는 것을 먹지도 못하고 보고만 있으니 얼마나 고역일까, 쯔쯧…… 저게 얼마짜린줄 알아?」

「시끄러. 독수리 날아오고 있어.」

서형사가 눈을 부라리면서 그의 옆구리를 쿡 찔렀다. 하형사는 놀라서 재빨리 뒤로 물러섰다.

저만치 엘리베이터 쪽에서 한떼의 사람들이 이쪽으로 이동해 오고 있는 것이 보였다. 그 중간에서 오늘의 주인공이 마치 개선장군처럼 의기양양한 모습으로 걸어오고 있었다. 중키에 미남형의 사나이로 기품이 있어 보였다. 젊은 형사들은 앞으로 자신들의 생활을 수년 동안 지배하게 될 새로운 인물을 보다 정확히 봐두기 위해 온신경을 집중해서 그를 쏘아보았다.

「5번 출구를 차단하라! 그쪽으로 시위대가 몰려들고 있다! 빨리 움직여!」

레시버를 통해 지휘관의 목소리가 계속 들려오고 있었다. 하형사는 5번 출입구 쪽을 힐끗 돌아보았다. 요원들이 출입구 쪽에 몸으로 바리케이드를 만들고 있었다. 그쪽에서 갑자기 머리에 붉은 띠를 두른 시위대의 모습이 파도처럼 바리케이드에 덮쳐들고 있는 것이 보였다. 경호요원들이 계속 그쪽으로 우르르 몰려가고 있었다.

「양대식은 사퇴하라!」

「양대식은 자결하라!」

「양대식은 각성하라!」

시위대는 주먹을 휘두르며 외쳐대고 있었다. 그러나 그것은 거센 파도에 삼켜지는 외침처럼 힘이 없었다.

양후보는 그쪽은 거들떠보지도 않은채 연회장 쪽으로 걸어오고 있었다. 마치 그 정도의 시위는 애교로 받아줄 수도 있다는 듯이.

「후보경선에서 탈락된 세력이야. 한심한 작자들이지.」

서형사가 하형사의 귀에다 대고 재빨리 속삭였다.

마침내 양후보가 그들 앞을 지나쳐 연회장 안으로 들어갔다. 그가 얼굴에 가득 미소를 띤채 여유있는 모습으로 지나갈 때 하형사는 그의 모습을 조금 더 가까이서 보려고 그를 둘러싸고 있는 사람들 사이로 파고들었다. 그의 오른손에는 신문지로 말아쥔 무전기가 들려있었다. 그는 갑자기 숨이 막히는 것을 느꼈다. 갑자기 옆구리로 강한 일격이 날아왔던 것이다.

갈비뼈가 몇 개 부러져나가는 것 같은 격심한 통증을 느끼면서 그는 쓰러질듯 비틀거렸다.

「아니, 왜 그래?」

서형사가 쓰러지려는 그를 부축하면서 물었다.

「아이구, 죽겠네.」

하형사는 옆구리를 두 손으로 누르면서 북새통 속을 빠져나왔다.

연회장 안에서 우뢰 같은 박수소리와 함께 양대식을 연호하는 함성이 터져나오고 있었다.

「아니, 왜 그러는 거야?」

서형사가 하형사를 잡아 흔들었다.

「이 멍청아, 보면 몰라?」

하형사가 고통을 이기지 못해 얼굴을 온통 찡그리는 것을 보고 그제서야 서형사는 눈치를 채고 씨익 웃었다.

「한 대 얻어맞았구나. 바보같이 그렇게 가까이 접근하니까 그렇지. 그 친구들은 인정사정 없다는 거 알잖아.」

양후보의 주변을 그림자처럼 붙어다니는 측근 경호대의 누군가가 가까이 접근하는 하형사를 보고 팔꿈치로 사정없이 그의 옆구리를 내질렀던 것이다. 그런 일은 흔히 있을 수 있는 일이었다. 그래서 사복 형사들은 요인에게 가까이 접근하는 것이 금지되어 있었던 것이다. 일정한 간격을 두고 외곽경비만 맡도록 되어있었는데, 하형사가 그것을 무시하고 북새통 속으로 들어서려다가 그만 한 대 맞았던 것이다.

「개새끼!」

하형사는 연회장 쪽을 흘겨보면서 자기를 때린, 그 얼굴을 알 수 없는 경호원에게 욕설을 퍼부었다. 그러다가 그는 바닥에 떨어져있는 자신의 무전기를 발견하고는 얼른 뛰어가서 그것을 집어들고 왔다. 까무러칠 정도로 강한 일격이 날아드는 바람에 자기도 모르게 손에 들고 있던 무전기를 놓치고 말았던 것인데 뒤늦게야 그 사실을 알게 되었던 것이다.

소형 무전기는 사람들의 발길에 짓밟혀 부서져있었다. 그 때문에 그가 더욱 화가 치밀어 어쩔줄 몰라하는 것을 보고 서형사가 또 한 마디 했다.

「그걸 보란 듯이 들고 접근하니까 무기인줄 알고 한 대 먹인 거야. 왜 그렇게 머리가 안 돌아가?」

서형사는 하덕수와는 대조적으로 비쩍 마른데다 키가 큰 편이었다. 생김새도 상반되게 다른데다 성격 또한 하형사가 쾌활하고 말이 많은데 비해 그는 신중하고 말수가 적은 편이었다. 모든 점에서 닮은 구석이라고는 하나도 없는데도 불구하고 그들은 묘하게도 짝을 이루어 잘 붙어다녔다. 그들은 자주 입씨름을 벌리고 의견 충돌이 잦았지만 그렇다고 해서 파트너를 바꾸거나 하지는 않았다.

그들은 지휘관의 시야에서 벗어나기 위해 모퉁이를 돌아 창가 쪽으로 다가갔다. 덕수는 창가에 걸터앉아 옆구리를 눌러대면서 분을 삭였다.

「양후보, 실물을 보니까 상당한 미남이야. 귀공자 같던데.」

서형사가 덕수를 내려다보면서 말했다.

하덕수는 서형사를 흘겨보면서 계속 옆구리를 누르고 있었다.

「그렇게 아프면 병원에 가보지 그래?」

빈정거리는 투로 서형사가 말했다. 하형사는 일어서서 허리를 뒤틀었다.

「한번 맞아보라구. 숨이 턱 막히는게 꼭 죽는줄 알았다구. 나를 친 놈은 아마 태권도 고단자일 거야. 개새끼 같으니!」

이를 가는 것을 보고 서형사는 킥킥거리고 웃었다. 그가 그렇게 웃는 것은 드문 일이었다.

「흥, 고소하겠구나.」

「양후보 말인데…… 실제 나이보다도 더 젊어 보이던데.」

「난 그치한테 표 안 찍어줄 거야.」

「양후보의 열렬한 지지자가 갑자기 왜 그래? 벌써 변심했나?」

그들은 대권 후보자에 대한 평가에서도 서로 정반대의 입장을 보이고 있었다. 하형사가 집권당의 후보를 지지하고 있는데 반해 서형사는 야당후보인 김종세(金鍾世)의 열렬한 지지자였다.

「변심한게 아니야. 경호원한테 당하고 나니까 정나미가 떨어졌어. 양후보까지 괜히 꼴보기 싫어.」

「양후보 말이야. 내가 보기에는 피부가 뽀얀게 꼭 우유꼭지 빨고 있는 애 같던데.」

서형사는 하형사의 반응을 살피면서 말했다. 그의 약을 올리려고 적당한 말을 생각하고 있는 눈치였다. 그러나 아직 분이 풀리지 않은 하형사는 반응을 보이지 않고 있었다.

양대식 후보는 40대 기수론을 들고나와 정계에 일대 돌풍을 일으키면서 등장한 인물이었다. 나이 많은 늙은 정치인들에게 식상해있던 국민들에게 패기만만한 젊은 정치 지도자의 등장은 확실히 하나의 신선한 충격으로 받아들여졌다. 정치윤리는 실종된지 오래였고, 노회한 늙은 정치인들은 교활한 여우처럼 잔꾀만 늘어 권모술수로 국력을 낭비하고 허송세월만 보내고 있었다. 그런 그들에게 더이상 한국의 미래를 기대한다는 것이 얼마나 어리석은 짓인가를 국민들은 벌써부터 깨닫고 있었고, 거기에서 오는 좌절감과 무력감을 간파하고 혜성처럼 나타난 사람이 바로 양대식이었던 것이다.

그는 이제 46세에 불과했다. 확실히 그 젊은 나이만으로도 신선한 충격을 주기에는 충분했다. 거기에다 그는 잘 생긴 외모를 지니고 있었기 때문에 특히 여자들에게 절대적인 인기가 있었다. 사람들은 그의 인기가 마치 60년대의 케네디의 인기에 버금가는 것이라고까지 말할 정도였다. 그의 이력 또한 매력을 끌기에 충분했다. 이른바 그는 공부벌레들, 또는 수재들의 코스라고 할 수 있는 KS 출신이었고, 미국과 영국에 유학, 국제정치학 박사학위와 국제경제학 박사학위를 취득했다. 그것을 발판으로 미국의 상류사회에 진출한 그는 미국의 외교정책에 결정적인 영향력을 발휘하고 있는 H연구소에 근무하는 한편으로 고급 사교클럽을 만들어 정계와 재계의 실력자들과 교분을 가짐으로써 자신의 위상을 국제무대로 올려놓는데 성공했다.

미국 상류사회에서의 그의 폭넓은 교분과 영향력은 점차 커져갔고, 그것은 곧 한국의 정치인들과 관리들의 주목을 받게 되었다.

거칠고 촌스러운 한국 정치인들과 관리들은 미국인들과의 거래에서 갈수록 어려움을 겪고 있었고, 또 거래 때마다 번번이 쓴 고배를 마시곤 했기 때문에 중간에서 거래를 원만하게 처리해줄 수 있는 거물급의 인물을 필요로 하고 있었다. 그런 인물로 양대식이 최적임자로 떠오른 것은 아주 당연한 일이었다.

이후 한국 정부의 대미(對美) 로비스트로서의 그의 활약은 기대 이상의 성과를 거두기 시작했고, 단시일 내에 그는 정부 고위층의 두터운 신임을 받기에 이르렀다.

수년 후 그는 최고 권력자의 부름을 받아 그의 특별보좌관이 되더니, 얼마 후에는 주미 한국대사로 발탁되었다. 이때 그는 최고 권력자의 여동생을 아내로 맞이하는 행운까지 얻게 되었다. 그는 그때까지 독신으로 지내고 있었는데, 상대 여자는 이혼한 전력이 있는 꽤 까다로운 여인이었다. 소문에 의하면 그들은 어느 파티석상에서 알게 되어 금방 뜨거운 관계로 발전했다고 하는데, 또 한편으로는 여자 다루는데 능수능란하고 세련된 매너를 갖춘 남자의 교묘한 접근에 그녀가 말려들었다는 소문도 무성하게 떠돌았었다. 아무튼 그때까지 독신이었던 그가 여자다운 매력이라고는 별로 없는 30대 이혼녀와 결혼한 것을 보면 그 저의가 딴 데 있었는지도 모를 일이었다. 그러나 그것을 놓고 그가 원대한 야망의 일단을 보여준 것이라고 한들 그것은 어디까지나 개인적인 사생활에 관계된 일이기 때문에 남들이 뭐라고 왈가왈부 떠들어댈 성질의 것은 아니었다.

그 후의 그의 궤적은 그때까지보다도 더 눈부신 것이어서 그의 적들로서는 차라리 두 눈을 감아버리고 싶을 정도였을 것이다. 주미대사에서 국회로 진출한 그는 이윽고 각료가 되더니 여당내 주도세력의 리더로 급부상, 마침내 40대 기수론을 들고 나

옴으로써 차기 대권을 노리는 선두주자로 화려하게 등장했다. 대권 후보자 경선에서 그가 압도적인 득표로 나이 많은 상대를 젖히고 당선되자 사람들은 그때까지 그가 연출해온 드라마에 하나같이 얼떨떨한 표정들이었다. 그리고 그 얼떨떨함에서 깨어나 아차하고 발을 굴렀을 때는 이미 모든 것은 기정 사실로 굳어져 있었다.

양후보를 보는 눈은 대개 두 가지로 나뉘어져 있었다. 하나는 그의 화려한 이력과 46세라는 젊음이 풍기는 신선함과 박력에 매료된 사람들의 호감어린 시선이었다. 그런 사람들은 그가 앞으로 전개시켜나갈 새로운 한국의 드라마에 새로운 기대를 걸고 있었다. 벅찬 희망으로 가슴이 잔뜩 부풀어있다고 서슴없이 말하는 사람들이 많았다.

다른 하나는 그를 의혹의 눈초리로 보는 사람들의 견해였다. 그들은 양후보에 대한 환상에서 깨어나야 한다고 말하고 있었다. 수재이긴 하나 고생 모르고 자라온 그의 화려하기만한 이력은 단지 하나의 허황된 치장일 뿐 결코 한 나라의 통치자에게 꼭 필요한 요건은 아니라는 것이었다.

고생과 고통으로 단련된 굳센 의지, 세상의 어두운 곳을 살펴볼줄 아는 통찰력, 삶의 험로에서 다져온 투쟁력, 이런 것들이 그에게는 결여되어 있다는 것이 그를 신통치 않게 생각하고 있는 사람들의 한결같은 의견이었다. 이같은 의견에 힘입어 야당쪽 사람들은 그를 젖비린내 나는 애숭이로 몰아붙이고 있었다. 그들은 애숭이가 후광을 업고 겁도 없이 까분다고 비아냥거리고 있었다.

그러나 저러나 아무튼 그는 차기 대권 후보자로서 선두를 달리고 있었다. 그의 질주를 막을 수 있는 사람이나 상황은 현재로서는 전혀 없는 듯 보였다. 따라서 그는 지금 탄탄대로를 달리고 있는 셈이었다.

대연회장서는 계속 떠나갈 듯한 함성과 박수소리가 들려오고 있었다.

「흥, 살 맛 나겠군.」

서형사가 연회장 쪽을 힐끗 쳐다보면서 빈정거렸다.

대형 유리창 위로 빗물이 줄기차게 흘러내리고 있었다. 그 창을 통해 파란 잔디가 깔린 넓은 정원과 그 저편으로 미친 듯 울부짖고 있는 시커먼 바다가 한눈에 들어왔다. 그 미친 듯 울부짖고 있는 바다를 보고 있으려니 인간들의 움직임이 한없이 가소롭게만 생각되었다.

「미스타 하!」

과장의 목소리에 하형사는 고개를 돌렸다. 대머리 수사과장이 급한 걸음걸이로 다가오고 있었다. 그는 부하들을 아무개 형사라 부르지 않고 누구한테나 성 앞에 미스타를 붙여 부르고 있었다. 미스타라는 발음은 어쩐지 촌스러운 느낌을 주고 있었지만, 그것을 아는지 모르는지 그는 그 발음을 거침없이 구사하고 있었다.

「야, 너희들, 점심 먹었나?」

대머리는 젊은 형사들한테 마구 반말을 던지곤 했는데, 그들에게는 그것이 오히려 친근감을 느끼게 해주고 있었다.

「아직 안 먹었습니다.」

하형사가 대답했다. 함께 점심을 먹으러 가자고 할줄 알았는데 그게 아니었다.

「너희들 둘이 말이야. 지금 바로 문라이트 호텔에 가봐. 여기는 상관하지 말고 빨리 가봐.」

「무슨 일이 있습니까?」

서형사가 물었다.

「방에서 변사체가 발견된 모양이야. 가서 정밀 검사를 해봐.」

젊은 형사들은 잠시 서로를 멀뚱히 쳐다보았다.

「호텔에 가면 총지배인이 기다리고 있을 거야. 난 좀 있다 갈 테니까 먼저 가서 조사해봐. 그리고 참, 보안을 철저히 해야 해. 특히 기자들을 조심해.」

「왜 죽었답니까?」

「내가 그걸 어떻게 알아.」

퉁명스럽게 쏘아붙이고나서 고과장은 연회장 쪽으로 급히 걸어가버렸다.

그는 수사계통에서만 30년 가까이 뛰어온 인물이었다. 그를 보고 그의 부하들은 늙은 여우와 곰을 합쳐놓은 것 같다고 말하곤 했다. 잔꾀와 곰 같은 뚝심을 두고 한 말이었다. 고과장은 대머리에다 무거워보이는 안경까지 끼고 있었다. 안경이 항상 밑으로 처지는 바람에 누구를 쳐다볼 때는 턱을 치켜들고 쳐다보곤 했다. 중키에 몸집이 장딸막하고 단단하게 생긴 것이 곰을 연상케 했다. 오랜 경험으로 다져진 위압적인 태도 앞에 그의 부하들은 제대로 기를 못 펴고 슬슬 기다시피 했다. 그는 부하들 사이에 불곰으로 통하고 있었다.

호텔을 빠져나온 젊은 형사들은 낡아빠진 자가용 승용차에 올랐다.

「차라리 잘 됐지 뭐야.」

하형사가 시동을 걸면서 말했다. 그는 어느 새 평소의 기분으로 돌아가있었다.

「누구를 경호한다는 것처럼 따분한 일도 없거든.」

차가 덜컹하면서 뒤로 빠지더니 재빨리 커브를 그으면서 앞으로 부르릉 달려갔다. 하마터면 충돌할 뻔한 외제 승용차 운전자가 놀라서 클랙션을 울려댔다. 그러나 하형사의 더럽기 짝이 없는 차는 뒤도 돌아보지 않고 질주해갔다.

서형사는 그 차를 탈 때마다 언제나 뒷좌석에 앉곤 했다. 하형사가 워낙 거칠게 과속으로 차를 몰기 때문에 겁이 나서 앞자리에 앉을 수가 없었다. 아무리 조심해서 운전을 하라고 해도 하형사는 말을 듣지 않았다. 그의 미친 듯이 몰아대는 운전솜씨는 알만한 사람들은 다 알고 있을 정도로 정평이 나있었다. 그래서 그것을 알고 있는 사람들은 차라리 택시를 타면 탔지 그의 차에 동승하는 것만은 될수록 피하고 있었다. 신기한 것은 그렇게 거칠게 차를 모는데도 지금까지 사람을 치거나 하는 큰 사고가 한번도 없었다는 것이었다. 물론 자질구레한 사고는 꽤 있는 편이었지만.

「이런 날 죽은 시체을 본다는 건…… 좋지 않아. 꺼림칙한 일이야.」

서형사가 한라산 쪽을 올려다보며 말했다.

한라산 정상은 시커먼 구름에 가려 보이지 않았다. 정상 쪽에서 번개불이 번쩍이고 있었다.

「같은 값이면 여자가 좋겠는데.」

중앙선을 넘어 트럭을 추월하면서 하형사가 말했다. 서형사는 마음을 졸이면서 문 위에 달린 손잡이를 단단히 움켜잡았다.

「남자 시체는 정말 보기 싫어. 더구나 늙은 남자는 질색이야.」

「할머니라면 어떡할 거야? 할머니도 여자 아냐.」

아직 총각인 하형사는 여자라고 하면 상대를 가리지 않고 건드리는 잡식성으로 소문이 나있었다.

서형사의 말에 하형사는 한 손을 들어 흔들어보였다.

「그건 생각만 해도 비참해.」

「난 할머니도 좋아할줄 알았는데.」

윈도와이퍼는 운전석쪽 것만 작동하고 있었다. 그것은 끽끽거리면서 힘겹게 빗물을 훑어내리고 있었다. 물이 고인 곳을 그대로 질주하는 바람에 흡사 물이 파도처럼 높이 일어섰다가 창문을 덮쳤다.

오리엔탈 호텔에서 문라이트 호텔까지는 차로 10분쯤 걸리는 거리였지만 하형사의 엉터리 차는 출발한지 5분만에 그 거리를 주파해서 호텔 앞에 도착했다.

그들이 함께 일한지는 4년쯤 되었다. 그들은 동갑내기인 서른다섯이었다. 그전에는 교통과니 조사과니 하는데서 일하다가 형사과로 자리를 옮기면서 고기가 물을 만난 듯 둘이 붙어다니게 되었던 것이다.

그런데 묘하게도 두 사람 다 제주도 출신이 아니었다. 하덕수가 제주도까지 날아와 일하게 된 것은 순전히 제주도라는 섬 자체를 좋아했기 때문이었다. 더구나 그는 홀몸이기 때문에 가고 싶은 곳이 있으면 아무데고 부담없이 훌쩍 떠날 수가 있었다.

그가 제주도에 매료된 것은 사귀던 아가씨가 제주도에 살고 있었기 때문에 그녀를 만나러 제주도에 뻔질나게 드나들면서부터였다. 그 아가씨와 만나면서 그는 또 한 명의 다른 아가씨를 사귀게 되었다. 부산에서 제주도로 오는 페리호 안에서 만난 여자였다. 여자라고 하면 마다하지 않는 그는 그때부터 제주도에 올 때마다 두 아가씨를 상대로 번갈아가며 만나는 스릴을 즐기게 되었는데, 얼마 가지 않아 그것이 들통나는 바람에 두 아가씨와 헤어지게 되었다. 그녀들로부터 버림을 받았다고 해야 옳을 것이다. 워낙 바닥이 좁은 곳이기 때문에 아가씨들 사이에 소문이 퍼져 결국은 당사자들의 귀에까지 들어가게 되었던 것이다. 헤어질 때 그는 한 아가씨로부터 보기좋게 따귀까지 한 대 얻어맞았었다.

그러나 그때쯤 그는 제주도에 흠뻑 매료되어 있었고, 아가씨들하고 헤어졌다고 해서 눈 하나 까닥하지 않는 성미였기 때문에 손을 써서 아예 제주도로 내려와버렸다. 제주도로 오기 전까지는 서울에서만 근무했는데, 지방 사람들이 서울로만 자리를 옮기려고 혈안이 되어있는 판에 그와는 반대로 오히려 제주도로 가겠다고 하자 모두가 어리둥절해 했다. 자리는 많았기 때문에 제주도행은 쉽게 허락이 떨어졌지만, 그전에 일단 한번 들어가면 여간해서는 빠져나오기 힘드니 신중히 생각하라는 상사의 당부가 있었다. 그러나 그는 생각을 굽히지 않고 결국 자청해서 제주도로 자리를 옮겨왔던 것이다.

그는 제주도로 옮겨온 것을 지금도 잘했다고 생각하고 있었다. 지금까지 제주도에서 살게된 것을 후회한 적은 한번도 없었다.

서인배가 제주도에 온 경위는 좀 달랐다. 그가 제주도로 옮겨온 것은 6년 전쯤이었는데, 그전에는 부산에서 근무했었다. 부산에서 근무하고 있을 당시 자주 출입하던 다방에서 어느 날 새로 들어온 나이어린 레지 아가씨를 발견하고는 첫 눈에 반해버렸다. 그녀는 제주도에서 왔다고 했는데, 다방에서 일하게 된지 얼마 안 된, 아직 때라고는 묻지 않은 청순한 처녀였다. 인배는 그녀가 닳고 닳아지기 전에 결혼해야겠다고 마음먹고 그녀에게 적극적으로 접근했다. 그런데 그녀한테는 모셔야 할 노모가 있었다. 그녀는 하나 밖에 없는 외동딸이었다. 오빠가 하나 있기는 있었는데 교통사고로 죽는 바람에 결국 그녀 혼자서 노모를 모시지 않으면 안 되게 되어있었다.

그 노모는 토박이 제주도 출신으로, 그곳을 떠나 뭍으로 가는 것을 죽음 그 자체로 받아들일 정도로 그곳에 붙박혀 살고 있는 사람이었다. 인배의 형편으로서는 결혼하게 되면 단칸 셋방 하나 정도 얻을 능력 밖에 없었다. 그러니 부산으로 모셔와 함께 살자고 할 수도 없는 처지였다. 모시겠다고 해도 부산에까지 와서 함께 살 노모가 아니었지만.

결국 그 나어린 레지와 결혼할 수 있는 길은 여자 집에 데릴사위로 들어가는 방법밖에 없었다. 내키지 않는 방법이긴 했지만 그녀와 꼭 결혼하고 싶었기 때문에 그는 마침내 결단을 내려 그녀와 결혼식을 올린 다음 정든 부산을 떠나 제주도로 내려왔다. 내려올 때는 만일 장모가 세상을 떠나면 그 즉시 가족을 데리고 부산으로 돌아올 생각이었는데, 장모라는 여인은 날이 갈수록 기운이 펄펄 살아, 그녀가 세상을 떠난다는 것은 생각조차 할 수 없게 되었다. 그리고 세월이 흐르다보니 인배 자신이 제주도를 좋아하게 되어 지금 와서는 굳이 그곳을 떠날 생각도 없어지고 말았다. 그들 부부 사이에는 그동안 자식 둘이 태어나 별탈없이 무럭무럭 자라고 있었다. 그는 자식들이 자라는 것을 보는 것이 가장 큰 즐거움이었다. 그의 아내는 아직도 20대로, 앳되면서도 관능적인 모습을 보여주고 있었다. 하형사는 그녀를 볼 때마다 군침을 흘리며 서형사에게 마누라 하나 잘 얻었다고 말하곤 했는데, 그것은 결코 빈말로 그러는 것이 아니었다.

「아이구, 어서들 오십시오. 고과장님은 안 오십니까?」

로비에서 서성거리고 있던 장지배인이 크게 두 팔을 벌리며 하형사 팀을 맞았다.

「일이 있어서 나중에 오신다고 했습니다.」

「잠깐 좀 보실까요.」

장지배인은 혼잡한 로비를 벗어나 사람 출입이 별로 없는 조용한 복도 쪽으로 형사들을 데리고 갔다.

「부탁드리고 싶은게 있어서 그러는데…… 가능한한 숙박 손님들에게 눈치채이지 않게 일을 처리해 주십시오. 손님들이 알게 되면 영업상 치명적인 손실을 입기 때문에 그럽니다. 아시겠지만, 여기 호텔업이란게 여름 한철 장사 아닙니까. 여름철 장사를 못하게 되면…….」

「아, 말씀 안 하셔도 압니다. 아주 조용히 처리할테니까 그런 걱정은 안 하셔도 됩니다.」

하형사가 거침없이 대꾸하자 장지배인은 웃으면서 그의 어깨를 툭툭 두드려댔다.

「과장님한테도 말씀드려놨습니다. 신경 써주시겠다고 했으니까…… 일이 끝나거든 지배인실로 좀 들러주십시오. 제가 한턱 내든가…….」

「현장이 어딥니까?」

서형사가 엄숙한 표정으로 상대방의 말을 중단시켰다.

「318호실입니다. 제가 안내하죠.」

지배인은 머쓱해서 앞장서 걸어갔다.

「서에서는 아무도 안 왔습니까?」

「네, 두 분이 제일 먼저 오신 겁니다.」

「시체를 봤습니까?」

「네, 봤습니다. 너무 끔찍해서 토할 뻔했습니다.」

「그래요? 여자가 죽었나요?」

하형사가 총지배인과 나란히 걸어가면서 계속 물었다.

「남자입니다. 30대 젊은 남자인데…….」

그들은 비상계단을 올라갔다.

「아주 비참하게 죽었습니다. 내가 보기에는 살해당한 것 같더군요. 당분간 그 방에는 손님을 받을 수 없을 것 같아요. 호텔 밥 오래 먹었지만 이런 일은 처음입니다. 하필이면 바캉스철에 이런 일이 일어나다니…….」

서형사는 그의 뒤를 묵묵히 따라갔다. 그는 집에 일찍 들어가기는 글렀다고 생각하고 있었다. 집에 일찍 들어가서 아이들과 놀아주려고 했는데…….

「318호실에는 지금 누가 있습니까?」

「아무도 없습니다. 조금 전까지는 직원들이 지키고 있었는데, 아무래도 현장을 손댈 것 같아 모두 내보내고 문을 잠궈놨습니다.」

이윽고 세 사람은 318호실 앞에 이르렀다.

「잠깐!」

도어록에 열쇠를 꽂으려는 지배인을 하형사가 제지했다. 그는 도어록에 걸려있는 DND카드를 쳐다보았다. 그 카드에는 Do not disturb(깨우지 마시오)라는 영문 글귀가 인쇄되어 있었다. 방해받지 않고 오래 자고 싶을 때 투숙객은 그 카드를 밖의 도어록에 걸어둔다.

「이거, 누가 걸어놨습니까?」

「본래부터 걸려있었습니다. 이 방 손님이 걸어둔 모양입니다.」

하형사가 알겠다는 듯 끄덕이자 지배인은 도어록에 열쇠를 꽂았다.

「어휴, 이 냄새!」

문을 열자마자 지배인은 먼저 안으로 들어서기가 싫은지 형사들을 위해 한쪽으로 비켜섰다.

방안은 고약한 냄새로 가득 차있었다. 그것은 비린내와 시체 썩는 냄새가 뒤범벅된 역겹기 짝이 없는 냄새였다.

「쯔쯔쯧…… 안 됐군. 제주도에 놀러왔다 당한 모양인데.」

하형사가 혀를 끌끌 차면서 말했다. 서형사와 지배인은 얼굴을 잔뜩 찌푸리고 있었지만 그는 아무렇지도 않은 듯 무표정하게 침대 위의 사체를 내려다보고 있었다.

지배인이 담배를 피워문 다음 냄새를 빼기 위해 창문을 열어젖히자 하형사가 정색을 하고 도로 문을 닫으라고 말했다.

「냄새를 좀 빼는게 좋지 않겠습니까? 숨을 못 쉬겠는데요.」

「냄새라고 다 소용없는게 아니죠. 냄새도 분석하기에 따라서는 수사에 도움이 되니까요.」

「아, 그런가요. 난 몰랐습니다.」

「담배도 꺼주세요. 재떨이에다 버리지 말고 밖에다 버리든지 하세요.」

지배인은 얼굴을 붉히면서 창문을 조금 열고 피우던 담배를 내던졌다.

창문은 온통 미친듯 울부짖는 검은 바다로 채워져있었다.

광풍에 창문이 떨어져나갈 듯 흔들거리고 있었다. 키 큰 야자수들이 바람에 모두 쓰러져있었고, 인공풀장 주위에 놓여있는 의자들도 나딩굴어 있었다.

하형사는 점퍼를 벗어 의자 위에 걸쳐놓은 다음 침대 앞으로 바싹 다가섰다. 서형사도 함께 다가서서 사제를 내려다보았다.

「미남이야. 서른 살은 넘었겠는데…….」

하고 하형사가 말했다.

서형사가 조심스럽게 피에 젖은 시트를 걷어냈다.

「벌거벗고 죽었잖아.」

「야, 이건…….」

서형사는 얼굴을 찌푸리면서 고개를 돌렸다.

「물건이 없잖아!」

하형사가 소리쳤다. 먼저 그것을 보았던 장지배인은 두번째에도 구역질이 나는지 손으로 입을 틀어막았다.

「끔찍한데요.」

그는 먼저 보았다는 말은 하지 않았다. 하형사는 기가 막히다는 듯 머리를 흔들어댔다.

「좆을 잘라버리다니 이건 너무 심하잖아! 다른 상처는 없는 것 같은데…… 이 봐, 이런 식으로 자살할 수도 있나?」

「전혀 불가능한 일은 아니겠지.」

끔찍하다는 듯 서형사가 눈을 지그시 감았다가 떴다.

「하지만 누가 이렇게 지저분하게 자살하겠어. 벌거벗은데다 자기 손으로 물건을 잘라서 자살하는 놈이 어디 있어. 에또, 이건 엽기적인 살인 같은데. 기자들이 알면 발광하겠는데.」

신이 나는지 떠들어대기 시작하는 하형사를 보고 장지배인이 당황해서 말했다.

「기자들이 알면 안 됩니다. 어떻게든 기자들이 모르게 해야 합니다. 부탁합니다.」

실무자들이 입을 다물어줘야 비밀이 유지된다는 것을 알고 있었기 때문에 그는 간곡한 어조로 말했다.

「우리야 입을 다무는건 문제 아니지만 입을 다물고 있다고 해서 그자들이 눈치 못채겠어요. 하여간 그건 그렇고…… 이건 중간도 아닌 밑둥부터 잘려나갔어. 이건 정말 지독한데…….」

상처부위와 그 주위는 음모와 피로 뒤엉켜있었다. 사타구니에는 털이 유난히도 많이 밀생해 있었다.

심벌이 잘려나간 남자의 모습은 끔찍하다 못해 참혹하기만 했다. 그것은 남자가 아니라 고기덩어리 그 자체일 뿐이었다. 어쩌다가 이렇게 됐을까. 모두가 그런 의문을 품고 있었지만 그것을 입밖에 꺼내 말하는 사람은 없었다. 지금으로서는 부질없는 물음이었기 때문이다.

서형사는 벌써 방안을 살펴보고 있었다. 감식반이 도착할 때까지는 가능한한 현장을 그대로 보존해 두어야하기 때문에 여기저기를 관찰하고 있었다.

「잘려나간 물건이 어디 있을 거야. 잘 살펴보라구. 칼도 있을지 몰라. 예리하게 잘린 걸로 봐서 칼을 사용했을 거야.」

그렇게 말하면서 하형사는 침대 밑을 살폈다.

침대 밑은 어두워서 잘 보이지가 않았다. 하형사가 플래쉬를 찾자 장지배인이 방안에 있던 비상용 플래쉬를 꺼내 그에게 주었다.

하형사는 플래쉬를 받아들고 침대 밑을 찬찬히 비쳐보았다. 침대 밑은 제대로 청소가 되지 않아 먼지가 잔뜩 쌓여있었고, 자질구레한 것들이 적지 않게 버려져있었다. 그것들은 주로 침대와 벽 사이로 내버린 것들이라 침대 밑에 줄줄이 나딩굴어 있었다.

「침대를 들어내보자구. 저 밑에 뭐가 떨어져있어.」

하형사는 몸을 일으킨 다음 침대와 벽 사이를 가리켰다. 침대는 한쪽 벽에 기대어 놓여져 있었지만 그 사이에는 주먹이 한 개 정도 들어갈 수 있는 틈이 벌어져 있었다.

「감식반이 올 때까지 그대로 두는게 낫지 않을까?」

서형사가 머뭇거리는 것을 보고 성미급한 하형사는 침대 밑으로 손을 뻗어 끙하는 소리까지 내면서 그것을 들어올렸다.

「어휴, 되게 무거운데. 보고만 있지 말고 이것좀 들자구.」

그는 살인사건 같은 강력사건의 현장에 먼저 도착하게 되면 감식반에 앞서 현장을 닥치는대로 어지럽혀놓는 좋지 않은 버릇이 있었다. 그렇게 해서는 안 된다는 것을 잘 알고 있으면서도 그는 귀에 못이 박힐 정도로 들어온 그 수사의 ABC를 곧잘 묵살한채 자기 하고 싶은대로 해치워버리곤 했다. 성미가 몹시 급한 그는 수사를 하는데 있어서도 순서라는 것이 따로 없었다. 차례차례 순서를 밟아 수사를 전개하는 것이 아니라 내키는대로 부딪쳐나갔다. 그런 그에게 좌우명이 있다면 속전속결이라고 할까. 그리고 그 점은 여자를 상대하는데 있어서도 마찬가지였다. 사건현장을 엉망으로 만들어놓는 바람에 감식반의 상급자한테 야단을 맞거나 반원들과 말다툼을 벌이는 경우도 허다했다. 그러나 그의 그 버릇은 좀처럼 고쳐질 기미를 보이지 않고 있었다.

건장한 사내의 사체가 누워있었기 때문에 침대는 꽤나 무거웠다. 서형사가 못마땅한 표정으로 서있는 바람에 장지배인이 하형사를 도와 침대 한쪽을 벽으로부터 들어냈다. 한 사람이 비집고 들어갈 수 있는 공간이 생기자 하형사는 허리를 굽히고 그 안으로 조심스럽게 발을 들여놓았다.

「아이구, 이 잡쓰레기…… 지배인님, 방 청소좀 잘 하셔야 되겠습니다.」

그 말에 지배인은 얼굴을 붉혔다.

「항상 청소 깨끗이 하라고 말하지만 잘 듣지를 않습니다. 이번 기회에 아예 룸메이드를 갈아치워야겠어요.」

「이것 보세요.」

하형사는 무엇인가 길쭉한 것을 집어들고 지배인에게 흔들어 보였다. 그 바람에 거기에 묻어있던 먼지가 뿌옇게 날리고 있었다.

「뭔지 아세요? 콘돔이에요, 콘돔. 이런걸 여기다 버리다니 참 한심하군. 콘돔이 다섯 개나 있어요.」

침대 위에서 벌어졌을 그 숱한 정사장면을 생각하자 그는 가슴이 울렁거려왔다.

그것은 하나같이 난잡한 정사장면이었다. 침대 밑으로 콘돔을 내버릴 정도로 몰상식한 사내라면 정상적인 정사는 벌이지 않았을 것이다.

침대 밑에는 그 밖에 휴지조각, 껌, 담배꽁초 같은 것들이 버려져있었다. 그러나 칼이나 잘린 성기는 보이지 않았다.

「칼이나 성기가 없으면 타살일 가능성이 많아.」

침대를 본래 위치대로 밀어놓고나서 하형사가 말했다.

「그렇죠. 자살이라면 잘린 성기가 이 방안에 있어야죠. 침대 위나 그 주위에 있어야 당연합니다.」

지배인이 아는 체를 하며 말했다.

「성기는 저 안에 있어.」

그때까지 잠자코 있던 서형사가 말했다.

「뭐라고? 어디 있단 말이야?」

하형사가 정색을 하고 물었다.

「저 휴지통 안에 있어.」

서형사는 방 구석에 놓여있는 원통형의 검은 휴지통을 턱으로 가리켜보였다. 그런 그의 표정은 아무렇지도 않은 듯 그저 담담해 보이기만 했다.

하형사는 급히 그쪽으로 다가가 휴지통 안을 들여다보았다. 장지배인도 잔뜩 호기심에 사로 잡혀 그 위로 고개를 숙였다.

「아무 것도 없는데?」

휴지통 안에는 구겨진 휴지조각 같은 쓰레기만 잔뜩 들어있었다.

「휴지를 들쳐봐.」

서형사는 고무장갑을 낀 손으로 화장대 서랍을 열어보고 있었다.

하형사는 맨 위에 놓여있는 휴지 몇 개를 집어들어 보았다. 그리고 그 밑에 숨겨져있는 것을 발견하고는 도로 휴지를 놓아버렸다.

「이봐, 언제 이걸 발견했어?」

그는 서형사를 노려보면서 물었다.

「언제 발견하긴…… 방에 들어오자 마자 발견했지.」

서형사는 파트너를 쳐다보지도 않은채 말했다.

「뭐가 어째? 그럼 왜 침대 들어내는 걸 보고도 가만 있었어? 빌어먹을 녀석 같으니!」

놀림을 당했다고 생각한 하덕수는 화가 잔뜩 나서 쏘아붙였다.

「그러니까 내가 침대에 손대지 말라고 했잖아.」

「하여간 넌 크레믈린 같은 놈이야.」

하덕수는 어이없어 하면서 서형사를 노려보다가 다시 휴지통 위로 상체를 구부렸다. 장지배인도 또 그를 따라 휴지통 안을 들여다보았다.

휴지조각을 들어내자 핫도그처럼 생긴 남자 성기가 거기에 있었다. 피투성이인채로 거기에 끔찍한 흉물처럼 버려져있었다.

당연히 남자의 사타구니에 붙어있어야 할 것이 휴지통 안에 따로 떨어져있는 것이 어쩐지 기묘한 느낌으로 와닿으면서 한없이 외로운 존재처럼 여겨졌다.

「쯔쯧, 이런데다 버리다니…….」

「범인이 잘라서 버린 모양인데요.」

하고 지배인이 말했다.

성기에 묻어있는 피는 바짝 말라붙어 있었다. 하형사가 휴지통 안으로 손을 가져가는 것을 보고 서형사가 조금 큰 소리로 말했다.

「이봐, 그만 두지 못해? 왜 그렇게 참을성이 없어?」

「감식반 애들이 보나 내가 보나 마친가지야. 급한데 기다릴 시간이 어딨어.」

하형사는 거침없이 성기를 집어들었다.

서형사가 한숨을 내쉬는 소리가 유난히 크게 들려왔다.

「이건 꼭 핫도그처럼 생겼는데.」

하형사는 손바닥 위에 성기를 올려놓고 작은 눈을 반짝이고 있었다. 장지배인도 잔뜩 호기심어린 눈으로 그것을 쳐다보고 있었다.

그것은 피가 모두 빠져버린 탓으로 푸르딩딩한 색깔을 띠고 있었다. 그리고 오그라들지 않고 이상하리만치 팽창되어있었다.

「꽤 큰 데.」

하형사의 말에 장지배인이 고개를 끄덕였다.

「상당히 큰 데요. 15센티는 되겠는데요.」

「15센티는 안 되고, 아무튼…… 꼭 말 같은데. 서형사, 이거 보라구. 이렇게 큰 거 봤어?」

「이 봐, 지금 그거 감상하고 있을 때야? 옆에 사람이 죽어있단 말이야. 변태적인 짓 하지 마.」

서형사는 미간을 찌푸리면서 말했다.

「감상하고 있는게 아니고 조사하고 있는 거야, 이 친구야. 이건 말이야, 잔뜩 팽창해있을 때 싹뚝 자른 모양이야. 그러니까 이렇게 팽창된 상태로 굳어있지.」

하형사는 손가락 두 개로 성기를 눌러보면서 말했다. 말랑말랑할줄 알았던 그것은 돌처럼 단단히 굳어져있었다.

「안에다 뭘 넣어두었는지도 모르지 않습니까. 요즘은 성기 확대 수술이 발달되어있으니까요.」

지배인이 또 아는체를 하며 말했다.

「그럴지도 모르죠. 그건 그렇고 서형사, 칼 찾았어?」

「안 보여.」

그는 냉장고 안을 들여다보고 있었다.

그때 전화벨이 요란스럽게 울렸다. 지배인이 수화기를 들려는 것을 보고 서형사가 손을 들어 제지했다.

「받지 마세요!」

지배인은 뒤로 물러섰다. 전화벨은 계속 울려대고 있었다. 의아해하는 지배인을 보고 서형사가 말했다.

「죽은 사람과 관계된 사람이 전화를 걸었을지도 모르잖습니까.」

「아, 그렇군요.」

「내가 받지. 안 받을 수도 없잖아.」

하형사가 냉큼 수화기를 집어들었다. 한손에 여전히 잘린 성기를 든 채.

「여보세요!」

상대방은 얼른 응답을 하지 않고 가만히 있었다.

「여보세요! 여보세요!」

상대방을 부르는 하형사의 목소리는 어느 새 긴장되어있었다.

「318호실인가요?」

달콤한 젊은 여자 목소리가 조심스럽게 들려왔다.

「네, 그렇습니다. 누구신가요?」

「당신은 누구신가요?」

여자가 되물어왔다.

「난 이 방에 투숙한 사람인데…… 누굴 찾으십니까?」

「318호실에 투숙한 사람이라고요? 그 사람 죽었을텐데요.」

「죽다니요? 그게 무슨 말씀입니까?」

하형사는 조금이라도 통화를 길게 하려고 시침을 떼고 물었다.

「실례지만 언제 투숙하셨나요?」

여인이 다시 조심스럽게 물었다.

「조금 전에 투숙했습니다.」

잠시 침묵이 흘렀다. 상대방은 얼른 판단이 서지 않아 무엇인가 생각해보고 있는 눈치였다.

「잘못 전화를 거신 것 같군요. 하지만 뭐 괜찮습니다. 목소리가 워낙 아름다우시니까, 목소리만 듣는 것도 큰 즐거움이니까요. 그렇지 않아도 적적하던 판인데 잘 됐습니다.」

「벌써 투숙할 리가 없어요. 아저씨…… 경찰이시죠?」

금방이라도 전화를 끊을 것 같았다. 하형사는 마음이 조마조마해져 왔다.

「드디어 알아봤군요. 그래요. 난 경찰이고, 옆에는 죽은 남자가 누워있었요. 아가씨는 누구죠? 죽은 사람하고는 어떤 관계입니까?」

상대방은 얼른 대답하지 않았다. 다시 무엇인가 생각해보는 눈치 같았다.

「이 방에 사람이 죽어있다는 걸 알고 있는 거 보니까…… 아가씨가 이 사람을 죽인 모양이군요. 그렇죠? 내 말이 맞죠?」

여전히 대꾸가 없었다. 숨소리만 약간 거칠게 들려오고 있을 뿐이다. 그러나 다행히도 전화만은 얼른 끊지 않고 있었다. 하형사는 녹음장치가 되어있지 않은 것이 안타까웠다.

「전화 받으시는 분…… 형사 아저씨인가요?」

여자가 마침내 반응을 보여왔다.

「네, 그렇습니다.」

「성함이 어떻게 되시는가요?」

하형사는 조금 어리둥절해졌다. 대담한 여자라는 생각과 함께

「S경찰서 수사과 하덕수입니다.」

라고 말했다.

「하형사님이시군요. 기억해두겠어요.」

「잠깐, 아가씨 이름은 뭡니까? 서로 통성명이나 합시다.」

어리석은 물음인줄 알면서도 아슬아슬하게 계속되는 대화를 끊고 싶지 않아 이렇게 물어보았다.

「제 이름이요?」

여자가 웃음소리를 냈다.

「네, 이름 말입니다.」

「제 이름은 모아라고 해요.」

「모아라구요?」

「네, 성은 오이구요.」

「오모아란 말이죠? 묘한 이름이군요.」

「묘할 것도 없죠. 잘 아시잖아요.」

「뭘 잘 안다는 겁니까? 가명이란 말입니까?」

「그래요.」

「아무튼 좋습니다. 아가씨가 여기 있는 남자를 죽였습니까?」

「네, 그래요.」

너무도 간단한 대답에 하형사는 놀림을 당하고 있는 기분이었다.

「오모아씨, 지금 장난하고 있는 거 아닙니다. 이건 살인사건이란 말입니다.」

하형사는 제법 엄숙한 어조로 말했다. 오모아가 두번째로 웃음소리를 냈다. 비음이 섞인 웃음소리였다.

「물론이에요. 저 역시 농담하고 있는 거 아니에요.」

감정이 최대한 절제되어 있는 교양있는 말소리였다. 어쩌면 대학교육까지 받았을 것 같은, 지적 수준이 높을 것 같은 느낌이 들었다.

「정말 오모아씨가 이렇게 잔인한 방법으로 남자를 죽였습니까? 성기까지 자르면서 말입니다.」

「네, 그래요. 제가 죽였어요.」

당돌한 대답에 이번에는 하형사의 말문이 막혔다. 그는 서형사 쪽을 힐끗 쳐다보았다. 서형사는 하형사가 수화기를 들고 이상한 수작을 벌이고 있다고 생각하는지 나무라는 듯한 눈으로 그를 쏘아보다가 얼른 손목시계를 들여다보았다.

하형사는 잔기침을 하고나서 목을 가다듬었다.

「그렇다면 오모아씨, 지금 자수하실 생각입니까?」

「아뇨, 자수할 생각은 전혀 없어요.」

그녀는 단호한 목소리로 대답했다.

「그럼 왜 전화했습니까?」

「그냥 해보고 싶어서 걸어봤어요. 궁금하기도 하고, 그래서 전화 걸었어요.」

매우 여유작작하게 나오고 있다. 비로소 하형사는 놀림을 당하고 있다는 생각이 들었다.

「왜 살인을 했나요?」

하형사는 감정을 억제하면서 물었다.

「서귀포의 달밤이…… 너무 아름다웠어요. 절벽에 떨어져 자살하려다가 생각을 바꿔 그를 죽이기로 했던 거예요. 달밤이 너무 아름다웠어요. 그렇게 아름다운 달밤을 보기는 처음이었어요.」

「이것 보세요. 달밤 이야기는 나중에 하기로 하고…… 왜 사람을 죽였나요?」

「달밤이 너무 아름다워서 죽였다니까요.」

「뭐라구요? 그게 말이라고 하는 겁니까? 오모아씨, 장난전화질 하면 안 됩니다. 아시겠어요?」

「어머나, 하형사님, 전 장난으로 그런 거 아니에요. 앞으로 동거동락할 것 같아서 인사도 드릴겸…… 그래서 전화를 건 건데…….」

「동거동락이라구요?」

「제가 말을 잘못 했나요. 몸은 서로 떨어져있지만 앞으로 마음만은 항상 함께 있을 것 같아서 그런 말씀을 드린 건데. 언제까지 동거동락할 줄은 잘 모르겠지만…….」

「오모아씨, 다시 말하는데, 정말 범인이라면 주저하지 말고 자수하세요. 당신을 체포하는 건 시간 문제라는 걸 모르십니까?」

다시 비음이 섞인 웃음소리가 들려왔다.

「당신은 아주 우수한 형사이신가 보군요. 한번 그 능력을 실컷 발휘해보세요. 언젠가는 만날지도 모르니까요. 하지만 그럴 기회는 영영 돌아오지 않을 걸요. 실례 많았어요. 동전이 떨어져서 더이상 통화하지 못하겠어요.」

「오모아씨! 이 봐요! 아가씨!」

단절음과 함께 윙하는 소리가 들려왔다. 하형사는 수화기를 탕 소리나게 내려놓은 다음 시뻘개진 얼굴로 「빌어먹을!」하고 중얼거렸다.

「왜 그래? 무슨 일이야?」

서인배가 그의 표정을 살피면서 물었다. 그러나 하형사는 잔뜩 흥분된 표정으로 얼른 대답을 못한채 씩씩거리고만 있었다.

그의 경우 이런 경험은 처음이었다. 만일 전화를 걸어온 여자가 진짜 범인이라면 이것은 일종의 도전이라고 할 수 있었다. 이렇게 노골적으로 도전을 해온 범인은 그의 기억으로는 지금까지 한 번도 없었다. 물론 혹가다 전화를 걸어오는 경우가 없는 것은 아니었다. 그러나 그런 경우 아무 말 않고 침묵만 지키고 있다가 일방적으로 전화를 끊던가 또는 만일 자수하게 되면 관대한 처벌을 기대할 수 있는지 물어보는 것이 고작이었다. 그런데 이번 경우는 전혀 달랐다. 이것은 그야말로 대담하기 이를데 없는 도전이었던 것이다. 아니면 정신병자의 전화일는지도 몰랐다.

「이 봐, 왜 그렇게 바보같이 서있는 거야? 무슨 전화였는데 그렇게 얼이 빠져버린 거야? 아름다운 여자 목소리에 홀린 거 아니야?」

서형사가 힐난하듯 묻자 하형사는 그제서야 그를 쳐다보면서 고개를 끄덕였다.

「그래. 기가 막히게 아름다운 젊은 여자 목소리였어. 그 여자가 자기를 범인이라고 소개하면서 뭐라고 그런줄 알아? 나 원, 기가 막혀서…….」

「뭐라고 그랬는데 그래?」

하형사가 얼른 말해주지 않고 뜸을 들이자 서형사가 참을 수 없다는 듯 다그쳐 물었다.

「글쎄 말이야, 서귀포의 달밤이 너무 아름다워서 남자를 죽였다는 거야. 기가 막혀서…… 달밤이 너무 아름다워서 처음에는 자기가 절벽에 떨어져 자살하려고 했었는데, 나중에 생각을 바꿔 남자를 죽였다는 거야.」

「장난 전화인 모양이군요.」

하고 지배인이 말했다.

하형사는 머리를 세게 흔들었다.

「장난 전화 같지는 않았어요. 말하는 것이 진지하기까지 했어요.」

「홍, 뫼르소 같군.」

하고 서형사가 코웃음을 쳤다.

「이방인의 뫼르소 말이야? 그래, 나도 그런 생각이 들었어. 햇빛 때문에 사람을 죽인 것이나 달빛 때문에 사람을 죽인 것이나 비슷하다는 생각이 들었어. 이상한 여자였어.」

「그 여자가 범인이 틀림없을 겁니다. 이 방에서 자고나간 여자가 있었다니까요.」

장지배인의 말에 형사들의 시선이 그에게 쏠렸다.

「함께 투숙한 여자가 있었다구요?」

하형사가 눈을 부릅뜨면서 물었다.

「네, 프런트에서는 모르는 일인데…… 어제 아침에 벨맨이 2인분 식사를 이 방으로 날라다줬답니다. 그때 여자는 화장실에 들어갔는지 보이지 않았지만 방 안에 여자 옷이며 백 같은 것들이 흩어져있는 것이 보였답니다.」

「그 여자를 직접 본 것은 아니란 말이죠?」

「네, 직접 보지는 못했지만…… 여자가 화장실 안에 들어가있는 것이 틀림없었답니다.」

「그 벨맨을 좀 불러주시오.」

「네, 그러죠.」

지배인이 수화기를 들려는 것을 보고 하형사가 손을 들어 막았다.

「아, 잠깐. 이쪽으로 부를게 아니라 다른데서 만나는게 좋겠군요. 가까운데 빈 방 하나 빌릴 수 없을까요?」

「그거야 협조해드려야죠.」

지배인이 프런트로 전화를 거는 동안 하형사는 성기를 들고 사체 앞으로 다가서더니 그것을 잘린 부위에다 맞춰보았다.

「딱 들어맞는데. 어때? 어울리지 않아? 남자는 역시 이게 있어야 어울린단 말이야.」

「이 봐, 그거 제 자리에 갖다놓으라구. 과장님 오시면 어떡 하려고 그래.」

서형사가 눈을 흘기자 하덕수는 마지못해 그것을 휴지통에 갖다놓은 다음 원래대로 보이지 않게 휴지로 덮어놓았다.

「성기는 찾았는데 칼이 없다면…… 이건 살인이 틀림없어.」

「본인이 밖으로 내버렸을 수도 있잖아.」

서형사가 빗물이 흘러내리고 있는 창문 쪽을 턱으로 가리키면서 말했다.

「어떻든 이건 살인이 틀림없어. 그리고 전화 걸어온 여자가 범인일 가능성이 커. 여자가 남자 성기를 잘라 죽인 엽기적인 살인사건이야.」

그 말에 서형사는 아무 대꾸도 하지 않았다.

「아주 맹랑한 여자야. 자기 이름까지 가르쳐줬어. 오모아라구 말이야. 가명이라고 했지만, 아무튼 보통내기가 아니야. 자수하라고 하니까 절대 그럴 수는 없다고 했어. 나이는 스물댓 정도 됐을까…….」

그때 지배인이 수화기를 내려놓으며 말했다.

「마침 옆에 빈방이 하나 났습니다. 예약 손님을 취소시키고 방을 그대로 비워두라고 했으니까, 필요하시면 언제든지 사용하십시오. 벨맨이 열쇠를 가지고 올라올 겁니다.」

그때 또 전화벨이 울렸다. 서형사가 먼저 수화기를 들었다가 하형사에게 그것을 넘겼다.

「여보세요.」

「아, 난데…….」

고과장의 굵은 목소리가 수화기를 울려왔다.

「어떻게 됐어?」

하형사는 미간을 찌푸렸다.

「젊은 남자 변사체인데…… 성기가 잘려나갔습니다. 아무래도 엽기적인 살인사건 같습니다.」

「물건이 잘려나갔단 말이야?」

목소리에서 긴장감과 호기심이 동시에 느껴졌다.

「네, 그렇습니다. 아주 싹둑 잘려나갔습니다.」

「그래? 그건 보기 드문 일인데.」

「골치 아프게 됐습니다.」

「여기도 골치 아프게 됐어. 난 현장에 갈 수 없으니까 알아서 수사를 진행해.」

「무슨 일이 있습니까?」
「엄청난 사건이 일어났어.」
「네, 뭐라구요?」
「어떤 미친 놈이 양후보를 칼로 찔렀어.」
「네에?! 양후보는 어떻게 됐습니까?!」
「다행히 목숨에는 관계 없어. 어깨를 찔렸는데…… 지금 병원에 싣고 갔어.」
「큰 일 날 뻔했군요.」
「아무튼 책임을 면할 수는 없게 됐어. 원, 별 미친 놈이 다 나타나가지고…… 그건 그렇고 감식반 애들을 보낼테니까 그거 빨리 처리하라구.」
「아직 감식반 친구들 안 떠났습니까?」
「너희들 이야기 들어보고나서 보내려고 아직 연락하지 않았어.」
「빨리좀 보내주십시오. 그리고 몇 명 더 필요합니다.」
「알았어. 빨리 해치우기나 해. 그리고 외부에 알려지지 않게 보안에 철저를 기하라구. 거기 장지배인도 함께 있나?」
「네, 여기 계십니다.」
「좀 바꿔줘.」

장지배인이 고과장과 유난히도 떠들썩하게 전화 통화를 하고 있는 동안 젊은 형사들은 양후보의 피격사건을 놓고 잠시 흥분해서 이야기를 나누었다. 하형사가 과장한테서 들은 이야기를 전해주자 서형사는 놀란 표정을 짓더니 「흥」하고 코웃음을 쳤다.

「죽지 않기 다행이군. 동정 표 많이 받겠는데.」
「양후보가 만일 암살됐더라면 어쩔 뻔했어. 아마 선거는 취소

됐을 거고, 계엄령이 선포됐을걸.」

「모르는 소리 하지 마. 양후보 하나 죽었다고 계엄령이 선포돼? 그 사람이 뭔데 그래? 양후보가 죽으면 김후보가 자연적으로 당선되는 거 당연해.」

「그런 법이 어딨어? 경쟁자가 없는 선거는 국민의 선거권을 박탈하는 요식행위에 불과해. 새 경쟁자를 놓고 선거를 다시 해야 해.」

「이 봐, 이건 권투시합이 아니야. 아무 것도 모르는군.」

「아무 것도 모르긴. 너야 말로 정말 아무 것도 모르는구나.」

「선거는 국가적인 행사야! 한번 결정한 이상 절대 연기해서는 안 돼!」

사체를 옆에 놓고 엉뚱한 이야기로 흥분해있는 두 사람을 보고 통화를 막 끝낸 장지배인이 끼어들었다.

「범인이 일본도로 양후보 어깨를 내려쳤다는데요.」

「그래요?」

형사들은 놀란 표정으로 장지배인을 쳐다보았다.

「만일 얼굴이라도 내려쳤더라면 어쩔 뻔했겠습니까. 정말 천만다행입니다. 제 생각에는 이번에 양후보가 꼭 당선되어야 합니다. 늙은 정치인들은 이제 물러나고 신세대가 정치를 맡아야 합니다. 세대교체가 이뤄지지 않으면…….」

서형사는 못마땅한 듯 고개를 돌려버렸고, 하형사는 우쭐해서 맞장구치고 나왔다.

「옳은 말씀입니다. 그렇구 말구요. 그런데 어떤 놈이 그런 짓을 했답니까?」

그때 차임벨이 울렸다. 지배인이 재빨리 문을 열자 벨맨과 프런트 계원이 안으로 들어왔다.

「이 친구가 어제 아침 식사를 날라다준 직원입니다. 그리고 이쪽은 프런트에 근무하는 직원입니다.」

지배인이 두 젊은이를 형사들에게 소개했다.

「옆방에 가서 기다리고 있어요.」

하고 서형사가 그들에게 말했다.

두 사람이 밖으로 나가자 장지배인이 호주머니에서 무엇인가 꺼내 하형사에게 주었다.

「참, 이거 아주 중요한 건데, 수사에 참고가 될 겁니다.」

그것은 숙박카드였다.

「이거 저 사람 겁니까?」

하형사가 사체 쪽을 가리키며 물었다. 서형사가 사체 위에 시트를 덮고 있었다.

「네, 그렇습니다.」

「직접 작성한 건가요?」

「네, 저 사람이 직접 적었답니다. 우리 프런트맨이 그렇게 말했습니다.」

「그렇다면 저 사람은 이 방 투숙객이 틀림없나요?」

「네, 틀림없습니다.」

「이 봐, 서형사, 이것좀 보라구.」

서형사는 옷장 안을 들여다보고 있었다.

「유류품이 하나도 없어. 남김없이 깡그리 가져갔어. 신원을 알아보지 못하게 하려고 그런 것 같아. 아주 계획적이야.」

서형사는 나즈막한 소리로 말하면서 하형사 곁으로 다가왔다.

「그런 거 없어도 신원은 알 수 있어.」

「여기에 적힌 내용이 진짜일 경우에 그렇지.」

시력이 나쁜 서형사는 하형사가 들고 있는 카드를 빼앗아 눈

앞에 가까이 가져갔다.

「오동파…… 33세…….」

「아까 전화를 걸어왔던 여자도 성이 오가였어. 하지만 오모아는 가명이야.」

「여기 전화번호도 나와있는데 전화를 한번 걸어보지 그래.」

날림으로 쓴 글자들을 꼼꼼히 살피면서 서형사가 말했다.

「그럴까.」

하형사는 전화기를 들어다 탁자 위에 올려놓은 다음 의자에 앉았다. 그리고 카드에 적혀있는 전화번호를 보면서 전화를 걸었다. 그가 전화를 걸고 있는 동안에도 서형사는 쉬지 않고 움직이고 있었다.

하형사는 신호음에 귀를 기울이면서 신호가 떨어지기를 조마조마한 마음으로 기다리고 있었다. 신호는 좀처럼 떨어지지 않고 있었다. 전화를 끊었다가 다시 걸어보았다. 역시 마찬가지였다. 그러나 그는 쉽게 포기하지 않고 끈질기게 기다렸다.

「여보세요.」

마침내 신호가 떨어지면서 잠에 취한 듯한 중년 남자의 목소리가 들려왔다.

「실례입니다만…… 거기 서울이죠?」

「네, 그런데요.」

「거기 오동파씨 계십니까?」

「오동파요?」

「네, 오동파씨 말입니다.」

「그런 사람 없어요.」

퉁명스럽게 대꾸하고는 전화를 끊어버린다. 화가 난 하형사는 다시 전화를 걸었다.

「여보세요. 거기 정말 오동파란 사람 없습니까?」

「없다니까요.」

사내가 신경질적으로 대꾸했다.

「에또, 그럼 거기 주소는 어떻게 됩니까?」

「그건 왜 물어요?」

「그런 일이 있어서 그럽니다. 여긴 경찰입니다.」

「경찰이라구요?」

경찰이라는 말에 목소리가 달라지고 있었다.

「네, 경찰입니다. 거기 주소를 좀 말씀해 주시겠습니까?」

「무, 무슨 일로 그러시는가요?」

「그럴 일이 있어서 확인해보는 겁니다. 주소가 어떻게 됩니까?」

상대방은 조심스럽게 그곳 주소를 가르쳐주었다. 주소는 서울 마포구 S동 128의 15번지였다.

「거기 뭐하는 뎁니까?」

「전에는 부동산중개업소였는데, 지금은 아무 것도 안 하고 있습니다. 그냥 빈 가게입니다.」

「전화 받으신 분 성함은 어떻게 되십니까?」

사내는 망설이는 눈치이다가 마지못해 김도식(金道植)이라고 자기 이름을 대주었다.

「다름이 아니고, 변사체가 하나 발견됐는데, 에또…… 숙박부에 적어놓은 전화번호가 거기 전화번호하고 같습니다.」

「그거 이상하군요.」

「그 전화 사용하신지 얼마나 됐습니까?」

「꽤 오래 됐는데요. 한 3년 됐을겁니다.」

「변사자 이름은 오동파라고 하는데…… 혹시 주변에 그런 이를 가진 사람 없습니까?」

「없습니다. 여기 전화번호를 도용해서 숙박부에다 적은 모양이지요?」

「글쎄요. 조사해보면 드러나겠지요. 나중에 혹시 거기 방문할지도 모르니까 협조 부탁합니다.」

「네네, 그렇게 하시지요.」

하형사는 수화기를 탕하고 소리나게 내려놓고 나서 서형사를 쳐다보았다.

「김도식이라는 사람이 받았는데, 오동파라는 사람은 없다는 거야. 주소도 틀려.」

「그럴줄 알았어. 예감이 쉽게 풀릴 것 같지가 않아. 변사체는 벌거벗은채 누워있을 뿐 신원을 밝힐 수 있는게 아무 것도 없어. 철저히 훑어가버렸어. 여자 쪽도 마찬가지야. 아무 것도 남기지 않았어. 이런 것은 있지만 말이야.」

서형사는 머리카락 한 개를 집어서 후하고 불었다. 그것은 허공으로 날아올랐다가 바닥으로 소리없이 떨어졌다. 이번에는 하형사가 그것을 집어들어보았다. 길고 보드라운 것이 첫 눈에 여자 머리카락임을 알 수가 있었다. 그는 머리카락을 던져버리고 나서 방안을 다시 한번 새삼스럽게 살펴보았다.

방안에는 변사자의 신원을 밝힐 수 있는 유류품이 하나도 보이지 않았다. 옷도 없으니 그 안에 들어있을 물건들도 함께 없어졌을 것이 당연했다.

「차근차근 긁어가버렸군.」

「대담하고 침착한 솜씨 같아.」

서형사는 전화기 버튼을 하나 눌러 교환을 불렀다.

「아가씨, 난 경찰관인데 조사할 일이 있어서 318호실에 와있어요. 조금 전…… 정확히 말해 2시 45분경에 어떤 여자가 전화를 걸어왔는데, 아가씨가 그 전화 이쪽으로 돌려줬나요?」

「네, 제가 돌려드렸습니다. 318호실을 찾기에 돌려드렸습니다.」

「그 전화 어디서 걸려온 건지 혹시 알 수 없을까요?」

「글쎄, 그건 여기서는 잘 알 수 없는데요.」

「전화국에 알아보면 알 수 있을까?」

「글쎄요. 다른 지역에서 걸려온 전화라면 알 수 있을 거예요.」

「고마워요. 참, 앞으로 이쪽으로 걸려오는 전화는 모두좀 체크해줘요. 몇 시에 무슨 전화가 걸려왔는지 빼놓지 말고 전부 기록해줘요. 도청을 해도 좋으니까.」

무리인줄 알면서도 그렇게 말해보았다. 교환 아가씨는 그의 요구를 부드럽게 거절했다.

「그건 좀 곤란합니다. 혼자서 많은 전화를 처리해야 하기 때문에 곤란합니다.」

서형사는 전화를 끊고 나서 장지배인에게 부탁해보았다.

「혹시 문제가 될만한 전화가 또 걸려올지 모르니까 당분간만 체크하면 됩니다. 물론 도청장치도 해놓겠습니다.」

「그런 거라면 협조해 드려야죠. 아가씨 혼자서는 안 될테고…… 비번인 교환 아가씨 한 명을 따로 붙여놓겠습니다. 그 점은 걱정하지 마십시오. 완벽하게 체크해 놓도록 지시해 두겠습니다.」

서형사는 관할 전화국으로 전화를 걸어 용건을 이야기했다. 용건을 듣고 난 전화국 직원은 반갑게도, 알아본 다음 연락해주겠다고 쾌활하게 응해주었다. 서형사는 문라이트 호텔 전화번호와 방번호를 가르쳐주고 나서 전화를 끊었다.

「이 방에 여자가 있었던 것이 틀림없어. 이걸 보라구.」

하형사가 휴지통에서 휴지를 몇 개 집어들어 보이며 말했다. 휴지에는 붉은 핏자국 같은 것이 묻어 있었다.

「이건 피가 아니고 립스틱이야.」

그는 그것을 서형사의 눈 앞에다 들이밀었다. 서형사는 그것을 힐끗 쳐다보고 나서 침대를 턱으로 가리켰다.

「침대 위에도 많이 널려있어.」

「휴지가 많이 널려있단 말이야?」

「휴지가 아니라 털 말이야. 성기 주위에 나있는 털…….」

하형사의 눈이 휘둥그레졌다. 그는 휴지를 도로 휴지통 안에 집어넣은 다음 침대 앞으로 다가섰다.

「제발 거기에는 손대지 마. 감식반 애들이 알면 가만 있지 않을텐데, 좀 기다리지 않고 왜 그러는 거야.」

「급한데 기다릴게 뭐 있어.」

하형사는 사체 위에 덮여있는 시트를 홱 젖혔다. 그 바람에 역겨운 냄새가 확 풍겨왔다. 그는 한 손으로 코를 막으면서 사체 주위를 찬찬히 살펴보았다. 아까는 사체의 참혹한 모습에 정신이 팔려 미처 발견하지 못했었는데, 지금 살펴보니 침대 위에는 놀라울 정도로 많은 털이 떨어져있었다.

음모는 섹스의 현장에 반드시 떨어져있기 마련이다. 여자한테 음모가 없으면 남자 것만 떨어져 있겠지만, 그렇지 않고 두 사람 다 그것이 무성하면 그 현장에는 두 남녀의 음모가 적지 않게 뒤섞여 난잡한 모습으로 흩어져있기 마련이다.

「야, 굉장하군. 굉장해.」

하형사의 흥분한 목소리에 장지배인도 다가가서 눈을 번득이며 침대 위를 내려다보았다.

「굉장히 많이 빠졌군요. 이렇게 많이 빠질 수가 있을까요?」
「흥, 모르는 말씀. 이건 섹스의 농도에 따라 비례해서 빠지는 겁니다. 제 경험에 의하면…….」
말하다말고 그는 서형사 쪽을 힐끗 쳐다보았다. 서형사는 그를 흘겨보면서
「또 쓸데없는 소리 지껄이고 있군.」
하고 나무랐다.
그러나 하형사는 상관하지 않고 하고 싶은 말을 지껄여댔다. 그는 음모 몇 개를 집어들었다.
「……별로 내키지 않으면서 형식적으로 섹스를 얼른 하게 되면 음모가 별로 빠지지 않죠. 마찰이 적기 때문이기도 하지만 홍분이 적으면 피부가 그대로 수축상태에 있어 털이 잘 빠지지가 않죠. 하지만 잔뜩 홍분해서 섹스를 하게 되면 격렬하게 서로 몸을 부딪히게 되고, 한 번으로는 아쉽기 때문에 두번 세번 거듭하게 되죠. 그러는 동안 땀이며 그 밖의 분비물 등이 흘러나와 서로 뒤섞이게 되고, 그 부분에 대한 마찰은 더욱 격렬해지게 되죠. 바로 이때가 털이 대량으로 빠지기 시작하는 시점이죠. 피부상태가 최상의 홍분과 만족감으로 이완될대로 이완되고, 그리고 분비물로 중요 부위가 질퍽하게 젖기 시작하면 탈모를 촉진시켜 마침내 많은 양의 털이 빠지게 되는 거죠.」
지배인은 야릇한 미소를 입가에 띄웠다.
「이 분야에 아주 정통하시군요.」
「아이구, 뭘요.」
「그러니까 얼마나 질편하게 놀았느냐에 따라 털이 빠지는 양이 달라진다 이 말씀이군요. 신나게 놀았으면 많이 빠지고 김

빠지게 놀았으면 적게 빠지고…….」

「그렇죠. 그건 비례한다니까요.」

「그럼 이 사람은 어떻습니까?」

지배인은 턱으로 사체를 가리켰다. 처음 방 안에 들어와서 사체를 보았을 때에는 그 참혹한 모습에 차마 못 볼 것을 본듯 고개를 돌렸었는데 그후 시간이 지나면서 자꾸만 보게되니 이제는 아무렇지도 않게 그 앞에서 농까지 지껄이게 되었다.

「이 사람이야말로 정말 질펀하게 놀았지요. 이렇게 털이 많이 빠졌을 정도라면 장시간 난잡하게 놀았겠는데요. 그렇지 않고는 이렇게 우수수 빠졌을 리가 없지요.」

「섹스파티를 신나게 벌리고나서 죽었겠군요.」

「그렇죠. 마지막으로 황홀한 밤을 보내고 나서 여자가 죽였겠지요. 잡아먹은 거죠. 서형사, 이리 와봐. 여자 것은 그야말로 보드라운데. 남자 것하고 뚜렷이 구별돼.」

서형사는 하형사 곁으로 다가와 그가 가리키는 음모를 들여다보았다. 그것은 짧고 가는 것으로 끝이 구부러져있었다. 손바닥 위에는 똑같이 생긴 것이 세 개 더 있었다.

「만져보라구. 아주 부드럽다구. 색깔도 까맣고 말이야. 젊은 여자 것이 틀림없어.」

서형사는 장갑을 벗은 다음 음모 한 개를 집어서 만져보았다. 하형사의 말대로 그것은 비단결처럼 감촉이 부드러웠다.

「부드럽지? 윤기도 자르르 흐르고 말이야. 이거 만져봐. 이건 남자거야. 얼마나 거칠고 뻣뻣해.」

서형사는 하형사가 건네주는 다른 음모를 하나 받아 만져보았다. 그것은 앞의 것과는 확연히 구별되고 있었다. 앞의 것보다 길이가 긴 그것은 부드러운 감촉이라고는 전혀 없이 올이 굵고 뻣뻣한 느낌이었다. 전문가가 아니더라도 남자 것이라는 것을 알 수 있을 정도로 남성적인 털이었다.

「얼마나 뜨겁게 놀았으면 이렇게 많은 털이 빠졌겠어. 나도 이렇게 한번 놀아봤으면 좋겠다. 당장 죽더라도 말이야. 이 친구는 원없이 재미를 봤기 때문에 별로 아쉬움 없이 죽었을 거야.」

하형사가 한숨을 내쉬면서 말했다. 사체를 앞에 두고 그런 농담을 할 수 있을 정도로 그의 신경은 무디어져 있었던 것이다.

「아니, 말씀하시는거 보니까 많이 놀아보신 것 같은데…… 아닙니까?」

지배인이 능글거리는 투로 물었다.

「신나게 놀아본지가 오래돼서 녹이 다 슬었어요. 전에는 녹이 슬 틈이 없었는데…… 요즘은 기회가 별로 없어요.」

「그것 참 안 됐군요. 하하하하…….」

지배인의 웃음소리는 아주 어색하게 방안을 울렸다. 자신도 그것이 어색하다는 것을 느꼈던지 그는 금방 웃음을 거두면서

「재미를 실컷 보고 나서 이렇게 물건을 잘라버리다니 이해할 수가 없군요.」

하고 말했다.

「일종의 변태이겠지요. 그렇지 않고 맨정신으로 이런 짓을 할 수 있겠어요.」

하형사는 그렇게 말하면서 시트로 다시 사체의 아랫도리를 가렸다. 그때 전화벨이 울렸다. 서형사가 재빨리 달려가 수화기를 집어들었다.

「여기 전화국인데요.」

「아, 네네, 어떻게 됐습니까? 알아냈습니까?」

「네, 알아본 결과 그 전화는 부산에서 걸려온 전화였습니다.」

「그래요? 음…….」

「정확히 2시 44분 18초에 걸려왔습니다.」

「그렇게 정확히 기록이 됩니까?」

「그럼요. 요즘은 기계가 워낙 좋지 않습니까. 첨단기기라 뭐든지 다 척척 처리됩니다. 컴퓨터에 연결만 시켜놓으면 초단위까지 정확히 기록이 됩니다.」

「고맙습니다. 그런데 부산 어디서 걸려온 전화입니까?」

「에또, 여기 기록되어 있는 걸 보니까 지역번호가 051에다 전화번호는…….」

「잠깐 기다려주십시오.」

서형사는 하형사에게 메모 준비를 하라고 지시하고 나서 다시 수화기에다 입을 갖다댔다.

「네, 말씀하십시오.」

「782국에 055×번입니다. 정확한 위치는 부산 전화국에 알아보시면 될 겁니다.」

「782국에 055×번이라구요?」

「네, 그렇습니다.」

서형사는 고맙다는 말을 두 번이나 하고 나서 수화기를 내려놓았다. 그의 표정은 목욕을 막 하고난 듯 밝아져 있었다.

「부산에서 걸려온 전화로 밝혀졌어.」

「이 번호는 뭐야?」

「부산에 있는 발신처야.」

「발신처 위치는?」

「아직 몰라. 부산 전화국에 알아봐야지.」

새로운 흥분이 두 형사들의 얼굴 위에 나타나고 있었다. 하형사는 두 눈을 깜박거리다가 재빨리 송수화기를 집어들고 교환을 불렀다.

「아가씨, 부산에 전화좀 부탁합시다. 부산 782국 관할 전화국을 빨리좀 불러줘요.」

전화를 끊고 기다리고 있는 동안 하형사는 흥분을 이기지 못해 계속 몸을 움직거리고 있었다.

「우리가 이렇게 빨리 전화번호를 알아낼 줄은 미처 생각지도 못했을거야. 오모아, 고 기집애, 지가 아무리 재주를 부려도 가긴 어딜 가겠어. 바보 같은 기집애 같으니, 현장에다 그렇게 전화질을 해대는 바보가 어딨어.」

「범인은 현장을 잊을 수가 없다고 하지 않습니까. 그리고 현장에 다시 나타난다고 하지 않습니까.」

지배인이 제법 아는 체하며 말했다. 그때 전화벨이 울렸다. 수화기를 집어들자 교환 아가씨가 부산 관할 전화국과 연결되었다고 일러주었다.

맞은 편에 나온 사람은 젊은 남자 직원이었다. 하형사가 경찰수사관임을 밝히자 전화국 직원은 친절히 응해주었다.

782국은 해운대 전화국 관할이었다. 상대방은 잠깐 기다려달라고 하더니 잠시 후에 이렇게 말했다.

「782－055×는 공중전화입니다.」

「공중전화라구요?」

하형사의 안색이 굳어지고 있었다.

「네, 그렇습니다. 정확한 위치는…….」

「아, 잠깐, 난 부산 지리에 어둡기 때문에 대신 잘 아는 사람을 바꿔주겠습니다.」

하형사는 서형사에게 수화기를 넘겼다. 부산 출신의 서형사는 부산 지리에 대해서는 손바닥 들여다보듯 훤히 알고 있었다.

「해운대 전화국인데, 그 번호는 공중전화번호라는 거야. 정확한 위치를 알아봐.」

하형사의 실망한 듯한 목소리에 서형사는 고개를 끄덕인 다음 수화기를 귀에다 갖다댔다.

「전화 바꿨습니다. 그 번호가 공중전화가 틀림없습니까?」

「네, 해운대에 있는 공중전화입니다.」

「정확히 해운대 어디입니까?」

「해운대에 대해 잘 아십니까?」

「네, 잘 알고 있습니다. 부산이 고향이니까요.」

「아, 그렇습니까. 그렇다면 자세히 말씀드려도 되겠군요. 그 공중전화의 정확한 위치는 해운대 해변의 중간 지점에 설치되어 있는 공중전화 부스입니다. 부스 번호는 127번입니다. 오리온 호텔 옆에 있는 공중전화입니다.」

오리온호텔이라면 서형사도 잘 알고 있는 호텔이었다. 그 호텔의 멋진 외관에 끌려 부산에 갈 때마다 들르곤 하는 호텔이었다.

「범인은 해운대에 있는 것 같군.」

수화기를 내려놓으면서 서형사가 중얼거리듯 말했다.

「해운대 바닷가 말인가?」

하형사가 눈을 반짝이며 물었다.

「음, 해운대 바닷가 중간에 있는 공중전화야.」

「잘만 하면 올 여름은 부산 해운대에서 보내게 되겠군. 생각만 해도 흥분되어 오는데.」

3. 외팔이 사내

가볍게 샤워를 마친 서화는 대형 타월로 몸을 두르고 나서 조심스럽게 욕실 밖으로 나갔다. 강마담이 워낙 어마어마한 인물이라고 바람을 불어넣었기 때문에 상대를 대하기가 여간 조심스럽지가 않았던 것이다.

그때까지도 그 일본인 사내는 여전히 창밖만 바라보고 있었다. 미동도 하지 않고 서있는 뒷모습이 돌처럼 차가운 느낌이 들어 선뜻 말을 걸기가 두렵기까지 했다.

그녀가 1501호실에 처음 들어왔을 때에도 사내는 뒷모습을 보인채 창밖만 바라보고 있었다. 방문을 열어준 사람은 뜻밖에도 젊은 여자였다. 한국 아가씨로 보인 그녀는 서화가 들어서기가 무섭게 찬바람을 일으키면서 밖으로 나가버렸다. 그러나 일본인은 미동도 하지 않고 그대로 서있었다.

「안녕하세요?」

그녀는 사내의 뒷모습을 향해 조금은 경쾌한 목소리로 말을 걸었다. 그러자 사내가 천천히 고개를 돌려 의아한 듯 그녀를 쳐다보았다. 그녀의 말을 못알아 들은 듯했다.

「안녕하세요?」

그녀는 이번에는 일본어로 말해보았다. 사내의 표정이 금방 밝아지면서 입가에 미소가 감돌다가 사라졌다. 코밑 수염이 꿈틀하는 것 같았다.

「어서 와요.」

클라크는 일본어로 말하면서 고개를 끄덕였다.

서화는 문 앞에 버티고 서서 물었다.

「방금 그 여자, 누구예요?」

일본인은 어느 새 창 밖을 바라보고 있었다.

「애인인가요?」

그녀의 일본어 실력은 뛰어났다.

사내가 다시 그녀를 돌아보았다. 이번에는 그녀 쪽으로 몸을 돌리기까지 했다.

「처음 본 여자요. 물론 한국 아가씨이지.」

그의 목소리는 묵직한 느낌이었다.

「이렇게 수시로 여자를 갈아치우시나요?」

그는 천천히 고개를 흔들었다.

「그렇지 않아요. 마음에 들지 않아서 즉시 내보낸 거요.」

그는 길쭉한 얼굴에 피부가 여자처럼 희어보였다. 눈썹이 짙은데다 두 눈이 크고 강한 빛을 발하고 있어서인지 강렬한 인상을 보여주고 있었다. 그렇지만 햇볕에 검게 그을린 육체들이 북적대고 있는 여름 해변에는 어쩐지 어울리지 않는 그런 얼굴이었다.

「마음에 들지 않는다고 즉시 내보내면 아가씨가 얼마나 모욕감을 느끼겠어요?」

「그래서 잘 배려해서 보낸 거요. 섭섭하지 않게…….」

「저에 대해서도 빨리 결정해주세요. 마음에 들지 않으면 모욕감 느끼기 전에 이대로 나갈 거예요.」

사내의 입가에 미소가 감돌았다.

「나가지 말아요.」

서화는 비로소 방 가운데로 걸어갔다.

그들은 마주 서서 한참동안 서로를 바라보고 있었는데, 그녀를 쳐다보는 사내의 눈빛이 점점 뜨겁게 달아오르고 있는 것을 그녀는 분명 느낄 수가 있었다.

그는 한여름인데도 아래 위 검정 양복을 입고 있었다. 마치 상중에 있는 사람처럼 보였다. 그래서인지 얼굴빛이 더욱 희어보였다.

「전 유서화라고 해요. 당신 이름은 뭐예요?」

갑자기 반발심이 솟구쳤기 때문에 그녀는 무례할 정도로 당돌하게, 상대방을 똑바로 쳐다보면서 물었다. 그녀는 클라크라는 별명보다는 그의 입으로 말해준 그의 진짜 이름을 듣고 싶었다.

「유서화? 아주 좋은 이름이군. 내 이름은 그냥 노무라라고 불러요.」

사내는 의외로 부드럽게 말했다. 노무라라고? 흥, 본명은 아니겠지. 그러나 본명이 뭐냐고까지 물어볼 용기는 없었다. 그대신 그녀는 보다 확실히 해두기 위해 이렇게 물어보았다.

「제가 마음에 드세요? 사실대로 말씀해보세요.」

사내가 고개를 끄덕였다.

「정말 마음에 들어요. 지금까지 만난 그 어떤 여자보다도 마음에 들어요. 사실 난 당신 같은 미녀가 오리라고는 생각지도 않았는데…….」

그녀의 얼굴에 비로소 미소가 감돌았다. 사내가 입에 발린 소리를 하고 있는 것 같지가 않았던 것이다.

「다행이군요. 그런데 숙녀를 이렇게 세워두기만 하실 건가요?」

「아, 미안해요. 깜박 잊었어요. 이리 와서 앉아요.」

그가 자기 곁에 있는 소파를 가리켜보이며 말했다.

그녀는 그쪽으로 천천히 다가갔다. 자연히 그와 마주서게 되었는데 그녀보다도 키가 작은 것이 167센티쯤은 되겠다고 그녀는 생각했다. 그런데도 그의 몸에서는 그가 결코 조그만 사내가 아닌 것 같은 분위기가 풍기고 있었다. 그녀는 소파에 몸을 묻으면서 백 속에서 담배를 꺼냈다. 탁자 위에는 담배쌈지가 한 개 놓여있었다. 그러고 보니 방안에는 담배 향기가 가득했고, 그의 오른손에는 파이프가 들려있었다. 그녀는 라이터로 담배에 불을 붙이고 나서 그를 다시 쳐다보았다.

그는 어느 새 창밖을 향해 서있었고, 그녀 곁에 다가와 앉을 기색 같은 것은 조금도 보이지가 않았다. 그녀는 자존심이 상하는 것을 느꼈다. 그렇다고 그에게 가까이 다가와 앉으라는 말은 하고 싶지 않았다. 그녀는 그의 뒷모습을 잠시 쳐다보았다. 언제까지고 움직일 것 같지 않은 모습으로 그는 바다를 향해 서있었다.

그녀는 밑으로 힘없이 쳐져있는 그의 왼손 쪽에 신경을 쓰다가 담배를 비벼끄면서 몸을 일으켰다.

「샤워좀 하겠어요.」

그녀는 정말 미지근한 물로 몸을 씻고 싶었다.

그가 고개를 돌려 그녀를 한번 쳐다보더니 아무 말없이 고개를 끄덕였다.

그녀는 옷장 쪽으로 걸어가 그 앞에 서서 옷을 한 꺼풀씩 벗기 시작했다. 옷을 벗으면서 노무라 쪽을 힐끗 쳐다보았지만 그는 여자가 옷을 벗는데는 흥미가 없는지 다시 또 바다 쪽만 바라보고 있었다. 울부짖는 바다에 온통 정신이 팔려 있는 듯했다.

세상에 태어나서 난생 처음으로 바다를 구경하는 사람처럼 그의 뒷모습은 바다에 흠뻑 빠져있는 사람 같은 그런 모습을 보여주고 있었다.

그녀가 샤워를 끝내고 나왔을 때까지도 그의 그와 같은 모습은 조금도 흐트러지지 않은채 처음 그대로의 자세를 유지하고 있었다.

「뭘 그렇게 보세요?」

그녀는 발소리를 죽인채 노무라의 뒤쪽으로 살그머니 다가서서 물었다.

일본인 사내는 새로 불을 붙인 것으로 보이는 파이프를 입에서 내리며 그녀를 돌아보았다. 그리고 타월만으로 몸을 감싸고 있는 그녀의 모습을 보고 조금 놀라는 듯한 표정을 지어보였다.

「샤워 안 하세요?」

서화는 젖은 머리칼을 손으로 쓸어올리며 밝은 미소를 지어보였다. 희고 고른 치아가 그 미소와 함께 건강한 아름다움을 보여주고 있었다.

그녀한테는 가끔씩 그와 같은 건강한 아름다움이 나타날 때가 있다. 하지만 그것은 순각적으로 잠깐 나타났다가 곧 사라져버리고 만다. 마치 자신의 본래의 모습을 감추려는 듯이.

「난 샤워하지 않아도 돼요. 얼마 선에 했으니까.」

그의 어조는 부드러웠고 태도 역시 예의발라 보였다. 아직은 본색이 드러나지 않아 뭐라고 단정을 내릴 수는 없지만 지성을 갖춘 신사일 가능성이 많아 보였다. 그녀는 몰상식하고 야비해 보이는 남자를 제일 싫어했다. 돈푼께나 가지고 여자를 사서 상대하는 남자들치고 제대로 지성과 예의를 갖추고 있는 남자란 거의 없다. 모두가 자신의 재력과 있지도 않은 남자다움을 뽐내려고만 한다. 그런 남자들을 상대하는 일은 그야말로 고역 중의 고역에 속한다. 그러나 노무라한테는 뭔가 다른 것이 있는 것 같다. 그 점을 그녀는 기대해보기로 했다.

「저 같은 것은 안중에도 없이 뭘 그렇게 보고 계세요? 바다를 처음 보셨나요?」

「이런 바다를 보는 것은 쉽지가 않아요. 저기좀 봐요. 저 집채 더미 같은 파도좀 봐요.」

서화는 그의 곁으로 다가서서 그가 가리키는 바다를 바라보았다.

그가 말한대로 집채더미 같은 파도가 무서운 기세로 솟구쳐오르고 있는 것이 보였다. 높은 곳에서 내려다보이는 바다는 밑에서 바라보던 바다와는 그 모습이 사뭇 달라보였다. 위에서 내려다보이는 바다는 훨씬 드넓어 보였고, 마치 광란의 대축제를 벌이고 있는 대지 같은 느낌이 들었다.

파도는 여기저기서 끊임없이 솟구쳐올랐다가는 부서져내리고, 부서진 것들을 다시 끌어모아 보다 더 큰 파도가 되어 대지를 덮치고 있었다.

바닷가에는 사람의 모습 하나 보이지 않았다. 하긴 휘몰아치는 비바람을 헤치며 나돌아다닐, 그런 정신빠진 사람이 있을 리가 없었다. 해운대 바닷가는 이제 태풍의 한가운데로 진입한 것 같았다.

「타월을 치워봐요.」

사내가 그녀의 몸을 가리고 있는 타월을 가리키며 말했다. 그녀는 조금 놀라는 듯한 표정을 지었다. 그러나 그것은 그렇게 새로운 일은 못된다. 모르는 남자 앞에서 자신의 나체를 열어보이는 일은 첫 단계에 불과할 뿐이다.

「제 몸을 보고 싶으세요?」

타는 듯한 눈으로 상대방을 쏘아보면서 물었다. 일본인 사내는 파이프를 입으로 가져가면서 고개를 끄덕였다.

서화는 가슴 위로 찔러넣었던 타월 끝을 천천히 잡아뽑았다. 그러고 나서 그것을 놓자 타월은 힘없이 밑으로 흘러내려 발등을 덮었다. 그녀는 발끝으로 타월을 집어서 소파 위로 던졌다.

사내는 눈부신 표정을 짓고 있었다. 그녀의 육체를 바라보고 있는 그의 두 눈에는 찬탄의 빛이 서려있었다.

「멋있어. 정말 멋있어. 그대로 서있어요. 움직이지 말고 그대로 서있어봐요.」

마치 예술작품을 감상하는 것처럼 그가 말했다.

그녀는 볼테면 얼마든지 보라는 듯 도발적인 태도를 취하면서 사내를 쏘아보았다.

그녀는 특히 하체가 잘 발달되어 있었다. 아랫배 부위는 유난히 넓어보였고, 탄력있는 허벅지와 함께 더할 수 없이 육감적인 모습을 보여주고 있었다. 허벅지 사이의 계곡은 유난히 짙은 음영을 드리우고 있었다. 하체가 시작되는 허리 부분은 아주 가늘었고, 그래서 하체의 볼륨이 더 커보이는 것 같았다.

「정말 근사해. 창문 쪽으로 더 가까이 다가서봐요.」

사내는 손짓까지 해보이며 말했다. 그녀는 시키는대로 창문 쪽으로 가까이 다가섰다. 그러다가 창문과 정면으로 마주보고 서서는 몸을 거기에다 밀착시켰다. 차가운 감촉이 온몸에 전류처럼 흘러들었다. 부푼 젖가슴이 터질 듯 밀리고 있었다. 그녀는 아랫배로 창문을 지그시 밀었다.

「당신…… 국회의원인가요?」

그녀는 불쑥 물었다.

노무라는 어리둥절해하다가 난처한 표정을 지었다.

「내 직업에 관심있나?」

「아뇨. 별로…… 국회의원이라고 들었는데…… 아닌가요?」

「국회의원이라는 직업은 별로 좋은 직업이 아니에요. 남자를 처음 경험한게 언제였지?」

그녀의 시선이 잠시 허공을 더듬었다. 이 사람은 왜 엉뚱한 질문을 던질까.

「열다섯 살 때였어요. 중학교 2학년 때였는데…… 난 처녀처럼 컸어요.」

그것은 사실이었다. 열다섯 살에 그녀는 임신까지 했었다. 상대는 관계해서는 안 되는 사람이었다. 그녀는 두 손으로 젖가슴을 감싸쥐었다. 가슴은 너무 풍만해서 두 손 안에 모두 들어가지 못한채 밖으로 넘쳐흘렀다.

「빠르군. 그렇게 빨리 경험했단 말이지.」

노무라는 끄덕거리더니 파이프를 들고 있는 손을 흔들었다.

「뒤로 돌아서봐요.」

그녀는 자신도 놀랄 정도로 고분고분 행동했다.

노무라는 파이프를 빠끔빠끔 빨면서 서화의 뒷모습을 감상했다. 정말 훌륭한 육체라고 그는 생각했다. 그와 함께 아깝다는 생각도 들었다.

그녀의 두 다리는 쭉 곧아있었고, 탄력있게 부푼 엉덩이는 밑으로 처짐이 없이 위쪽에 자리를 잡고 있었다.

「처음 경험했던 그 남자는 어땠었지?」

「엄청난 남자였어요. 지금까지 그런 남자는 보지 못했어요.」

그녀는 자신의 표현이 아주 적절하다고 생각했다.

「그래? 뭐 하는 남자였지? 그리고 나이는?」

「뱃놈이었어요. 나이는 서른댓쯤 됐어요.」

그녀는 15세 때의 첫 경험을 생각하고 있었다. 그것을 떠올리게 한 노무라의 짓궂은 질문이 못마땅했지만 그 생각은 마음먹은대로 사라지지가 않았다.

그녀의 어머니는 남자 관계가 꽤나 복잡했었다. 수시로 남자가 바뀌고 낯선 남자들이 집에서 자고 가는 경우가 빈번해지면서 어린 그녀도 그 남자들에게 관심을 가지게 되었다.

그녀의 어머니가 그렇게 된 것은 내연의 관계에 있던 남자가 세상을 떠나면서부터였다. 나중에 나이가 좀 들어서야 서화는 그런 것을 알게 되었는데, 그녀의 어머니는 결혼도 하지 않은 상태에서 어떤 유부남과 관계하여 서화를 낳았던 것이다. 뛰어난 미모를 지닌 그녀한테는 항상 남자들이 눈독을 들이고 좇아다녔는데, 그녀는 서화를 낳게 한 양조장집 영감만을 기다리며 살았다. 영감의 말인즉 안사람이 오래 전부터 중병에 걸려 세상을 떠나게 될테니 그때까지만 참고 기다려달라는 것이었다. 그녀가 세상을 떠나는 즉시 서화네를 집안으로 불러들이겠다는 것이었다.

그 약속을 기다리면서 서화네는 첩 생활의 수모를 견뎌나갔다. 그러나 곧 죽을 거라는 양조장집 안주인은 좀처럼 죽지 않았고, 오히려 바깥주인이 고혈압으로 먼저 세상을 떠나고 말았다.

그곳을 떠나기 전날 서화는 엄마가 이끄는대로 마을 뒷산에 올라 붉은 무덤 앞에 큰절을 올렸다. 그녀의 어머니는 소리를 죽이며 몹시 서럽게 울었지만 서화는 뙤약볕이 싫어 얼굴을 찌푸리기만 했다. 그때 서화는 여섯 살이었다. 그녀는 그 양조장집 주인을 아버지라고 생각한 적은 한번도 없었다. 그는 가끔씩 밤중에 서화네 집에 몰래 다녀가곤 했는데 그럴 때에도 그녀는 그를 피하기만 했지 아버지라고 부른 적이 없었다.

고향을 떠난 서화네는 어느 항구도시로 흘러들어갔다. 당장 입에 풀칠하기가 어렵게 된 서화네는 어느 선주집 가정부로 들어갔다. 그러나 두어 달만에 안주인한테 흠씬 두들겨맞고 쫓겨나고 말았다. 서화네가 거의 강제이다시피 선주한테 겁탈당하는 현장을 들켰기 때문이었다. 서화네는 그 선주가 꽤 많은 돈을 던져주었기 때문에 필사적으로 그를 거부할 명분이 없었던 것이다.

그 집을 나온 서화네는 그때부터 술집을 전전했다. 서화는 엄마가 술에 취해 돌아올 때까지 매일 혼자서 단칸셋방을 지켰다. 술에 취해 집에 돌아오면 그녀의 어머니는 언제나 훌쩍거리며 울었다. 세월이 흐르자 그녀는 돈을 조금 모아 부둣가에 조그만 술집을 하나 차렸다. 서너평 되는 골방 같은 방이 하나 딸린 가게였다.

주인이 임자 없는 몸인데다 젊고 예뻤기 때문에 그 초라하기 짝이 없는 술집에는 처음부터 남자들로 들끓었다. 모두가 하나같이 그녀를 어떻게 해보려고 눈독을 들이고 있었다.

손님들은 거의가 선원이나 어부들, 또는 부두 노동자들로 거칠기 짝이 없는 사내들이었다. 따라서 그녀를 서로 차지하려고 치고받고 하는 싸움이 거의 끊이지가 않았다.

그녀는 한 남자에게 자신이 묶이게 되면 손님이 줄어들어 매상이 많이 떨어질 우려가 있었기 때문에 남자들 사이를 교묘하게 빠져나가면서 단골을 확보해나갔다. 하지만 젊은 몸인지라 밤이면 어김없이 찾아오는 욕정을 주체할 수 없어 이 남자 저 남자와 몸을 섞었다. 남자를 따라 여관에 들어가기도 했지만, 집에서 손님과 함께 술을 마시다가 그대로 방안에서 정을 나눌 때가 더 많았다. 그리고 그럴 때면 으레 같은 방안에서 어린 서화가 눈을 시퍼렇게 뜬채 몸을 뒤척이고 있었던 것이다.

젊은 여인은 처음에는 어린 딸의 존재에 대해 꽤 신경이 쓰이는지 몹시 조심해서 몸을 놀리곤 했지만 회를 거듭해감에 따라 조심성이 점점 없어져 나중에는 딸이 보거나 말거나 상관하지 않고 좁은 방안에서 거침없이 괴성을 지르며 몸부림을 치곤 했다. 그녀는 사춘기에 접어든 서화를 아직 어리기 때문에 아무것도 모를 것이라고 생각했는지도 모른다. 그러나 서화는 모든 것을 알고 있었다. 어머니가 남자의 육중한 몸에 깔려 신음소리를 낼 때마다 그녀는 자신도 몸이 뜨겁게 달아오르면서 몸이 저절로 뒤틀리는 것을 느끼곤 했다.

나중에 서화의 어머니는 방안에 남자를 끌어들일 때마다 방 가운데에 커튼을 치곤 했는데, 그렇다고 해서 교성이 줄어들거나 한 것은 아니었다. 오히려 커튼이라는 것이 칸막이 역할을 해준다고 생각했음인지 그녀는 그 전보다 더 요란스럽게 소리를 질러대곤 했다. 커튼 저쪽에서 들려오는 신음소리와 육체가 서로 부딪치면서 내는 소리는 충격이 아닌 자극으로서 밤마다 서화를 괴롭히곤 했다. 그녀는 어린 나이에 너무 빨리 이상한 것을 보았고 또 들었던 것이다.

어느 날 30대 중반의 우람한 사내 한 명이 담배를 꼬나문채 서화네 집에 들어섰다. 서화는 그때까지 그렇게 우람하게 생긴 남자는 처음 보았기 때문에 자연 그쪽으로 시선이 자주 가곤 했다. 그녀는 학교에서 돌아오면 어머니를 도와 손님들의 시중을 들어줄 때가 많았다. 자연 손님들 가운데에는 커갈수록 예뻐만지는 서화에게 눈독을 들이는 자들이 늘어갔다. 그러나 그녀의 어머니가 두 눈을 시퍼렇게 뜨고 있어서 감히 집적거리거나 하는 짓은 삼가하고 있었다.

그 우람하게 생긴 사내는 상어라는 별명을 가지고 있었는데 직업은 선원이라고 했다. 한쪽 뺨에 나있는 징그러운 상처자국과 주저앉은 콧잔등이 찢어진 두 눈과 함께 험악하기 짝이 없는 인상을 이루고 있었다. 그래서인지 모두가 그와 시선이 마주치는 것을 슬슬 피하고 있는 듯했다.

상어는 옥살이를 끝내고 막 나온 길이라는 소문이 파다했다. 감옥에 갔던 이유는 누군가를 잘못 때려 그 사람이 죽는 바람에 과실치사죄에 해당되어 그렇게 되었던 것이라고 했다. 그는 꼭 5년 동안 감옥살이를 했다고 했다. 그래서인지는 몰라도 도무지 웃음이 없었고, 혼자 구석에 앉아 말없이 술만 들이키곤 했다. 낮에도 술만 마시는 것을 보면 전혀 일도 하지 않는 것 같았다.

험악한 인상에다 사람을 때려죽인 전역까지 있기 때문에 아무도 그에게 접근하려고 하지 않았고, 그래서 그는 언제나 외톨이로 겉돌고 있었다. 그에게는 가족도 없는 것 같았다.

모든 사람들이 그를 두려워하고 있었지만 서화만은 웬지 그가 조금도 무섭게 보이지 않았다. 무섭기는 커녕 그녀를 쳐다보는 그의 눈빛은 한없이 부드럽고 따뜻하기만 했다. 그 눈빛은 서화를 쳐다볼 때에만 그렇게 부드럽고 따뜻했다.

서화의 어머니 남산댁도 상어에게 신경을 쓰는 것을 보면 그가 마음에 든 모양이었다. 외톨이가 되어 혼자서 술만 마시는 그를 보고 모성애 같은 감정을 느꼈는지도 모른다.

그날은 비가 몹시 내리고 있었는데, 밤이 깊어지자 술청에는 상어 혼자 남아있었다. 그날은 웬일인지 그가 다른 사람들에게 자꾸만 시비를 걸었기 때문에 모두가 겁을 집어먹고 다른 술집으로 자리를 옮겨가버렸던 것이다.

상어는 남산댁의 얼굴을 쳐다보면서 술을 마시다 말고 탁자에 얼굴을 처박은채 잠이 들었다. 남산댁은 그를 부축해서 방안으로 데리고 들어가 자리에 눕혔다. 워낙 사람이 커서 도저히 혼자서는 옮길 수가 없었기 때문에 서화가 곁에서 그 일을 거들어주었다. 다른 남자 같았으면 도와주지 않았겠지만, 상어에 대해서만은 이상하게도 싫어하는 기색 하나 없이 남산댁의 말이 떨어지기가 무섭게 거들어주었다.

남산댁은 방안을 가로 지르는 커튼을 친 다음 불을 껐다. 서화는 저쪽에서 일어날 일 때문에 잠을 이룰 수가 없었다. 다른 때 같았으면 귀를 막았겠지만 그때만은 하나도 놓치지 않고 들으려고 숨소리도 죽인채 귀를 기울이고 있었다.

처음에는 상어의 코고는 소리만 요란스럽게 들려왔다. 그는 세상 모르고 잠이 든 것 같았다. 서화는 기다리다 지쳐 설핏 잠이 들었다. 그러다가 자지러지는 여자의 신음소리에 잠이 깨었다. 그것은 분명히 어머니가 기쁨을 이기지 못해 질러대는 소리였다. 서화는 발딱 일어나 앉았다. 도저히 그 소리를 들으며 그대로 누워있을 수가 없었다. 가슴이 뛰고 온몸이 뒤틀리는 것 같았다. 알 수 없는 분노가 가슴 속에서 부글부글 끓어올랐다. 엄마가 더할 수 없이 미웠고, 상어라는 남자가 원망스럽기만 했다.

남산댁은 금방이라도 숨이 넘어갈 것만 같았다. 방바닥이 울리고 벽이 무너질 듯 흔들리고 있었다. 그만큼 격렬한 힘으로 상어는 그녀를 밀어부치고 있었다.

서화가 알기로는 엄마가 그렇게 큰소리를 내기는 처음인 듯했다. 그 전에도 물론 다른 남자들과 잠자리를 같이 하게 될 경우 으레 소리를 질러대곤 했지만 상어 때문에 지르는 소리에 비하면 그런 것은 모기소리 같은 것이었다.

서화는 저러다가 정말 엄마가 숨이 넘어가면 어쩌나 싶었다. 숨이 턱에 차서 질러대는 소리는 다른 때보다도 유난히 오래 계속되는 것 같았다. 제발 빨리 끝났으면 좋으련만 두 사람의 싸움은 밤새도록 계속될 것 같았다. 상어의 씩씩거리는 숨소리와 무자비하게 찍어대는 그 소리에 압도되어 서화는 자신이 마치 상어의 우람한 육체에 짓눌리고 있는 것 같은 착각에 빠져들고 있었다. 나중에야 그녀는 자신이 벌거벗고 있음을 알게 되었다. 어느 새 방안의 어둠은 걷혀있었고, 그제서야 그녀는 부끄러움을 느끼고 이불을 뒤집어썼다.

상어가 엄마와 잠자리를 같이 한 뒤부터 서화는 상어와 마주치는 것을 피했다. 그와 시선이 마주치기라도 하면 아주 냉냉하게 대했고, 그러한 태도는 엄마한테도 마찬가지였다. 그러나 엄마와 상어는 갈수록 가까워지고 있었다. 상어는 이제 서화네 집에서 거의 살다시피 했고, 이것저것 참견하기도 하고 힘든 일을 도와주기도 했다. 그러나 그는 서화가 아무래도 마음에 걸리는지 그녀의 눈치를 살피곤 했다.

상어가 서화네 집에서 어슬렁거리는 시간이 길어짐에 따라 사내들의 발길도 그만큼 뜸해지고 있었다. 그러나 남산댁은 그런 것에는 별로 신경을 쓰고 있는 것 같지가 않았다. 상어한테 흠뻑 빠져있는 그녀는 장사 같은 것은 뒷전이었고, 어떻게든 상어를 그녀 곁에 오래 붙잡아두려고 애를 쓰고 있었다.

상어가 집에서 자고 갈 때면 서화는 흥분과 고통 때문에 거의 잠을 이루지 못했다. 엄마는 필사적으로 그에게 매달리고 있는 듯했다.

어느 날 밤 한바탕 질펀하게 관계를 맺고 났을 때 상어가 이제는 배를 타고 떠나야 될 것 같다고 말하는 소리가 커튼을 통해 들려왔다. 그 말을 듣는 순간 서화는 그만 가슴이 철렁 내려앉았다. 그녀의 어머니는 절대 안 된다고 으름장을 놓고 있었다. 배를 타게 되면 1년은 걸리게 될 것이라고 상어는 말했다. 아, 1년이나! 그것은 말도 안 되는 소리라고 서화는 생각했다. 1년 사이에 자신한테는 무슨 큰 변화가 생길 것만 같았다. 엄마 곁을 떠나든가. 그녀는 더이상 엄마 곁에서 살 수 없을 것 같았다.

남산댁은 상어를 구슬리기도 하고 협박하기도 했지만 그는 말을 듣는 것 같지 않았다. 남산댁은 집에 함께 있으면 먹고 자고 입는 것 모두 해결 될텐데 뭣 하러 배를 타고 험한 바다에 나가느냐고, 거의 필사적으로 그에게 매달리고 있었다. 용돈 같은 것도 생각해서 줄테니 그런 것일랑 걱정하지 말고 마음놓고 편하게 집에서 지내라고 애걸조로 말하는 것이었다.

그러나 아무리 말해도 상어의 마음을 돌릴 수는 없는 것 같았다. 엄마가 앙탈을 부리고, 그를 원망하고, 안타까운 나머지 흐느껴우는 소리를 들으며 서화는 이렇게 생각했다. 만일 상어가 떠나면 자기도 집을 나가야겠다고. 집을 떠나 어디선가 살다보면 언젠가는 상어를 만날 수도 있을 것이라는 생각과 함께.

엄마가 필사적으로 매달렸기 때문인지는 몰라도 그후 상어는 떠나는 것을 차일피일 미루면서 이것도 저것도 아닌 엉거주춤한 상태에서 하루하루를 보내고 있었다. 떠나긴 떠나야겠는데 박정하게 뿌리치고 갈 수 없는 무엇인가가 그를 붙잡고 있는 것 같았다.

하루는 서화가 학교에서 돌아와보니 어머니는 보이지 않고 상어 혼자서 방안에 퍼져앉아 술을 마시고 있었다. 술을 많이 마셨는지 눈빛이 풀려있었고, 옷도 팬티 한 장만 걸치고 있었다. 서화는 그를 거들떠보지도 않은채 방안으로 들어가 커튼을 쳤다. 그때 그가 그녀를 불렀다. 이리 와서 아저씨한테 술 한잔 따르라고 말했다. 그러나 서화는 대꾸도 하지 않은채 옷을 하나하나 벗어나갔다.

「너는 왜 나를 미워하지?」

커튼 저쪽에서 혀꼬부라진 소리로 그가 묻고 있었다. 서화는 팬티를 밑으로 끌어내렸다.

「내 말 들리지 않아? 왜 나를 미워하느냐 말이야?」

옷을 모두 벗은 서화는 거친 숨을 몰아쉬며 그대로 서있었다.

「난 곧 떠나야 한단 말이야. 그런데 너 때문에 떠날 수가 없어. 너 때문에 말이야. 네가 눈 앞에 어른거려서…….」

서화는 흐르는 눈물을 손등으로 훔치면서 자리에 드러누웠다. 몸에 아무 것도 가리지 않은채 천정을 쳐다보며 그대로 누워있었다.

「이번에 가면…… 난 오지 않을 거야. 다시는 오지 않을 거야. 난 여기가 싫어. 모든 것이 싫어. 너하고 네 엄마만 빼고…… 이런건 왜 치는 거야?」

커튼이 갑자기 홱 젖혀지는 바람에 그녀는 화들짝 놀라 일어나 앉았다. 그러나 손으로 몸을 가리지는 않았다. 놀라던 표정이 서서히 요염한 빛을 띠어가고 있었다.

게슴치레하던 사내의 눈빛이 물을 뒤집어쓴 듯 빛나기 시작했다. 그는 놀란 눈으로 소녀의 벌거벗은 몸뚱이를 내려다보고 있었다. 어린애로만 보아왔던 그녀의 육체는 열다섯 살 치고는 너무나도 성숙된 모습을 보여주고 있었다. 젖가슴도 허리도 엉덩이도 이제는 어린 소녀티를 완전히 벗어나있었다.

상어는 그녀 앞으로 가까이 다가섰다. 그러나 그녀는 그를 피하려고 하지도 않은채 도발적인 눈으로 그를 올려다보고 있었다. 그녀의 시선이 통나무처럼 버티고 있는 남자의 두 다리 사이를 부지런히 오갔다. 구리빛 피부를 지닌 두 다리는 시커먼 털로 덮여있었다. 사타구니는 삼각 팬티를 찢을 듯이 부풀어올라 있었다. 그녀는 거기에서 눈을 떼지 않았다.

「보고만 있지 말고 팬티를 벗기라구.」

하고 그가 말했다.

그녀는 앞으로 바싹 다가와있는 상어의 하체를 숨을 죽인채 노려보기만 했다. 상어가 너무 노골적이고 저돌적이었기 때문에 그녀는 정신을 차릴 수 없었고, 그래서 그저 얼떨떨하기만 했다. 바로 이런 순간을 기다려왔던 것 같은데, 지금 생각하니 꼭 그런 것만도 아닌 것 같았다.

상어는 거칠게 숨을 몰아쉬고 있었고, 그가 숨을 내쉴 때마다 술냄새가 역겹게 풍겨왔다. 그는 꽤 취했는지 금방이라도 주저앉을 듯이 비틀거리고 있었다. 이윽고 그의 손이 그녀의 얼굴을 쓰다듬기 시작했다. 손의 감촉이 몹시 거칠었지만 그녀는 그 느낌이 싫지 않았다. 싫기는 커녕 야릇한 쾌감 같은 것을 느끼고 있었다.

「어쩌면 요렇게 예쁠까. 꼭 인형 같구나. 널 먹을 수 있다면 하나도 남김없이 먹어치우고 싶단 말이야. 너를 처음 봤을 때부터 그랬단 말이야. 하지만 네 엄마 때문에 그럴 수가 없었지. 난 네 엄마를 좋아해. 하지만 너도 좋아해. 널 더 좋아한단 말이야. 알았어?」

그는 그녀의 얼굴을 계속 어루만져주고 있는 상어의 손에 입술을 갖다댔다.

「네가 사과라면 좋겠다. 아삭아삭 씹어먹게 말이야.」

「아저씨는 바보예요. 먹고 싶으면 먹을 것이지…….」

그렇게 쏘아붙이면서 그녀는 이불을 뒤집어쓰고 드러누워 버렸다. 그리고 이불 속에서 숨을 몰아쉬면서 상어의 반응에 귀를 기울였다.

무거운 침묵이 잠시 흐르더니 이불이 홱 걷혀졌다. 무엇인가 이상하고 거대한 것이 보였기 때문에 그녀는 반사적으로 손을 들어 얼굴을 가렸다.

「내가 바보라구? 누가 진짜 바보인지 어디 볼까. 바보같이 얼굴은 왜 가리는 거지?」

그는 그녀의 얼굴을 가리고 있던 손을 걷어냈다. 그러나 그녀는 눈을 뜨고 있지 않았다.

「바보 같으니! 눈은 왜 감고 있는 거야?」

그가 철썩하고 뺨을 후려갈기는 바람에 서화는 눈을 번쩍떴다. 그리고 더이상 눈을 감을 수가 없었다.

상어는 하체를 가리고 있던 조그만 팬티까지 아예 벗어버린채 그녀 앞에 버티고 서있었다. 자신의 나체를 자랑하기라도 하듯 뻔뻔스럽게 그렇게 우뚝 서있었다.

서화는 숨을 쉴 수가 없었다. 숨을 쉬기라도 하면 자신이 바스라져버릴 것만 같았다. 난생 처음 보는 것이, 그렇지만 한번 보고 싶었던 그것이 무슨 괴물처럼 그녀 앞에 치솟아있었다. 흉물스럽고 징그러운 것이 마치 외계에서 온 침략군 같아 보였다. 그리고 그것이 그렇게 큰 것인 줄은 생각지도 못했었다. 그리고 그것은 상어 몸뚱이의 일부가 아닌, 그것과는 전혀 다른 별개의 존재로서 거기에 솟아있는 것 같았다. 거무튀튀한 그것은 보면 볼수록 흉칙스럽고 무서운 느낌이 들었다.

상어의 몸뚱이는 진흙으로 아무렇게나 빚어놓은 것처럼 거칠고 울퉁불퉁했다. 온몸이 상처투성이였고, 우락부락해서 그 품에 안기면 부서져버릴 것만 같았다.

과연 저렇게 큰 것이 몸 속으로 다 들어올 수 있을까. 얼마나 아플까. 너무 아파서 아마 기절해버리겠지. 하지만 거기에는 어떤 다른 느낌이 있을 거야. 피해서는 안 돼. 이 기회를 놓치면 다시는 기회가 오지 않을 거야. 상어 아저씨는 멀리 가버릴 거야. 아무리 아프더라도 상어 아저씨와 한몸이 되고 싶은 걸. 단 한 번만이라도. 만일 엄마가 알게 되면? 그러나 지금 그녀는 엄마 생각 때문에 방해를 받고 싶지는 않았다. 엄마와 자신은 완전히 다른 별개의 존재라는 생각이 처음으로 들었다.

그녀는 꼼짝도 하지 않은채 상어를 올려다보고 있었다. 그녀를 내려다보고 있는 상어의 두 눈이 야수처럼 빛나고 있었다. 그가 마침내 그녀의 몸 위로 상체를 굽히자 그녀는 너무 무서운 나머지 두 눈을 감아버리고 말았다. 상어가 그녀의 두 다리를 벌리려고 했을 때 그녀의 몸은 딱딱하게 굳어있었다. 그가 강제로 다리를 벌리자 그녀는 너무 무섭고 고통스러워 자기도 모르게 입을 벌리면서 두 손으로 그의 어깨를 밀었다. 그러나 그 손에는 힘이 하나도 들어있지 않았다. 이윽고 그의 우람한 몸뚱이가 그녀의 몸을 덮치자 그녀는 공포에 떨면서 홍수에 떠내려가지 않으려는 듯 그의 통나무 같은 목을 끌어안았다.

상어는 바로 이 순간을 기다려왔다는 듯 서화를 단단히 끌어안은 다음 그녀의 몸속으로 밀고 들어왔다. 그녀가 부서져버릴 것만 같았던지 처음에는 아주 조심스럽게 몸을 움직였다. 그러다가 그녀가 기를 쓰며 그의 목에 매달리자 점점 힘을 가하기 시작했다. 그러면서 그는 수시로 그녀에게 아프냐고 물어보았고, 그때마다 그녀는 고통스러워하는 신음소리를 내면서도 괜찮다는 듯 머리를 가로젓곤 했다.

서화는 지금까지 세상을 헛살아온 것 같은 생각이 들었다. 그리고 지금 이 순간이야말로 전혀 새로운 세상, 그녀가 온몸을 바쳐 쟁취해야할 가장 가치있는 세상처럼 생각되었다. 이런 세상이 있는 줄을 몰랐다니! 그녀는 엄마가 그렇게 큰 소리를 지르면서 몸부림을 친 이유를 이제야 알 수 있을 것 같았다.

그녀가 필사적으로 매달리는 바람에 그는 목이 아팠고, 그래서 그녀의 팔을 풀게 하려고 목을 흔들었다. 그래서 그녀는 어깨쪽으로 손을 내려 그의 바위 같은 어깨를 손톱으로 마구 할퀴기 시작했다.

흥분이 고조됨에 따라 상어는 처음처럼 자상하거나 더이상 몸가짐이 조심스럽지가 않았다. 그는 인정사정없이 서화의 몸을 유린해 나갔다. 마치 농익을대로 익은 여체를 탐하듯이. 그리고 이것이 마지막이기라도 하듯이.

그녀는 상어의 몸놀림이 격렬해질수록 점점 힘이 떨어지면서 정신이 혼미해지는 것을 느끼고 있었다. 자신의 몸이 완전히 해체되어 나중에는 존재 자체가 없어져버릴 것만 같았다.

그럴수록 그녀는 상어에게 매달리고 있었다. 마치 물에 빠진 사람이 지푸라기라도 붙잡으려고 허우적거리는 것처럼. 이제 그것은 남녀의 관계가 아닌, 싸움처럼 되어갔다. 그리고 그녀가 그 싸움에 견디지 못하고 마침내 그의 품에서 떨어져나왔을 때 그녀는 완전히 의식을 잃고 있었다.

그녀가 기절했다가 깨어났을 때 상어는 잔뜩 겁에 질려 물수건으로 그녀의 온몸을 닦아주고 있었다. 그녀는 자신이 죽지 않고 살아있다는 사실이 신기하게 생각되었다. 그래서 상어와 시선이 마주치자 그에게 처음으로 미소를 지어보였다.

「괜찮아?」

그가 놀라서 물었다. 그녀가 고개를 끄덕이자 그는 눈물을 글썽이면서 그녀를 와락 끌어안았다.

「내가 나쁜 놈이지. 용서해줘, 응?」

서화가 그의 목을 끌어안으며 울음을 터뜨렸다.

「가지 말아요, 아저씨.」

그녀는 처음으로 애걸하듯 말했다.

「그래, 그래.」

상어는 그녀의 엉덩이를 토닥거려주었다.

「날 용서해주겠지, 응?」

「아저씬 잘못한 거 없어요. 그렇게 말씀하시는 거, 정말 싫어요.」

그녀가 그로부터 듣고 싶은 것은 사랑한다는 말이었다. 그러나 그는 그런 말을 할줄 모르는지, 아니면 아직 그것을 느끼지 못하는지 그런 말은 한 번도 꺼내지 않았다.

아무튼 그렇게 첫 관계를 트고 나서부터 그들 사이는 기름에 불붙듯 맹렬히 타오르기 시작했다.

상어는 말로는 그녀에게 미안하다고 하면서 그녀를 잊을 수 없는지 기회만 있으면 그녀에게 손을 뻗쳐왔고, 서화 역시 그런 그를 기다렸다는 듯이 받아들이곤 했다. 사실 적극적인 면에서는 상어보다도 서화 쪽이 더 하면 더 했지 결코 못하다고 할 수 없었다. 처음에는 일방적으로 남자에게 당하는 것처럼 보이기만 하던 그녀였지만, 그와 관계를 맺는 횟수가 늘어감에 따라 점점 대담해지고 보다 적극적으로 되어갔던 것이다.

어느 때는 상어와 남산댁이 한바탕 일을 치르고 나서, 남산댁이 곯아떨어지기라도 하면 기다렸다는 듯이 커튼이 젖혀지면서 서화의 모습이 나타날 때도 있었다. 그럴 때의 그녀는 실오라기 하나 걸치지 않은 알몸이었다. 아무 말 없이 그녀가 알몸으로 서 있으면 상어는 그만 놀라서, 그리고 어쩔 수 없이 그녀의 손을 잡고 그녀의 잠자리 쪽으로 건너오는 것이었다. 그리고 남산댁 몰래 도둑질하듯 서화를 범하는 것이었는데, 그 아슬아슬한 기분은 두 사람만이 알 수 있는 것이었다.「이러면 안 돼. 엄마가 알면 큰일 나」하고 상어가 타일러도 15세 소녀는 장난스럽게 속으로 깔깔거리고 웃기만 했다. 그녀는 철두철미 악동답게 생각하고 행동하고 있었다.

이제 상어로부터 떠나겠다는 말은 더이상 나오지 않고 있었다. 그는 두 여자에게 발목이 붙잡혀 눈에 띠게 야위어가고 있었다.

그러던 어느 날 남산댁이 서화에게 말하기를

「이제부터 상어 아저씨하고 함께 살기로 했다. 그러니까 친아버지처럼 생각하고 앞으로는 아버지라고 불러야 한다. 진짜 친아버지나 같으니까…….」

그녀의 말이 채 끝나기도 전에 서화는 용수철처럼 뛰쳐 일어났다. 그리고

「싫어요!」

하고 소리쳤다.

남산댁이 그녀를 붙잡으려고 했지만 그녀는 거칠게 뿌리치고

밖으로 뛰쳐나갔다. 부둣가를 한참 동안 거닐면서 가만 생각해 보니 일이 묘하게 꼬이고 있는 것 같았다. 그럴 수는 없다는 생각이 들면서도 터져나오는 웃음을 참을 수가 없어 손으로 입을 가린채 한동안 미친년처럼 키들키들 웃었다. 그렇게 웃다가 집으로 돌아와보니 상어가 와있었고, 그녀를 보자 머쓱한 표정을 지었다.

그 다음 날인가, 집에서는 잔치가 벌어졌다. 남산댁과 상어의 동거생활을 주위 사람들에게 알리고, 그들로부터 그것을 인정받기 위해 한턱 내는 잔치였다.

마침 겨울방학 때였다. 서화는 속이 뒤틀려 잔치를 도와줄 마음이 조금도 일지 않았다. 그래서 하루종일 밖으로 싸돌아다니다가 밤늦게야 집으로 돌아왔다.

잔치에 왔던 사람들은 모두 돌아간 뒤였고, 집에는 남산댁과 상어 두 사람만 남아있었는데, 남산댁은 술에 취해 잠들어있었고, 상어는 책임감을 느꼈던지 어질러진 집안을 대충 치우고 있었다.

「어떻게 된 거예요?」

서화가 다짜고짜 묻자 상어는 몹시 당황해하며 소리를 죽여 말했다.

「엄마가 자기 맘대로 한 거야. 난 싫다고 했어. 정말이야.」

「바보, 바보 같으니! 잘 해봐요!」

그녀는 방으로 들어가 엎드려 울음을 삼켰다. 상어가 뒤따라 들어와 그녀를 다독거려주자 그녀는 더욱 섧게 울었다. 그러다가 발작적으로 상어의 목을 끌어안고 미친 듯 그의 입에다 키스를 퍼부어댔다. 그는 사랑한다는 말을 수없이 하면서 그의 옷을 벗겨나갔다. 상어는 몹시 당황해했지만 그녀의 열정을 물리칠 수가 없었다. 이번에는 그가 서화의 옷을 벗겨주었다.

마침내 그들은 커튼도 치지 않은 상태에서 그 어느 때보다도 격렬하게 관계를 맺었다.

「우리 여기서 나가요. 다른 데 가서 함께 살아요!」

서화가 숨이 턱에 차서 속삭였을 때 갑자기 방안에 불이 들어왔다.

「이 미친 것들!」

남산댁이 괴성을 지르면서 손에 잡히는 것부터 우선 던지더니 무서운 기세로 달려들었다.

「이놈! 이 미친 놈! 서방 시켜주니까…….」

그녀는 상어를 때리고, 물어뜯고, 할퀴고 하면서 그 사이 사이로 서화를 쥐어박았다. 상어는 한동안 잠자코 당하기만 하더니 갑자기 일어나 남산댁을 냅다 한 번 걷어찼다. 그리고 남산댁이 한 바퀴 떼구르르 구르는 것을 보고 주섬주섬 옷을 뜰고 나가버렸다.

서화는 그를 붙잡고 싶었지만 엄마 때문에 그럴 수가 없었다. 상어는 이번에 나가면 다시는 돌아올 것 같지 않았다.

예상했던대로 그는 그 길로 어디론가 떠나버렸다. 부두에서는 결코 그의 모습을 볼 수가 없었다.

남산댁은 동네가 창피하다고 하면서 술집을 처분한 뒤 서화를 데리고 서울로 흘러들어갔다. 서울에는 생활 기반도 없이 무작정 흘러들어오는 떠돌이 인생들이 많았기 때문에 서화네 역시 그런 인생들 틈에 끼여 변두리 비탈진 곳에 거처를 하나 마련했다.

얼마 후에 남산댁은 딸이 입덧을 하는 것을 보고 병원에 데리고 가 진찰을 해보았더니, 놀랍게도 임신 3개월이라는 진단이

나왔다. 더욱 놀라운 것은 남산댁 역시 임신중이라는 사실이었다. 그러니까 모녀가 함께 한 남자의 아기를 밴 셈이었다.

이미 엎질러진 물이라 딸을 때리지도 못하고 그녀는 한숨만 푹푹 내쉬다가 다음 날 다시 병원으로 데리고 가 서화의 뱃속에 들어있는 아기를 지우게 했다. 그런데 이상하게도 자기 뱃속에 들어있는 아기만은 그대로 두었다.

서화는 엄마의 배가 점점 불러가는 것을 신기한 듯 쳐다보곤 했다. 엄마가 왜 아기를 없애지 않을까 하고 생각하지는 않고 엄마가 과연 어떻게 생긴 아기를 낳을까 하고만 생각했다. 날이 갈수록 엄마는 뱃속의 아기에게 집착하는 것 같았다. 그리고 그것은 이상하지가 않고 오히려 자연스러운 현상처럼 생각되는 것이었다.

수개월이 지난 그해 겨울 남산댁은 마침내 상어의 아기를 낳았다. 그러나 그녀 자신은 어이없게도 세상을 떠나고 말았다.

그녀가 죽게 된 경위는 이러했다.

진찰 결과 그녀의 뱃속에는 아기가 잘못 들어앉아 있었다. 의사는 수술을 해서 아기를 꺼내야지 정상적인 방법으로는 낳을 수가 없다고 말했다. 그래서 그녀는 의사의 결정에 따르기로 하고 수술실로 들어갔다. 의사는 그녀를 마취시킨 다음 배를 가르고 아기를 꺼냈다. 건강한 사내 아이였다. 의사는 수술자리를 꿰맨 다음 그녀가 깨어나기를 기다렸다. 그러나 그녀는 깨어나지 않았다. 놀란 의사가 별 짓을 다해보았지만 그녀는 영영 눈을 뜨지 않았다.

서화는 엄마의 죽음을 슬퍼하기보다는 졸지에 홀몸이 되어 사내 아이를 떠맡게 된 사실에 그저 어리벙벙하기만 했다. 그러나 현실은 냉정한 모습으로 그녀 앞에 벽처럼 다가와있었다. 당장 초상을 치르고 빽빽 울어대는 아기에게 우유를 주지 않으면 안 되었다.

의사는 손이 발이 되게 그녀에게 빌었다. 자기가 초상도 치뤄주고 위자료도 충분히 줄테니 제발 경찰에 고발하지 말아달라고 애걸했다. 엄마의 오빠 되는 외삼촌이 달려와 뒷조사를 해보니 그 의사는 남의 면허증을 위조해서 20년 넘게 영업을 해온 돌팔이 의사였다. 마음씨가 고약한 외삼촌은 그 돌팔이를 협박한 끝에 일반적인 수준보다도 열 배가 넘게 받아낼 수가 있었다.

그 당시로는 엄청나게 많은 위자료를 손에 쥐게 된 그 외삼촌은 서화에게 이렇게 말했다.

「나 아니면 아무도 이렇게 많이 위자료를 받아내지 못했을 거다. 그러니까 너하고 나하고 반반씩 나누어갖자.」

위자료를 자기 마음대로 반으로 뚝 잘라 던져주는데는 서화로서는 할 말이 없었다. 지금같이 나이가 좀 들었고, 현실에 대해서 따져볼줄 알았다면 그 돈을 한푼도 빼앗기지 않았을 것이다. 외삼촌은 위자료를 절반이나 가져갔으면서도 아기를 대신 기르겠다고 데려가지는 않았다. 자기 이익만 챙기고는 모른체 고개를 돌려버린 것이다.

서화는 아기를 키울 일이 큰 걱정이었다. 위자료로 받은 돈이 꽤 많이 있었기 때문에 생활에는 별 어려움이 없었지만 학교에 계속 다니면서 아기를 키운다는 것이 보통 일이 아니었다. 그런 고충도 모른채 아기는 건강하게 무럭무럭 자라고 있었다. 아기는 커갈수록 상어를 닮아가고 있었다.

겨울방학이 끝나갈 무렵 서화는 생각 끝에 주위의 권고도 있고 해서 아기를 데리고 고아원을 찾아갔다. 아기를 고아원에 맡기고 돌아서 나오려는데 아기가 막 울어댔다. 그녀는 도로 달려가 아기를 안고 고아원을 빠져나왔다. 그 길로 그녀는 엄마가 술집을 차렸던 항구도시를 찾아갔다. 상어 소식이라도 알아보기 위해서였다.

먼저 엄마가 술장사를 했던 부둣가 술집을 찾아가보았다. 그 집은 여전히 술장사를 하고 있었고, 손님들도 북적거리고 있었다.

「어머나, 이게 누구지? 이게 누구 애기지?」

사람들이 서화와 아기를 보려고 우르르 몰려들었다. 소나기처럼 쏟아지는 질문에 견디다 못한 그녀는 화가 나서 사실대로 말해버렸다.

「엄마가 낳은 애기에요.」

「아빠는 누구고?」

「상어 아저씨에요.」

「아이구, 저걸 어쩌지. 쯔쯔쯧…….」

아낙네들은 측은한 눈으로 서화를 쳐다보았다.

「서화가 낳은 아기는 아니고? 서화가 상어하고 좋아지낸 거 다 알고 있는데.」

술주정뱅이 사내 하나가 참지 못하고 서화의 아픈데를 찔렀다. 서화는 입술을 깨물면서 그 사내를 한참 동안 노려보았다. 나이 많은 아낙이 그 사내를 야단친 다음 서화한테서 아기를 받아들면서 부드럽게 물었다.

「엄마는 왜 같이 안 왔지?」

「엄마는 아기 낳다가 돌아가셨어요.」

그녀는 급기야 울음을 터뜨렸다.

「아이구머니나, 저걸 어쩌지?」

분위기는 금방 동정적으로 바뀌었다. 서화는 서럽게 울면서 말했다.

「저 혼자서는 아기를 기를 수가 없어서 데리고 왔어요.」

「그야 그렇지. 그 나이에 어떻게 혼자서 아기를 길러. 학교도 다녀야 할텐데…….」

「상어 아저씨 돌아왔으면 아기를 맡기려고 데리고 왔어요. 상어 아저씨 돌아오셨나요?」

사람들은 서로 눈치만 살피면서 얼른 입을 열려고 하지 않았다. 서화는 미처 눈치를 못채고 계속 물었다.

「상어 아저씨 아기니까 그 아저씨가 이 아기를 길러야 하지 않겠어요. 전 기를 자신이 없어요. 제가 길러야 할 이유도 없고요. 누구 상어 아저씨 소식 들은 사람 없으세요?」

보다 못한 늙은 아낙이 혀를 끌끌 차면서, 누군가가 사실대로 이야기를 해주어야지 이러고만 있으면 어떡하느냐고 주위 사람들을 나무랐다. 그러고나서 그녀는 이렇게 말했다.

「상어 아저씨 찾지 않는게 좋아. 그 사람 아주 멀리 갔다구.」

「어디 가셨는데요? 아무리 멀리 갔어도 전 만나러 갈 거예요.」

「어이구, 이 철딱서니 없는 거 같으니라구. 그 사람, 아주 멀리 갔단 말이야. 영영 안 돌아와요.」

그제서야 말뜻을 알아차리고 서화는 두 눈을 크게 떴다.

「그, 그럼 상어 아저씨…… 돌아가셨단 말인가요?」

「어이구, 그렇다니까. 왜 그렇게 말귀가 어두워.」

서화는 엄마가 죽었을 때보다도 더 하늘이 캄캄해지는 것 같았다.

알고 보니 상어 아저씨는 배를 타고 나갔다가, 그것도 원양어선을 타고 북태평양까지 갔다가 풍랑을 만나 배가 침몰하는 바람에 선장 이하 모두 실종되고 말았다는 것이었다. 풍랑이 심한 바다에서의 실종은 곧 죽음을 뜻하는 것이다.

술주정뱅이가 고기밥이 된 사람을 찾을테면 찾아보라고 빈정거렸다.

아기를 업고 서울로 돌아온 서화는 그때부터 다른 생각하지 않고 아기를 자기 손으로 기르기로 작정했다. 학교에 갈 때나 볼일이 있어 외출할 때에는 이웃집 할머니에게 아기를 맡겼다. 그 할머니에게 매달 얼마씩 용돈을 주기로 했기 때문에 그녀는 친손자처럼 아기를 돌봐주었다.

그 아기가 커서 어느 새 국민학교에 다니고 있었다. 아이는 상어를 닮아 우락부락하게 자라고 있었고, 부모없이 자란 아이 같지 않게 성격도 활달했다. 아이의 이름은 유완기(柳完基)였다.

벌거벗은 알몸으로 하염없이 울부짖는 바다를 바라보고 있던 서화는 남자 쪽으로부터 아무런 소리도 들려오지 않았기 때문에 고개를 돌려보았다. 그러고는 소스라치게 놀라 몸이 굳어졌다. 그런 그녀를 보고 노무라는 씨익 웃었다.

「이런 거 처음 봤나?」

그는 왼쪽 팔뚝에서 의수를 떼어내 탁자 위에 철커덕 내려놓았다. 그는 상의를 모두 벗은 상태였다. 입에 파이프를 문채 입가에 미소를 띠면서 바지를 벗고 있는 사내를 보면서 서화는 사기당한 것 같은 기분과 함께 분노가 치밀었다.

「왜 그렇게 쳐다보지? 마음에 들지 않나? 얼굴이 창백한데 그래.」

사내의 왼팔은 팔꿈치 바로 위쪽에서 잘려나가고 없었다.

노무라는 뻔뻔스러울 정도로 스스럼없이 행동하고 있었다. 일부러 보라는 듯이 그러는 것 같기도 했다. 계속 미소를 짓고 있었지만 그 미소 뒤에는 비웃는 듯한 냉소가 흐르고 있었다.

「마음에 들지 않으면 지금이라도 늦지 않아요. 언제라도 돌아가라구. 마음에 들지 않는 섹스는 하고 싶지 않으니까. 물론 화대는 그대로 가져가도 좋아요. 난 그런 건 필요하지 않으니까.」

그것은 대단히 모욕적인 말이었다. 그 자신만만한 말투에 서화는 반발심을 느꼈다.

바지가 밑으로 흘러내리자 사내는 두 발을 뽑아냈다. 그리고 침대에 걸터앉아 양말을 벗었다. 한 손으로만 모든 것을 처리하고 있었기 때문에 몹시 불편하고 어색해 보였다. 그런데도 그는 서두르지 않고 절도있게 그런 것들을 하나하나 처리해나가고 있었다. 벗어놓은 양말을 개어서 서랍장 속에 집어넣고 나더니 다음에는 바지를 집어들어 편 다음 옷장 속에 걸어놓는다. 그 움직임 하나하나가 꼼꼼하기 이를 데 없었다. 정리정돈에 철저한 전형적인 일본인을 보는 것 같았다.

서화는 그를 도와주고 싶었지만 그대로 서서 냉정한 눈으로 그의 움직임을 지켜보고 있었다. 그가 마지막에 어떻게 나오는지 한번 보고 싶었다. 언제라도 사내를 뿌리치고 나갈 수 있기 때문에 서두를 것까지는 없을 것 같았다. 강마담에게 따질 수 있는 거리도 있기 때문에 그녀는 처음보다는 조금 여유를 가지고 일본인 사내를 바라볼 수가 있었다.

다음에 사내는 탁자 앞에 앉아 가방에서 흰 손수건과 길쭉하게 생긴 조그만 분사기 같은 것을 꺼냈다. 그리고 분사구를 의수에다 가까이 대고 버튼을 누르자 흰 액체 같은 것이 뿜어져나왔다. 이윽고 그는 흰 손수건으로 의수를 닦기 시작했다. 의수를 손질하는 모습이 그렇게 정성스럽고 진지해보일 수가 없었다. 의수를 닦는 약품에서는 코끝을 자극하는 향기까지 풍기고 있었다. 사내는 옆에 서있는 미녀 따위는 안중에도 없는 듯 한동안 의수를 손질하는데 정성을 쏟고 있더니, 그것을 모두 닦고 나자 만족한 듯 그녀를 쳐다보았다.

「피가 통하지 않는다고 아무렇게나 방치해두면 이것을 볼 때마다 내 마음이 비참해지지. 이것을 깨끗이 소중하게 다루게 되면 나는 한쪽 팔을 되찾은 것 같은 기분을 느끼게 되지. 이건 내 분신이야. 내가 가장 사랑하는 분신이야. 보라구. 아주 정교하게 만들었잖아.」

그는 의수를 그녀의 눈앞에다 가까이 들이댔다. 서화는 뒤로 조금 물러서면서 그것을 뚫어지게 쳐다보았다.

의수의 손가락은 진짜와 구별이 어려울 정도로 정교하게 만들어져 있었다. 반대쪽 절단면에는 팔에 연결할 수 있는 장치가 달려있었다. 그가 의수를 쳐들더니 그것으로 그녀의 얼굴을 긁으려고 했다. 서화는 기겁을 하고 몸을 피했다.

그녀가 놀라는 모습을 보고 일본인 사내는 히히 하고 웃었다. 그러면서 그는 그녀를 구석 쪽으로 몰아붙였다.

「이게 무섭지? 그렇지?」

의수 끝이 그녀의 얼굴을 건드렸다. 그녀는 얼굴을 피하면서 신경질적으로 쏘아붙였다.

「아이, 이러지 마세요! 싫어요!」

그러나 사내는 계속 히히거리면서 의수로 그녀의 여기저기를 쓰다듬기도 하고 쿡쿡 찌르기도 했다. 처음 보았을 때와는 전혀 다른 모습이었다. 그는 새디스트적인 일면을 보여주고 있었다.

「어때? 느낌이 어때? 좋지 않아?」

「끔찍해요. 이러지 마세요.」

「화를 내니까 더 예쁘군 그래. 얼마든지 화를 내라구. 하지만 이건 알아두라구. 난 아가씨를 샀어. 그러니까 마음대로 할 수가 있어. 마음대로 하고 싶단 말이야. 그렇지 않으면 비싸게 살 필요가 없지. 일이 끝나면 물론 팁은 별도로 주지. 얼마나 서비스가 좋았느냐에 따라 팁은 열배, 백배, 천배의 차이가 나겠지. 서비스가 엉망이면 한푼도 안 줄 수가 있어.」

의수로 그녀의 젖가슴을 슬슬 건드려대면서 그는 돈있는 자의 위세를 한껏 자랑하고 있었다. 서화는 움츠리던 몸을 바로 하면서 그에게 미소를 던졌다.

「그걸로 그러지 말고 손으로 만져주세요. 손으로 만지는게 더 좋잖아요.」

그 말에 노무라는 냉소를 흘리면서 그녀를 쳐다보았다.

「난 이게 좋아. 이 손으로 만지는게 더 좋단 말이야. 이것도 내 일부분이야. 이걸 괄시하지 말라구. 이걸 사랑하지 않으면 날 사랑할 수 없어. 이걸 무시하는 건 바로 나를 무시하는 거야. 알겠어?」

「무시하지 않아요.」

「죠센징이 우리 대일본제국을 무시할 수 있나. 세상이 달라졌다고 해서 우리를 무시하면 안 돼요. 우리는 과거에는 실패했지만 앞으로는 실패하지 않을 거야. 절대 실패하지 않을 거야. 완전한 성공…… 그것이 바로 우리의 미래야.」

서화는 왜 갑자기 그런 말이 튀어나오는지 잠시 어리둥절하기만 했다. 죠센징은 무엇이고 대일본제국은 또 무엇인가.

일본인들 가운데는 아직도 한국인을 죠센징이라고 부르면서 깔보는 사람들이 더러 있다. 겉으로 표현은 잘 하지 않지만 속으로 그런 생각을 가지고 있는 일본인들은 의외로 많은 것 같다. 그들은 술에 얼큰히 취하면 한국인 기생이나 콜걸을 옆에 끼고 앉아 죠센징 놈들 운운하면서 모욕적인 말을 잔뜩 늘어놓기도 하고 자기들이 언젠가는 세계를 제패하게 될 것이라고 우쭐해서 말하곤 한다. 돈으로 산 여자들이라고 무슨 말을 해도 상관하지 않을 것이라는 생각에서 평소에 품고 있던 생각들을 쏟아내는 것이다. 그들에게 몸을 파는 여자들의 수준이라는 것이 또한 형편없어 그런 모욕적인 말을 듣고도 화를 내기는 커녕 오히려 맞장구치던가 바보처럼 해해 웃기만 한다.

노무라는 그런 류의 일본인들 가운데서도 가장 대표적인 국수주의자였다. 거기에다 그는 현재 극우그룹에서 활약하고 있었다. 일본의 극우 그룹 가운데서 가장 강력한 영향력을 행사하고 있는 그 그룹을 실제적으로 조종하고 있는 인물이 바로 그였다. 그러니 그의 입에서 죠센징 운운하는 모멸적인 말이 튀어나오는 것도 무리는 아니었다.

서화는 죠센징 운운하는 말을 하도 많이 들어왔기 때문에 지금은 그런 말에 아무렇지도 않았다. 좀 맥이 풀리긴 했지만 그녀의 목적은 어떻게 해서든지 한푼이라도 더 많은 돈을 받아내는 데 있었기 때문에 상대가 무슨 말을 해도 견딜 수 있는 준비가 되어있었다. 하긴 한편으로 한국인들은 일본인들한테 그런 말을 들어도 싸다는 생각이 안 드는 것도 아니었지만.

노무라의 의수가 그녀의 하복부 쪽으로 내려오더니 은밀한 곳을 쓰다듬기 시작했다. 그것은 플래스틱 같은 것으로 만들어져 무게가 가벼운지 자유자재로 움직여지고 있었다.

서화가 불쾌한 기색을 숨긴채 계속 생글거리고 있자 노무라는 금방 흥미를 잃고 그 짓을 그만두었다. 그대신 그녀를 침대 위에 눕게 하더니 다리를 벌리게 하고는 두 다리 사이에다 의수를 올려놓았다. 절단 부위는 배꼽 쪽에 놓고 손은 음부를 감싸듯이 올려놓고 나서 조금 떨어져서 그 모습을 감상하는 것이었다. 마치 무슨 조각품을 감상하기라도 하듯.

「야, 근사한데. 아주 멋져. 누가 이걸 그리면 근사하겠는데.」

그렇게 말하면서 그는 한 손으로 팬티를 벗고 있었다. 그의 몸은 온통 시커먼 털로 덮여 있었다. 서화는 드러누운채 사내의 알몸을 감상했다. 겉으로는 무표정하게 바라보고 있었지만 그녀의 시선은 팔이 없는 쪽으로 자꾸만 향하고 있었다.

왼쪽에 조금 남아있는 팔은 아주 가늘어 보였고, 그것이 육체의 균형을 깨뜨리고 있었다. 그는 모든 것을 한쪽 손으로만 처리하고 있었는데, 그래서인지 성한 손은 아주 큼직해보였고, 팔은 튼튼하게 근육질로 덮여있었다.

팬티를 접어서 아까처럼 서랍장 속에 집어넣고난 그는 그녀쪽으로 몸을 향한채 당당한 모습으로 어깨를 쭉 폈다. 그의 성기는 수직으로 뻗어나와 있었다. 불구자치고는 성기의 모양이 메기처럼 굵고 시커먼 것이 힘깨나 쓸 것처럼 보였다. 징그럽기까지 한 그것은 야수의 모습을 하고 있었다. 한쪽 팔이 없으니 위에서 덮쳐오지는 못할 것이다. 그렇다면 내가 위로 올라가줄 수밖에 없다. 그런 생각을 하면서 그녀는 하복부 위에 놓여져있는 의수를 들어 사이드 테이블 위에 올려놓았다.

마침내 그가 침대 쪽으로 천천히 다가왔다. 어느 새 그의 표정은 창백해져 있었고 마치 무슨 큰일을 앞에 둔 사람처럼 굳어 있었다. 그의 눈초리가 무서웠기 때문에 그녀는 두려움으로 몸이 오그라드는 것 같았다.

「빨리 다리를 벌려!」

침대 앞으로 다가선 그가 갑자기 서두르는 기색을 보이며 명령조로 말했다.

「바쁘세요?」

「빨리 벌리라니까!」

그녀는 시키는대로 두 다리를 벌렸다. 치욕감으로 그녀의 표정도 굳어지고 있었다. 사내는 애무 하나 없이 바로 그것을 삽입하려는 것 같았다. 그런 섹스야말로 그녀가 제일 싫어하는 것이었다.

「이쪽으로!」

노무라는 침대 위로 올라오지 않고 그 앞에 그대로 선채 그녀에게 손짓을 해보였다. 서화는 그가 서있는 쪽으로 몸을 돌렸다. 그의 잘린 팔이 흔들리고 있는 것이 자꾸만 그녀의 시야를 어지럽히고 있었다.

「더 가까이! 더 벌리라구!」

그의 숨가쁜 목소리에 그녀는 두 눈을 감아버렸다. 그가 그렇게 서두르는 이유를 알 수 없었다.

그는 씨근덕거리면서 자신의 하체를 그녀에게 밀어붙였다. 그녀는 굳어진 자세로 그대로 누워있었다. 해볼테면 해보라는 식으로.

그의 하체가 안타깝게 몸부림치고 있는 것이 느껴졌다. 하체와 하체가 계속 부딪치고 있었지만 웬일인지 더이상 진전이 없는 것 같았다. 그는 그것을 집어넣으려고 무진 애를 쓰고 있는 것 같았다. 마치 첫날 밤 어떻게 할줄을 몰라 낑낑대는 신랑처럼. 그런 때는 경험이 풍부한 신부가 슬며시 손을 뻗어 신랑이 쉽게 들어올 수 있도록 도와주어야 한다. 처녀가 아닌 것이 들통날까봐 눈을 감고 가만 있기만 하면 신혼초야를 망치고 만다. 서화는 그가 쉽게 들어올 수 있도록 두 다리를 힘껏 벌리면서 눈을 살며시 떴다.

노무라의 얼굴이 낭패감과 분노로 비참하게 일그러져 있었다. 사타구니에 달려있는 그것 역시 얼굴 표정만큼이나 비참하게 쪼그라든채 부끄러운 듯 털 속에 파묻혀있었다.

「어머나!」

그녀는 하마터면 그런 소리를 낼 뻔했다. 웃음이 나오려는 것을 참으면서 사내의 눈치를 살폈다. 바로 이것이었구나! 그래서 그렇게 서둘렀구나. 하지만 내 잘못은 없지 뭐. 이럴 때는 조심해야 한다. 남자의 신경이 극도로 예민해져있기 때문에 자존심을 건드리는 말을 해서는 안 된다. 그런 말을 하면 남자는 두번 다시 만나려고 하지 않을 것이다.

시선이 마주치자 노무라는 얼굴이 시뻘개지면서 뒤로 물러서더니 맥풀린 표정을 지었다. 아까의 그 당당하던 모습은 어디로 갔는지 여선생 앞에서 어쩔 바를 몰라하고 있는 어린 학생처럼 몹시 당황해하고 있었다.

「좀 쉬었다가 해요.」

서화가 몸을 일으키면서 부드럽게 말하자 일본인 사내는 벌컥 화를 냈다.

「내가 빨리 다리를 벌리라고 했잖아!」

그는 실패한 책임을 그녀에게 돌리고 있었다. 그녀는 어이가 없어 그대로 그를 쳐다보고만 있었다.

「이게 서있을 때 빨리 집어넣어야 한단 말이야. 그렇지 않으면 죽는다구. 아주 빨리 해야 한단 말이야.」

원망스러운 듯 그녀를 쳐다보는 그를 보고 그녀는 따뜻한 미소를 지어보였다.

「그럼 미리 말씀하실 것이지 전 그런줄 몰랐잖아요. 애무 하나 없이 갑자기 하자고 덤비시니까 전 당황했죠.」

「남자 한 둘 겪어봤나. 눈치가 좀 빨라야지.」

그는 번데기처럼 쪼그라든 모습을 보이기 싫어서인지 급히 팬티를 입었다.

「죄송해요. 다음에는 잘 해드릴께요.」

그녀는 그의 감정을 상하지 않게 하려고 다소곳이 말했다.

사내들을 겪어보면 다 같은 것 같으면서도 그야말로 각양각색이다. 그런데 그 중에는 발기불능으로 욕심을 채우지 못한채 침대에서 떨어져나가는 남자들이 의외로 많다. 그런 남자들을 보면 측은한 마음이 들기도 한다. 그러나 첫번째는 실패했어도 나중에 가서 결국 성공적으로 골인하는 경우는 얼마든지 있다. 그럴 때의 남자들의 기뻐하는 모습은 꼭 어린애 같다. 그 기쁨이 사라지기 전에 큼직한 것을 부탁하면 열이면 열 모두 들어주기 마련이다. 그들은 성공적인 골인을 마치 천하를 얻은 것처럼 생각하는 것 같다.

「기회는 얼마든지 있잖아요.」

그녀는 침대 밑으로 내려서서 담배를 한 대 피워물었다.

「난 내일 가야 해. 날씨 때문에 묶여있는 거라구.」

그가 볼멘 소리로 말했다.

「그전에 많이 하면 될 거 아니에요. 아직 시간은 얼마든지 있잖아요.」

「그게 어디 마음대로 돼나.」

「제가 서비스를 잘 해드리면 되잖아요. 노무라상, 당신은 방법이 틀렸어요. 손 한번 잡지도 않고 그렇게 곧장 공격해오는 법이 어딨어요.」

「머뭇거리다가는 죽는단 말이야.」

서화는 바다를 바라보면서 급기야 킥하고 웃었다. 웃지 않으려고 애를 썼지만 참을 수가 없었다. 그러나 노무라의 얼굴이 수치심으로 붉어지는 것을 보고 곧 웃음을 거두었다.

「죽지 않게 해야죠. 그것을 받쳐주는 감정이 없어서 그러는 거예요.」

그녀의 말에 그는 심각한 표정으로 돌아갔다.

「그게 무슨 말이지?」

「그것하고 감정이 일체감이 되어야 한단 말이에요. 그런데 당신 것은 전혀 별개의 것처럼 행동하고 있잖아요. 뿌리가 뽑힌 것처럼 말이에요. 그러니 무슨 힘이 있겠어요. 그것을 받쳐주는 힘이 없으니까 금방 죽는단 말이에요.」

그는 조금 놀라는 표정으로 그녀를 주시했다. 그녀가 그런 말을 할 수 있다는 것이 뜻밖이라고 생각하는 것 같은 그런 얼굴이었다.

「나도 그 정도는 알고 있어요. 하지만 미인을 보면 다짜고짜 먼저 들어가보고 싶은게 남자란 말이야. 감정은 그 다음이야. 일단 하고 나서 그 섹스가 좋았으면 그 여자에 대해서 좋은 감정을 품게 되는 거지. 애정이라고 할까 그런 거 말이야.」

「바로 그게 문제예요. 감정에 앞서 서두르는게 문제예요. 천하없는 장사라도 감정이 없으면 그것을 지탱시킬 수가 없어요. 잠깐이야 견딜 수 있겠죠. 하지만 시간이 좀 지나면 결국 수그러들고 말아요. 감정은 남자한테도 중요하지만 여자한테도 매우 중요해요. 감정이 동하지 않으면 여자의 몸은 굳게 문을 닫은채 뻣뻣한 상태로 있어요. 여자가 그런 상태로 있으면 남자는 일을 치르기가 더욱 힘들어지죠. 여자의 몸이 반응을 보이지도 않고 협조도 하지 않으니까요. 하지만 여자의 몸 속에 감정을 불어넣어주면 굳었던 여자의 몸은 부드러워지면서 온몸으로 남자를 받아들일 준비를 갖추게 되는 거죠. 몸이 달아오르면서 모든 기관이 남자를 적극적으로 받아들이는데 총동원되는 거죠.」

「점액도 많이 나올테고?」

「그렇죠. 감정이 동하지 않으면 아무 것도 나오지 않죠. 마치 조개가 입을 다물고 있는 것이나 마찬가지인데 그것을 강제로 열고 들어가려고 하니 그게 어디 들어가겠어요.」

「그 방면에 대해서 잘 알고 있군?」

「뭐 그렇지도 않아요. 기본적인 상식을 말했을 뿐이에요. 모든 것은 부드럽게, 그리고 자연스럽게 해야 한다는 것이 제 생각이에요.」

「섹스 강의를 해도 되겠는데 그래.」

「그 정도까지는 아니에요. 목욕하시지 않을래요? 기분전환이 될 거예요. 제가 씻겨드릴테니까 함께 목욕해요. 그 다음에 다시 한번 해봐요. 그때는 잘 될 거예요.」

「그렇게 쉽게 되지는 않을 거야. 난 내 자신을 잘 알고 있어. 이런 적이 있었어. 꼭 관계를 맺고 싶었던 아가씨를 유인해서 호텔방으로 들어갔지. 옷을 모두 벗기고 아가씨도 나를 받아들일 자세를 취해주었는데 그만 내 핫도그가 말을 듣지 않은 거야. 그건 나에게 쇼크였어. 그 아가씨하고 꺼림칙하게 헤어진 나는 그 길로 돌아가 아내를 덮쳤지. 아내는 갑작스런 내 행동에 좀 의아해했지만 곧 나를 편안한 자세로 받아들였지. 아내하고는 아무런 문제가 없었어. 바로 거침없이 관계를 맺었단 말이야. 왜 그 아가씨하고는 안 됐는데 여편네하고는 그렇게 쉽게 된 거지? 이유가 뭘까? 그때부터 나는 일종의 공포심 같은 것을 갖게 됐어. 새 여자를 상대할 때마다 실패하면 어떡하나 하고 걱정을 하곤 했지. 가만히 생각해보니까 아내처럼 부담이 없는 상대하고는 편안한 마음으로 잘 되는데 그렇지 않고 내 마음에 꼭 들어 나를 사로잡는 상대, 내가 무슨 수를 쓰든 정복하고 싶은 상대는 마지막 단계에서 번번이 실패하더란 말이야.」

그가 진지하게 말했기 때문에 그녀 역시 다소곳이 귀를 기울이고 있었다. 노무라가 그런 이야기까지 숨김없이 털어놓는 이유를 그녀는 알 수가 없었다. 이쪽이 부담없는 상대이기 때문일까. 만일 상대가 일본 여자였다면 감히 이런 고백은 하지도 못했을 것이다.

「사모님하고는 잘 되는데 다른 여자하고는 잘 안 된다면…… 아마 그게 낯을 가리나보죠. 그런 남자들 꽤 많아요. 너무 신경쓰지 마세요. 저한테는 부담을 조금도 갖지 마세요. 그렇다고 저를 함부로 대해달라는 말은 아니에요. 그냥 평범한 한 여자로만 대해주세요.」

「난 평범한 여자는 싫어.」

「하긴 저도 평범한 남자는 싫어요. 우리 함께 목욕해요. 제가 기분전환을 시켜드릴께요. 목욕하고 나면 기분이 한결 나아질 거예요.」

그녀는 잘린 팔을 빤히 쳐다보았다. 이 사내는 정상적인 육체를 지닌 사람보다는 훨씬 복잡한 감정을 지니고 있을 것이다. 정상인 이상으로 자기 능력을 과시하고 싶을 것이고, 그런 나머지 거기에서 오는 부담감이 아주 클 것이다. 그래서 마음 먹은대로 능력을 발휘할 수 없게 되면 좌절감을 크게 느끼게 될 것이고,

거기에 대한 반동으로 더 발악적이 되어갈 것이다. 혹시 자신의 섹스 능력을 테스트해보기 위해 한국에 온게 아닐까. 겉으로는 다른 이유가 있겠지만 진짜 이유는 바로 거기에 있지 않을까. 이 사내가 일본사회에서 내노라하는 인물이라면 자기 나라 안에서는 마음놓고 그런 테스트도 할 수 없을 것이다. 그 점을 생각한다면 한국이야말로 그런 테스트를 하기에는 안성맞춤의 나라이다. 일본인들은 돈만 있으면 거의 아무런 제약도 받지 않고 아주 자유롭게 여자를 살 수가 있는 것이다. 나도 그런 테스트의 대상일까. 그런 생각을 하자 그녀는 마음이 우울해졌다. 그만 나가버릴까 하는 생각이 안 드는 것도 아니었지만 좀더 참아보기로 했다. 사내가 의외로 대단한 수입원이 될지도 모르기 때문이었다.

「조금 있다가 누가 여기에 오기로 되어 있어. 중요한 이야기가 있으니까 목욕은 있다가 밤에 하는게 좋겠어.」

「그래요? 그럼 전 어떡하죠? 제가 있으면 방해가 되겠죠?」

노무라는 고개를 끄덕였다.

「다른데 가서 시간을 좀 보내다가 7시쯤에 다시 만나는게 좋겠어.」

「네, 좋아요. 당신에 대해서는 어느 정도 알았으니까 다음부터는 제가 알아서 처리하겠어요.」

「그건 싫어. 난 여자한테 리드당하는 건 싫어. 차라리 안 하면 안 했지 가만 누워서 서비스받는 건 싫어.」

「껴안을 수도 없는 주제에 리드당하기 싫다니, 병신 같은 게!」

그런 말이 튀어나오려는 것을 간신히 참으면서 그녀는 욕실로 들어가 변기 위에 걸터앉았다.

오줌발 떨어지는 소리가 다른 사람한테 들리게 하는 건 낯간

지러운 일이다. 그녀는 변기로 물이 쏟아지게 한 다음 몸의 힘을 풀었다. 오줌이 쏟아지는 소리가 쏴아하고 들려왔지만 물 쏟아지는 소리에 섞여 별로 크게 들리지 않았다.

노무라라는 사내는 껴안을 수가 없기 때문에 아예 애무 같은 것을 생략하는지도 모른다. 한 손으로만 애무를 하면 무슨 재미가 있겠는가. 당사자도 재미가 없겠지만 애무를 받는 쪽도 그 단조로움에 금방 싫증을 느낄 것이다. 한 손만 가지고는 서로 엉겨붙어 딩굴 수도 없다. 딩굴려면 여자를 위로 올리는 수밖에 없다. 그러나 그 짓도 오래 가면 못할 짓이 되고 만다. 여자란 남자가 그 넓은 품안에다 으스러지게 껴안아주기를 바란다. 남자 위가 아니라 그의 육중한 몸에 깔려 자신이 산산이 해체되기를 기대한다.

노무라가 여자의 서비스를 리드당하는 것이라 생각하고 자신이 정상인처럼 행동하려 든다면, 결국 두 발로 서서 일을 처리할 수밖에 없을 것이다. 여자는 누워서 두 다리를 벌리든가, 아니면 엎드린채 그에게 엉덩이를 들이대든가.

아무튼 쉬운 상대는 아닌 것 같다. 자존심 상하지 않게 조심해서 상대할 필요가 있다. 강마담의 말은 어디까지 믿어야 할까.

그녀가 욕실에서 나오자 노무라는 혼자서 한 손으로 옷을 입느라고 애를 쓰고 있었다.

「두 손이 얼마나 귀중한가 하는 것은 한 손이 없어진 뒤에야 알 수 있어. 인간은 한없이 어리석은 동물이야.」

서화가 옷입는 것을 도와주려고 하자 그는 단호하게 거부했다.

「그만 둬. 나 혼자 할 수 있으니까 그만 둬.」

그녀는 머쓱해서 손을 내렸다. 넥타이를 맬 때는 도움을 청하겠지 하고 생각하면서 그녀도 옷을 입기 시작했다.

이윽고 그가 넥타이를 집어들었다. 넥타이 역시 검정색이었다. 그러나 그는 그녀의 도움을 청하지 않고 한 손으로 그것을 목에다 걸었다. 그리고 한 쪽을 입으로 물더니 별로 어렵지 않게 조절해가면서 그것을 목에다 고정시켰다.

「난 말이야. 여자하고 관계할 때 윗옷은 벗지 않고 아랫도리만 벗고 했으면 좋겠어. 모두 벗었다가 다시 입으려면 귀찮거든.」

「밖에서라면 그렇게 해야겠죠.」

「그리고 말이야. 사람들이 잔뜩 모인 해수욕장 같은데서 대낮에 교묘하게 섹스를 해봤으면 좋겠어.」

그런 말을 하고 있는 그의 표정은 장난스럽지가 않고 마치 심각한 말을 하고 있는 것처럼 진지해보였다.

「산 위 정상에서 아래를 내려다보면서 해보고 싶어. 눈밭에서 딩굴면서 해보고 싶어. 남들이 하는 것도 보고 싶고.」

「꼭 어린애 같으시네요.」

「그래. 난 어린애야. 나이만 들었다 뿐이지 생각하는건 어린애나 마찬가지야. 제기랄…….」

그는 잘린 팔을 소매에 끼우려고 애를 먹고 있었다. 그러면서도 그녀의 도움만은 청하지 않고 있었다.

「한국에는 자주 오시나요?」

그 말에 그는 코웃음을 쳤다.

「한국에 뭐가 볼게 있다고 자주 오겠어.」

「그렇게 볼게 없나요? 다른 분들은 한국이 좋다고 하던데……」

「좋기야 하지. 돈만 있으면 놀기에 이보다 더 좋은 데가 없으니까. 술값 싸고, 여자값 싸고…… 그리고 우월감까지 느낄 수 가 있으니까. 일본인들이 볼 것도 없는 한국을 왜 이렇게 많이 찾는줄 알아?」

「잘 모르겠는데요.」

「가깝고, 여자를 싸게 살 수 있고 하는 것 따위는 지엽적인 것에 불과해. 가장 큰 이유는 심리적인데 있어. 과거 일본의 식민지였다는 사실, 거기에 대한 결코 지워지지 않는 향수, 지배민족으로서의 우월감……. 이런 심리적인 요인 등이 일본인들로 하여금 자기도 모르게 한국 쪽으로 발길을 돌리게 하는 거야. 일본인들의 한국에 대한 관심도 그런데서 찾아볼 수 있지. 지배했다는 것은 좋게 보면 보호해주었다는 의미로도 해석될 수 있어. 자기가 지배하고 보호해준 사람한테 문제가 생기면 그 사람한테 관심을 보이는건 당연하잖아. 앞으로 우리 일본은 한국에 대해 더욱 적극적인 관심을 보일 거야.」

한국과 일본 관계에 대한 이야기가 나오자 노무라는 눈을 빛내며 열정적으로 말하는 것이었다. 한참 신이 나서 떠들다가 그는 이렇게 물었다.

「미스 유는 일본 사람을 어떻게 생각해?」

「그야 뭐 나무랄데 없는 국민이죠.」

「정말 그렇게 생각해?」

「하지만…… 도쿄의 긴자거리에 있는 어떤 커피숍에서 커피를 마시면서, 이 거리에다 핵폭탄을 터뜨렸으면 좋겠다고 생각한 적이 있어요.」

노무라는 한 대 얻어맞은 것 같은 얼굴로 그녀를 쳐다보았다.

「그때 왜 그런 충동을 느꼈는지 모르겠어요. 하지만 제 친구도 저와 비슷한 생각을 가끔 했다는 거예요. 그럼 이따가 뵙겠어요.」

그녀는 출입문 쪽으로 걸어갔다.

「죠센징은…….」

뒤에서 분노섞인 목소리가 들려왔지만 무슨 말인지 알아들을 수가 없었다.

엘리베이터를 타고 내려가면서, 노무라는 결코 기분 좋은 사내는 아니라는 생각이 들었다. 그보다는 오히려 기분 나쁜 느낌이 드는, 음침하고 교만한 사내라는 생각 쪽이 더 강하게 들었다.

호텔로비는 아까보다 더 많은 사람들로, 흡사 장터처럼 붐비고 있었다.

비바람은 쉽게 그칠 것 같지가 않았다.

호텔 안에 있는 사람들치고 그녀의 마음에 드는 사람은 아무도 없는 것 같았다. 그녀의 눈에는 모두가 못마땅해 보이는 사람들 뿐이었다.

4. 회색 늑대들

과잉보호와 과다영양으로 돼지처럼 살이 찐 비만아들이 마치 자기 집 안방처럼 호텔로비를 헤집으며 버릇없이 뛰어다니고 있었다. 자신의 불우했던 어린시절을 생각하면 지금의 비만아들은 보면 볼수록 얄밉기만 했다. 부모들은 자기 아이들이 대리석 바닥에 미끄러져 넘어질까봐 거기에만 신경을 쓸 뿐 똥개마냥 이리 뛰고 저리 뛰는 것을 막으려고 하지는 않았다.

밖의 날씨는 마치 악마가 미쳐날뛰는 것처럼 보였다. 날씨가 그러니 사람들은 밖으로 나가려고 하지를 않고 호텔 안에서만 죽치고 있었다. 거기에다 사람들이 계속 들어오고 있었기 때문에 사람들이 많이 모이는 장소, 이를테면 로비나 커피숍, 라운지와 바 같은 곳은 사람들로 북새통을 이루고 있었다. 호텔 투숙객들까지 방 안에 있지 않고 모두 아래 층으로 내려와 그 혼잡스러움에 동참하고 있는 것 같았다.

서화는 커피숍으로 들어서려다말고 돌아섰다. 빈 자리 하나 없이 꽉 들어찬 사람들의 모습을 보고 그만 숨이 막혔던 것이다.

그녀는 라운지로 걸어갔다. 거기에도 사람들이 많았지만 그래도 공간이 넓고 소파가 푹신해보이는 것이 꽤 여유가 있어보였고, 그래서 숨통이 좀 트이는 것 같았다.

그녀는 해운대 바다에 뜨거운 햇볕이 쏟아지면 아슬아슬한 비키니 차림으로 미친듯 달려가 푸른 바다를 가슴에 끌어안을 생각이었다. 모래밭에 마구 딩굴고 맥주도 실컷 마실 생각이었다. 그런 생각은 서울에서 내려올 때부터 줄곧 머리에서 떠나지 않고 있었다. 멋진 남자가 하나 곁에 있어준다면 더욱 좋을 것이다. 그러나 그녀는 당분간 남자를 멀리 할 생각이었다. 노무라는 직업상 만난 별개의 남자지만.

라운지에는 피아노 선율이 흐르고 있었다. 한쪽에서 하얀 드레스 차림의 여자가 그랜드 피아노 앞에 앉아 건반을 두드리고 있었다. 물방울이 똑똑 떨어지는 것 같은 선율이 흐르고 있었다.

서화는 자리에 앉아 생맥주를 한 잔 시켰다. 맥주를 조금씩 마시면서 대형 유리창에 부딪쳐 끊임없이 흘러내리고 있는 빗물과 그 앞에서 흔들리고 있는 소나무, 그리고 저쪽으로 펼쳐져있는 미친 바다를 물끄러미 바라보고 있었다.

차가운 맥주가 뜨겁게 끓어오르던 가슴 속을 차갑게 가라앉혀주고 있었다.

울부짖는 바다는 좀처럼 가라앉을 것 같지 않았고, 날씨도 좋아질 것 같은 기미를 보이지 않고 있었다. 날씨만 좋아지면 그녀는 하루종일 짠 바다내음을 맡으며 바닷물에 몸을 담그고 있을 생각이었다. 이번 여름에는 별일이 없는한 해운대 바닷가에서 지내면서 몸을 까맣게 태울 생각도 하고 있었다. 그러나 생각대로 그렇게 될지는 의문이었다. 그녀는 자신에게 항상 변수가 많이 작용하고 있다는 것을 잘 알고 있었다.

그녀가 앉아있는 자리 주위에는 가족 단위의 팀들이 자리를 차지하고 앉아 유난히도 시끄럽게 떠들어대고 있었다. 누가 무슨 이야기를 하면 별로 우습지도 않은데 무릎을 치기도 하고, 손뼉을 마주치기도 하면서 우스워죽겠다는 듯 깔깔대고 웃는 것이었다. 하나같이 행복한 가족들처럼 보이기도 하고, 어떻게 보면 행복한 척 가장하고 있는 것 같기도 했다.

서화는 그들에게 자주 질시와 경멸이 담긴 눈길을 보내곤 했다. 그렇게 하지 않고는 그 자리에 버티고 앉아있을 수가 없었다.

라운지에 혼자 우두커니 앉아있는 여자는 그녀 혼자 뿐이었다. 엄마 곁에 붙어앉아 비싼 아이스크림을 덤썩덤썩 퍼먹고 있는 비만아를 쏘아보고 있다가 그녀는 발딱 일어섰다. 맥주컵에는 맥주가 반쯤 남아있었지만 거기에 더 죽치고 앉아 계속 맥주를 마시고 싶은 마음은 이미 사라지고 없었다.

라운지를 나온 그녀는 공중전화를 찾았다.

1층 여기저기에 공중전화가 설치되어 있었지만 어느 곳이나 사람들이 거머리처럼 달라붙어있었다. 그녀는 비만아 혼자서 전화기를 독차지하고 있는 부스 쪽으로 다가섰다.

그 비만아는 열 살 전후의 남자 아이였는데, 이야기하는 것을 들어보니 자기 엄마와 통화하고 있는 것 같았다. 비만아는 운동화 끝으로 조금 열려있는 문짝을 계속 걷어차면서 이야기하고 있었다.

「엄마, 엄마, 그런데 말이야. 여기서 파는 피자는 맛이 없어서 먹다가 말았어. 외할머니가 전복죽 사줬는데, 그건 정말 코 풀어놓은 것 같아서 못먹겠어. 다른 호텔에 가서 바다가재하고 바다게 요리를 먹었는데, 그건 아주 맛있었어. 이따가 또 먹을 거야. 뭐라고? 또 가는 거야? 어휴, 엄마도! 엄만 미국에다 애인 됬나봐. 나 엄마가 준 돈 다 썼어. 할머니가 준 돈도 다 썼단 말이야. 나 돈 한푼도 없어. 할머니한테 달랬더니 없다고 안 줘. 엄마, 20만원만 보내줘. 지금 바로 은행에 입금시켜줘. 안 돼! 안 그러면 나 서울 올라갈 거야. 엄마, 엄마…….」

서화는 더 참을 수가 없었다. 그래서 눈에 쌍심지를 세우고 쏘아붙였다.

「얘! 전화좀 빨리 쓸 수 없니? 기다리는 사람도 생각해야지. 쓸데없는 소리를 길게 늘어놓으면서 그렇게 전화를 붙잡고 있으면 어떡해?!」

비만아는 입을 삐죽거리면서 전화에다 대고 이렇게 말했다.

「엄마, 뒤에 서있는 날라리 같은 여자가 막 신경질을 부려. 전화 끊을께. 돈 꼭 보내야 해!」

소년이 부스 밖으로 나오기가 무섭게 서화는 그의 어깨를 탁 쳤다.

「너 금방 뭐라고 했니?」

비만아는 흰 창이 많은 눈을 치뜨면서 입을 씰룩거렸다.

「왜 때려요? 날라리 같은 여자라고 했어요.」

「뭐가 어째? 쪼끄만 것이 못하는 말이 없어!」

「남이 전화거는데 왜 시비에요? 남은 중요한 이야기하고 있는데, 왜 쓸데없는 소리 길게 늘어놓는다고 시비하는 거예요? 남이 무슨 말하든 무슨 상관이에요? 내 돈 내가 내고 전화거는데 당신이 무슨 상관이에요?」

사람들이 하나 둘씩 모여들기 시작하고 있었다. 그렇다고 해서 그냥 물러설 수는 없는 일이었다.

「돼지 같은 새끼가 정말 돼지처럼 막 돼먹었어!」

그 말에 사람들이 킥킥거렸다. 소년은 금방 눈물이 글썽글썽

해지면서 그녀를 노려보다가

「날라리, 두고 봐!」

하고 소리치면서 커피숍 쪽으로 뛰어갔다.

서화는 그만 전화를 걸고 싶은 마음이 없어지고 말았다. 그러나 강마담과 통화를 할 필요는 느끼고 있었다. 강마담도 기다리고 있을 것 같았다.

강마담은 집에 돌아가 기다리고 있다가 서화의 전화를 받았다.

「언니, 그럴 수가 있어요?」

서화는 볼멘 소리로 입을 열었다.

「왜 그래? 뭐가 잘못 됐어?」

능청을 떨어도 이렇게 능청을 떨 수가 있을까. 서화는 부아가 치밀었다.

「언니, 그 사람 불구자라는거 모르셨어요? 그것도 모른채 저한테 소개하신 거예요?」

「아, 그것 때문에 그러는 거야? 난 또 뭐라구. 그게 뭐 어때서 그러니? 앉은뱅이면 어떻고 째보면 어떠니. 돈만 많으면 되는 거 아냐. 외팔이는 병신도 아니야. 그런 걸 가지고 뭘 그래. 네 처지에 아랑드롱 같은 남자 찾는 거니? 그럴려면 그짓 그만두고 신랑감 찾으라구.」

미안하다는 말 한마디 없이 되레 큰 소리친다. 서화는 억울했다.

「그래도 사전에 귀띔이라도 해줘야 놀라지 않을거 아니에요. 의수를 떼어내가지고 탁자 위에 척 올려놓는걸 보고 기절할뻔 했다구요.」

「그래도 다리 없는 것보다는 낫잖니. 그 사람 너한테 호감을 품고 있는 모양이더라. 1차 관문은 통과한 셈인데, 괜히 다 된 밥에 재뿌리지 마. 그래서 그만 두겠다는 거야?」

「누가 그만 두겠다고 했어요. 저도 한번 시작한건 끝장을 보는 성미란거 잘 알잖아요. 그런데 그 사람 정말 국회의원이에요?」

「국회의원 같은게 문제가 아니야. 국회의원을 주무르는 사람이란 말이야. 국회의원이 돈 주고 산 여자한테 나 국회의원 아무개입니다 하고 말하겠니. 그 사람, 국회의원 틀림없어. 하지만 그런건 대수롭지도 않게 생각하고 있기 때문에 남한테 그걸 드러내려고 하지 않는대. 그런건 꼬치꼬치 캐묻지 마. 자기 입으로 말해줄 때까지는 기다리고 있으란 말이야. 인내심이 제일이야. 참고 기다리면 손에 들어오는게 있을 거야. 서비스 기막히게 해줘봐. 분명히 보답을 할 거야.」

「그런거 별로 기대하고 싶지 않아요. 하도 많이 속았기 때문에 기대하지 않아요.」

「그 사람은 다르대두 그러네. 그 사람은 보통 일본애들하고 다르단 말이야.」

「다르긴 뭐가 달라요. 하여간 알았어요. 해보는 데까지 해보죠 뭐.」

「뭐 불편하거나 그런건 없어? 그 사람 매너는 어떠니?」

「좀 괴팍해요. 정신적으로 고통을 주는 새디스트 같아요. 하지만 견딜만해요. 앞으로 두고 봐야 하겠지만.」

「한쪽 팔이 없기 때문에 정상적인 사람들하고는 좀 다른 데가 있을 거야. 그거 할 때도 다를걸. 안 그래?」

잔뜩 호기심어린 목소리로 묻는다.

「네, 그래요.」

심드렁하게 대꾸하자 그녀가 다시 묻는다.

「왜 그렇게 맥빠진 목소리지? 한쪽 팔 없다고 해서 그거 못하는거 아니잖아. 그 사람이 위로 올라가니?」

「아이, 언니두…… 그게 아니라…….」

「왜? 뭐 문제가 있어? 특별한걸 주문해?」

「그게 아니라…… 실패했어요.」

「실패하다니, 그걸 못했단 말이야?」

「네, 그게 자꾸만 죽어서…… 포기하고 말았어요.」

「어머머머, 저걸 어쩌지? 왜 자꾸만 죽지?」

「자기 부인하고는 잘 되는데 처음 대하는 여자하고는 낯이 설어서 잘 안 돼나봐요.」

「저런 쯔쯧, 낯을 가리는가 보구나.」

「네, 그런가봐요.」

「물건은 어때?」

「그냥 보통수준으로 쓸만하게 생겼어요.」

「네가 서비스 잘 해줘야겠다 얘. 그걸 묵혀두지 말고 잘 개발해서 아예 네 것으로 만들어버려. 그걸 잘 활용하면 너한테 아주 큰게 돌아올 거야. 차라리 잘 됐어. 가능성은 있어?」

「해봐야죠 뭐. 병신이 아니라면 특별 서비스에 반응이 있겠죠.」

그때 문이 열리면서 아까 도망쳤던 그 비만아가 그녀를 빤히 올려다보았다.

「무슨 쓸데없는 전화를 그렇게 오래 하세요? 날라리!」

혀를 쏙 내민다. 서화는 부스 밖으로 나오면서 소년을 노려보았다. 그때 소년 쪽으로 젊은 여인이 다가왔다.

「이모! 이 여자가 그랬어!」

소년이 그녀에게 서화를 가리켜보였다.

이모라는 여인은 가는 실눈을 치켜뜨면서 서화를 아래 위로 훑어보았다. 30대 초반으로 광대뼈와 입이 튀어나온 아주 못 생긴 여인이었다. 하지만 차림새는 돈푼깨나 있어보였다.

「댁이 이 애한테 돼지새끼 같다고 했나요?」

「그게 아니고…….」

「그게 아니긴 뭐가 아니야?! 이 애가 당신 새끼야?! 당신 새끼냐고?! 돼지새끼가 뭐야, 돼지새끼가! 당신은 얼마나 잘 생겼기에 남의 자식한테 돼지새끼라는 거야?!」

못 생긴 여인은 서화에게 말할 틈을 주지 않고 퍼부어댔다.

고래고래 악을 쓰듯이 말하는 바람에 주위로 순식간에 사람들이 몰려들었다. 서화는 너무나 창피해서 몸둘 바를 몰랐다. 또 다른 한 여자, 아주 비슷하게 생긴 것이, 틀림없이 자매 사이일 것으로 보이는 여자가 가세하는 바람에 싸움은 우선 수적으로 서화에게 불리하게 되었다. 그들은 갈수록 기세등등해져서 소리소리 질러댔다.

「남이 전화거는데 네가 뭔데 콩놔라, 팥놔라 하는 거야? 도대체 네가 뭐야? 너 뭐 하는 여자야? 이거 날라리 아니야? 이 애가 누구 자식인데 돼지새끼 같다는 거야?! 애라고 깔보는 거야?! 이 애가 돼지새끼라면 넌 갈보야, 갈보!」

그녀들의 입은 갈수록 험해지고 있었다. 조금만 더 가다가는 머리채라도 움켜쥘 것 같았다. 안색이 하얘진 서화는 많은 구경꾼들이 보는 앞에서 악을 쓰며 싸운 경험이 한번도 없었다.

「전화를 너무 오래 붙잡고 있기에 빨리좀 쓰라고 말한 것 뿐인데…….」

「돼지새끼가 뭐야, 돼지새끼가!」

「이 애가 먼저 나보고 날라리 같다고 해서…….」

「날라리 같으니까 날라리 같다고 하지! 돼지새끼가 뭐야, 돼지새끼가!」

호텔 직원들이 나타나 싸움을 말리는 바람에 서화는 못 생긴 자매들의 악다구니로부터 가까스로 벗어날 수가 있었다.

그녀는 창피해서 그 호텔 안에 더이상 머물러있을 수가 없었다. 그래서 밖으로 나와, 주차장으로 사용되고 있는 공지 쪽으로 달려가 차 속으로 뛰어들었다. 잠깐 뛰어왔는데도 그녀는 물을 뒤집어쓴 꼴이 되고 말았다.

「죽여버릴 거야!」

분을 이기지 못해 씩씩거리면서 그녀는 중얼거렸다. 자기에게 모욕을 준 그 못 생긴 자매를 죽일 수만 있으면 꼭 죽이고 싶었다. 많은 사람들 앞에서 그렇게 창피를 당하기는 난생 처음이었다.

FM라디오를 틀자 그녀가 좋아하는 탤런트가 진행하는 음악프로 시간이었다. 진행자는 시청자의 반응을 지금 당장 볼 수가 없기 때문에 이렇게 여유있게 일방적으로 이야기할 수 있을 것이다. 그리고 청취자는 일방적으로 듣기만 해야하고. 하지만 직접 반격이 가해져오는 싸움판이라면 진행자도 이런 식으로 이야기하지는 못할 것이다. 악다구니에 그녀도 아마 나처럼 맥을 못 추겠지.

템포가 느린 슬픈듯한 음악소리에 서화는 끓어오르던 분노와 증오감이 조금씩 사그라지는 것을 느꼈다. 눈을 감자 세찬 비바람에 차가 흔들리는 것이 느껴졌다. 음악이 끝날 때까지 눈을 감고 있다가 도로 눈을 떴을 때 그녀의 두 눈은 눈물로 촉촉히 젖어있었다.

그 비만아와 그 아이의 이모들이라는 그 못 생긴 여자들이 퍼부어댄 욕설은 가만 생각해보니 하나도 틀린 말이 아닌 것 같았다. 날라리, 갈보…… 그런 말들이 송곳처럼 가슴에 와 박히고 있었다. 그들의 눈에까지 내가 날라리와 갈보로 보였다니!

그녀는 온몸에서 힘이 빠지는 것을 느꼈다.

주차장 입구 쪽에 공중전화 부스가 있었다. 그녀는 갑자기 그 쪽으로 차를 몰았다. 커브를 홱 틀면서 급정거하자 땅에 고여있던 물이 차 위로 덮쳐왔다. 그녀는 공중전화 부스 안으로 뛰어들었다.

자신의 갑작스런 행위에 대해 스스로도 놀랄 정도로 그녀는 바쁘게 전화번호부를 뒤져 태평양 콘도의 전화번호를 찾아냈다. 그런 다음 잠시 창 밖을 바라보고 있다가 다시 얼른 동전을 집어넣고 전화를 걸었다. 교환이 전화를 받자 착 가라앉은 목소리로

「1015호실 부탁해요.」

하고 말했다.

「여보세요.」

잠시 후 젊은 남자의 목소리가 들려왔다.

「최명치씨 계십니까?」

그녀는 표범같이 생긴 청년을 떠올리면서 물었다.

「아, 잠깐 기다리십시오!」

수화기를 통해 젊은 남자들의 왁자지껄 떠드는 소리가 들려오고 있었다.

산만하게 늘어질대로 늘어져있던 방안 분위기가 갑자기 생기있게 변하고 있었다.

「야, 왔다! 왔어! 명치야, 전화 받아! 그 아가씨야!」

뚱보가 욕실문을 두드려대며 소리질렀다.

「전화 왔다구?」

욕실 안에서 표범의 당황해하는 소리가 들려왔다.

「그래! 그 글래머한테서 전화 왔단 말이야! 빨리 나와서 받아!」

「나 지금 곤란한데…….」

「뭐가 곤란하다는 거야?」

뚱보가 욕실문을 홱 열었다.

표범은 바지를 끌어내린채 변기 위에 앉아 난처한 표정을 짓고 있었다.

「워언, 짜아식, 지랄하고 자빠졌네. 하필 이럴 때 ×누고 자빠졌어.」

「임마, 넌 안 누냐? 누가 대신 전화 받으란 말이야. 이쪽으로 놀러오라구해. 아, 아니, 그렇게 아니라 지금 곧바로 간다고 말해. 여기 오면 네놈들 등살에 죽도 밥도 안 되니까 다른 데 가서 만나야 해.」

「너 혼자서 독차지하려고 그러는 거야? 그건 안 돼. 너 혼자서는 감당할 수 없으니까 서로 나눠갖는게 좋을 거야. 그 여자 몸을 봐라. 너 하나 정도에 만족할 것 같으냐?」

「잔소리말고 빨리 전화 받으란 말이야!」

「걱정하지마. 하이에나가 벌써 전화 가로챘어.」

「아니, 저 꼬마새끼가 산통깨는거 아니야?!」

「어휴, 냄새!」

뚱보는 문을 쾅하고 닫았다.

하이에나는 나약한 목소리로 여자와 통화하고 있었다.

「그렇지 않아도 전화가 올까봐 나가지도 못하고 기다리고 있었습니다. 수고스럽지만, 초대하고 싶은데 어떻습니까? 지금 상을 멋지게 차려놓았거든요.」

하이에나는 전화에다 대고 연신 굽신거리고 있었다. 뚱보와 매부리코는 잔뜩 긴장해서 귀를 기울이고 있었다.

「누구 전화를 기다리고 있다는 거예요? 제가 누구인줄 알고나 하는 말인가요?」

「그럼요. 명치한테 걸려올 전화라고는 딱 한 군데 밖에 없습니다. 아까 카페 바다의 침묵에서 보았던 그 미녀 아닙니까? 서울 번호판 단 빨간색 르망 몰고 오셨던 분 말입니다. 아주 늘씬하고 멋진 그 아가씨 기다리느라고 명치는 밥도 안 먹었습니다.」

「밥은 왜 안 먹어요?」

「너무 가슴이 울렁거려 밥먹고 싶은 생각도 없답니다.」

과장된 말이라해도 듣고보니 기분이 좋았다. 격해있던 감정이 봄눈 녹듯 스르르 풀리는 것을 느끼면서 그녀는 금방 부드러워진 목소리로 말했다.

「최명치씨하고 통화좀 하고 싶은데 더 기다려야 하나요?」

「네, 지금 배탈이 나서 옆집에 좀 들어가있거든요. 눈이 빠지게 기다리고 있다가 배탈이 다 난 모양입니다. 전화가 오면 저보고 접대하라고 했습니다. 상관하지 마시고 말씀하십시오. 어떻습니까? 이쪽으로 오시지 않겠습니까? 그럴게 아니라 일단 제가 나가겠습니다. 잘 알지도 못하는 처지에 바로 저희들 방으로 초대한다는 것도 대단한 실례인 것 같고. 제가 일단 나가겠습니다. 그래도 되겠습니까?」

그녀는 얼른 대답하지 않았다. 지루할 정도로 침묵을 지키고 있더니 한참만에야

「좋아요. 페닌슈러 호텔 스카이 라운지에서 만나요. 10분 후에 나오세요.」

하고 말한 다음 전화를 끊었다.

하이에나는 기뻐서 어쩔줄 모르며 수화기를 내려놓았다.

「무슨 말 했어? 뭐라고 그래?」

뚱보와 매부리코가 잔뜩 기대에 찬 눈으로 그를 쳐다보며 물었다.

「아, 아무 것도 아니야.」

하이에나가 적당히 얼버무리려는 것을 보고 그의 친구들이 가만 있을 리 없었다.

「뭐가 아무 것도 아니야. 이 짜아식, 싱글벙글하는 것이 혼자 어떻게 해보려고 수작부리는거 아니야? 너 그렇지?」

희색이 넘쳐흐르던 하이에나의 얼굴에서 금방 웃음이 싹 가셨다.

「아니야. 나 같은게 혼자서 어떻게 그런 아가씨를 감당한다는 거야? 생각해봐. 나 같은 건 거들떠보지도 않을텐데 말이야.」

그때 욕실문이 열리면서 표범이 나타났다. 그는 허리춤을 채 여미지도 못한채 다급해서 물었다.

「어떻게 됐어?」

전화를 받은 하이에나가 대답했다.

「내가 잘 말해뒀으니까 걱정하지 않아도 돼. 다시 전화 걸겠다고 했어. 말하는 것이 너한테 아주 호감을 품고 있는 것 같았어. 넌 좋겠다. 잘 하면 해운대에서 멋진 애인 하나 만들어 가지고 가겠더라.」

「임마, 내가 가슴이 울렁거려 밥을 못 먹느니, 배탈이 나서 화장실에 들어갔느니 하는 거짓말은 왜 하는 거야?」

「그게 다 작전이란 말이야. 그렇게 약을 쳐놓아야 걸려든다구. 내가 괜히 그런 말을 한줄 알아.」

「이 자식아, 내가 상사병 걸린줄 알겠다. 너무 그렇게 저자세로 나갈 필요가 없단 말이야. 너무 저자세로 나가면 콧대만 잔뜩 세워준단 말이야.」

하이에나는 손을 들어 표범의 말을 막았다.

「아니야. 넌 몰라서 그러는 거야. 내가 이야기를 해보니까 콧대가 말도 못하게 센 여자야. 그런 여자는 처음부터 콧대를 꺾으려고 했다가는 시작도 해보기 전에 가버리고 말아. 그런 여자는 절대 자기가 고개를 숙이고 오지 않아. 차라리 데이트를 안 하면 안 했지 절대 콧대를 꺾어가면서 접근해오지는 않아. 죽어도 말이야. 팔등신에다 기막힌 미인이니까 콧대가 셀만도 하잖아. 그러니까 콧대를 꺾으려고 하지 말고 잔뜩 세워줘야 한단 말이야. 그래야만 자기를 기분 좋게 해주는 사람하고 데이트를 한단 말이야. 사람이란 어리석기 마련이어서 바른 말 하는 사람보다는 거짓말이라도 자기를 칭찬해주는 사람을 좋아하게 된다구. 일단 그렇게 콧대를 세워주면 낚시밥을 물게 돼. 그때 가서 기회를 놓치지 말고 먹어치우는 거야. 여자란 일단 먹히고 나면 시세가 떨어지기 마련이니까 그때 가서 여유있게 슬슬 콧대를 꺾어놓는 거야. 절대 서두를 필요가 없다구.」

나머지 세 사람은 약간 멍한 얼굴로 그의 열변을 듣고 있었다.

「아주 설득력있는 말인데. 그러고 보니까 그 방면에 일가견이 있는 선배 같구나.」

뚱보가 콧구멍을 쑤시며 말했다.

「그런데 왜 여자들은 너만 보면 도망치지?」

매부리코가 빈정거리는 투로 물었다. 그 말에 모두가 킬킬거리고 웃었다.

「그야 물론 간판이 안 좋으니까 그렇지. 무엇보다도 우선 간판이 좋아야 여자한테 잘 먹혀들어가거든. 나 같이 못 생긴 놈은 무슨 말을 해도 먹혀들어가지가 않아요. 비극이지. 비극을 안고 태어난 나 같은 놈은 그러니까 너희들 같은 미남이 먹다 남긴 찌꺼기나 먹으면서 살아갈 수밖에 없지. 찌꺼기나마 얻어먹는걸 다행으로 알면서 말이야.」

하이에나는 당연하다는 투로 스스럼없이 말했다.

「알고 있어서 다행이다.」

뚱보가 뒤통수를 쓰다듬어주면서 말했다. 그러나 표범은 의심스런 눈길로 하이에나를 쏘아보았다.

「아니야. 하이에나란 놈은 워낙 교활하고 엉큼해서 속마음을 알 수가 없어. 말은 우리가 듣기 좋으라고 그렇게 해도 속마음은 딴데 가있을 거야. 겉으로는 자기 비하를 하면서도 속으로는 우리를 비웃거나 속이고 있는지도 몰라. 조심하지 않으면 우리가 당한다구.」

「히히…… 그렇게라도 봐주니 고맙구나.」

하이에나는 웃으면서 출입문 쪽으로 걸어갔다.

「야, 너 어디 가는 거야?」

표범이 날카롭게 물었다.

「어디 가긴. 저녁 찬거리 사러 수퍼마켓에 간다. 그러고들 있으면 누가 밥먹여준대.」

밖으로 나온 하이에나는 휘파람을 불었다.

「바보 같은 자식들…….」

엘리베이터를 타면서 그는 히죽히죽 웃었다. 엘리베이터에 먼저 타고 있던 젊은 여자가 의아한 눈길로 그를 쳐다보면서 한 걸음 더 물러섰다.

그는 외모를 보면 정말 여자들이 거들떠보지도 않을 정도로 볼품이 없는 청년이었다. 꽃으로 말하면 피다 말고 쪼그라들어버린 시든 꽃 같았다. 눈이 나빠 도수 높은 안경까지 끼고 있어서 더욱 인상을 구겨놓고 있었다. 얼굴은 비쩍 마른데다 창백한 편이었다. 키까지 작았기 때문에 더욱 볼품이 없어보였고, 남자다운 모습은 커녕 보면 볼수록 여자처럼 연약해 보이기만 했다. 그런 그를 보고 모성애 같은 본능을 느껴 그를 보호해주려고 한 여자들이 더러 있었다.

위에서 내려다보는 바다는 밑에서 바라보는 바다와는 사뭇 달라보였다. 위에서 내려다보는 바다는 보다 더 넓어진 시야 속에서 그 미친듯 포효하는 모습이 한눈에 들어오기 때문에 더욱 광활한 장관을 연출하고 있었다. 광란의 바다는 일견 파괴적이고 무질서해 보였지만 가만 보니 거기에도 질서는 있었다. 바다는 일정한 방향으로만 파도를 일으켜 내보내고 있었고, 육지까지 달려온 파도는 힘없이 산산히 부서지면서 다시 바다의 품 속으로 흡수되어버리는 것이었다.

페닌슈러 호텔 스카이라운지에도 사람들은 많았다. 어떤 사람들은 자리를 떠나 창가에 붙어서서 바다가 연출하는 장관을 구경하고 있었다. 한쪽 구석에서는 하얀 드레스 차림의 아가씨가 열심히 피아노를 치고 있었다.

「안녕하세요?」

앳된 목소리에 서화는 고개를 돌려 앞에 서있는 청년을 올려다보았다.

하이에나는 빗물에 흠뻑 젖은 꾀죄죄한 모습으로 거기에 서있었다. 그렇게 볼품이 없는 남자와 만난다는 것이 그녀는 창피스러운 생각이 들었다. 주위에 있는 사람들이 힐끗거리며 이쪽을 쳐다보고 있는 것 같았다.

「무슨 일이에요?」

그녀는 시침을 떼고 냉랭한 어조로 물었다.

「아까 전화 받았던 명치 친구입니다. 전화로 여기서 만나자고…….」

서화는 고개를 다시 바다 쪽으로 홱 돌렸다.

「서있지 말고 앉으세요.」

「네, 고맙습니다.」

서화는 하이에나를 거들떠보지도 않은채 던힐에 불을 붙였다.

그녀는 앞에 앉아있는 꼴보기 싫은 청년을 얼른 따돌릴 생각부터 하고 있었다. 5분 이상 함께 앉아있다가는 숨이 막혀 질식할 것만 같았다.

한참 동안 무거운 침묵이 흘렀다. 힐끗 보니 두 손을 앞에 모으고 국민학생처럼 얌전히 앉아있다. 웨이터가 다가와 무엇을 들겠느냐고 묻자 그는 당황해하는 표정을 지었다.

「무, 물 한 잔 주십시오.」

웨이터는 깔보는 눈길로 그를 내려다보다가 잠자코 물을 한 잔 갖다주었다. 그러고 나서 아예 그 앞에다 메뉴판을 내려놓았다.

「뭘 드시겠습니까?」

그가 아까보다 더욱 당황해하자 보다 못해 서화가 나서주었다.

「메뉴판은 필요없어요. 마실거나 한 잔 주세요. 커피나 쥬스 같은 걸로. 뭐 드실래요? 커피 아니면 쥬스?」

「주, 쥬스로 주십시오.」

사람은 생긴 것대로 논다고 했는데 바로 이 청년을 두고 한 말인 것 같다. 이렇게 덜떨어진 쑥맥 같은 젊은이가 또 있을까.

「죄송합니다.」

뭐가 죄송하다는 것인지 고개까지 꾸벅 숙여보인다.

「왜 혼자 나왔어요?」

그녀는 날카롭게 질문을 던졌다.

「그 친구가…… 배탈이 나가지고 몹시 아픈 모양입니다. 지금 자리에 눕는걸 보고 나왔습니다. 좋은 친구입니다.」

웨이터가 쥬스를 가져오자 황송한듯 그것을 두 손으로 받아마신다.

「담배 안 피우나요?」

그녀는 넌지시 양담배를 권해보았다.

「모, 못 피웁니다. 저희 집안은 전통적으로 기독교 집안이라 담배 피우는 사람이 아무도 없습니다.」

「그래요?」

서화는 비웃기나 하듯 담배연기를 기세좋게 내뿜었다.

「보면 볼수록 정말…….」

그가 우물쭈물하자 그녀는 그 다음 말을 듣고 싶었다.

「뭐가 보면 볼수록 어떻다는 거예요?」

「보면 볼수록…… 눈부시게 아름답습니다.」

「그런 거짓말은 하지도 마세요.」

그녀는 사뭇 누그러진 목소리로 말했다.

「거짓말 아닙니다. 정말로 눈부시게 아름답습니다.」

그녀는 웃음이 터져나오려는 것을 막으려고 손으로 입을 가렸다.

「그렇게 대놓고 말하는 법이 어딨어요. 부끄럽잖아요.」

「저는 느낀대로 말한 것 뿐입니다. 항상 너무 솔직해서 탈이긴 하지만. 미국에서는 남자들이 여자 앞에서 그녀의 미모를 칭찬해주는 것이 예의이자 당연한 일로 생각하고 있습니다. 칭찬해주지 않으면 여자가 몹시 섭섭해합니다.」

「내가 섭섭해할까봐 칭찬해줬군요?」

「아니, 그렇지 않습니다. 정말 아름답기 때문에 그렇게 말씀드린 겁니다. 만일 미국에서 그만한 미모를 가지고 파티에 참석하시면 귀가 따가울 정도로 아름답다는 말을 들으실 겁니다. 미국인들은 미적 감각이 뛰어나고, 거기에다 표현력도 뛰어나죠. 미국에 가보셨습니까?」

「아뇨.」

미국―그곳은 그녀가 어렸을 때부터 그리고 있던 이상향이었다. 그녀는 그곳으로 가서 살고 싶었다. 그러나 그럴 수 있는 기회는 좀처럼 없었고, 더욱이 요즘은 미국 이민 자체가 하늘의 별따기 만큼이나 어려워져있었다. 그녀가 한국를 떠나, 가본 곳이라고는 고작 일본이 전부였다. 그러나 일본은 그녀에게 있어서 고통과 환멸만을 안겨주었을 뿐이었다.

「미국엔 한 번 가보셔야죠. 특히 뉴욕 같은데 가서 하늘을 찌르는 빌딩숲 속을 한 번 걸어가보면 미국이라는 나라가 얼마나 거대한 나라인지 알 수 있을 겁니다. 미국은 정말로 거대하고 강대한 국가이죠.」

처음 인상은 덜떨어지고 쑥맥 같았는데 갈수록 말하는 것이 그럴듯 하다는 생각이 들었다. 말을 제법 잘 한다고 그녀는 생각했다.

「누님 같은 분이…… 죄송합니다, 누님이라고 불러서…… 달리 어떻게 불러야 할지 몰라서 그냥 편할대로 불렀으니까 이해해주십시오. 누님 같은 분이 미국에 가시면 남자들이 줄을 서서 데이트 신청을 할 겁니다. 특히 재미교포 남자들은 신부감을 못 구해 쩔쩔매고 있으니까 얼마든지 최고의 신랑감을 구할 수 있을 겁니다. 미국에 한번 가보세요. 제 말이 정말이란거 금방 알 수 있을 겁니다.」

「미국에 대해서 잘 아는거 보니까…… 미국에는 자주 갔나보죠? 몇 번이나 갔나요?」

하이에나는 비로소 여유있게 미소까지 지어보였다.

「거기서 학교에 다니고 있습니다. 방학이라 잠시 다니러온건데…… 어쩌다 친구들 따라 부산에까지 오게 된거죠.」

「그래요?」

서화의 안색이 굳어졌다. 거기에는 새로운 사실을 알게 됐을 때 생기는 긴장감이 서려있었다.

「부산에 오기를 잘 했다고 생각합니다. 누님 같이 매력있는 분을 알게 됐으니까요.」

「미국 어느 대학에 다니나요?」

「뉴욕에 있는 컬럼비아 대학에 다니고 있습니다. 졸업반이에요.」

이제 그녀의 눈에서는 하이에나를 깔보는 것 같은 표정은 사라지고 없었다. 그대신 부드럽고 호감어린 빛이 나타나있었다.

컬럼비아 대학이라면 그녀도 많이 들어본 미국의 명문 대학이다. 이 못 생긴 청년이 컬럼비아 대학생이란 말이지. 그녀는 사람을 잘못 봐도 이렇게 잘못 볼 수 있을까 하고 생각하면서 하이에나의 미세한 표정이나 움직임 하나 놓치지 않고 쳐다보았다.

「컬럼비아 대학이라면 이름 있는 대학 아닌가요?」

「240년이나 되는 전통을 가진 유명 대학이죠. 캠퍼스에 들어가보면 그야말로 고색창연하죠. 들어가 앉아있으면 정말 인생을 바쳐 공부할 맛이 나죠. 실례지만 누님은 어느 대학에 다니셨나요? 아니면 지금 재학중이신가요?」

그녀의 얼굴에서 그 오만하던 표정이 금방 사그라들면서 대신 풀죽은 표정이 나타났다.

그녀는 고개를 살레살레 흔들었다.

「난 대학에 안 다녔어요. 문턱은 넘어봤지만…….」

「그럼 중퇴하셨나요?」

「그런건 알아서 뭐 하려구 그래요. 2학년까지 다니다 말았어요.」

그것은 생각하고 싶지 않은 괴로운 과거의 한 부분이었다.

왜 그 부분이 대화에 등장하게 되었는지, 그 돌변한 상황에 그녀는 몹시 당황했다.

「아, 그러셨군요. 사실 저도 국내 대학에서 1년쯤 다니다가 중퇴하고 말았지요. 가정 사정으로 더이상 학교에 다닐 수 없었지만…… 제가 공부하고 싶은 분야를 가르치는 대학도 없었지요. 그래서 생각 끝에 모험을 한번 해보기로 하고 맨손으로 미국으로 건너갔어요. 미국에는 사촌누나 한 분이 살고 있었어요. 미군과 국제결혼해서 건너갔는데 처음에는 염치불구하고 그 집에서 기식했지요. 마치 절해고도 같은 데 떨어진 것 같아서 누나한테 의지하지 않고는 살아갈 수가 없었어요. 하지만 매형은 그때 군에서 제대하고 트레일러 운전사로 일하고 있었는데, 저 때문에 부부 사이까지 나빠지는 것 같았어요. 그래서 할 수 없이 그 집을 나와 떠돌이 생활을 하면서 공부를 계속했지요. 공부를 계속해야 한다는 일념이 없었다면 아마 단 하루도 버티지 못하고 돌아와버렸을 겁니다. 그때의 그 고생이란 지금 생각하면…… 물론 지금도 고생하지 않는건 아니지만…… 처음 그때에 비하면 아무 것도 아니지요. 아, 미안합니다. 내가 왜 쓸데없는 말을 하고 있지.」

하이에나는 민망한 듯 얼굴을 붉히면서 그녀를 쳐다보았다.

서화는 가능한한 얼굴에 표정을 나타내지 않으려고 애를 쓰고 있었지만, 내심으로는 그 조그만 청년의 이야기에 몹시 흥미를 느끼고 있었다.

사람은 역시 겉모습만 보고 판단을 내리는 것은 위험한 짓이다. 겉으로 보기에는 아무 것도 할 수 있을 것 같지 않은 이 볼품없는 젊은이가 그 유명한 미국의 컬럼비아대 대학생이라니! 더구나 집안이 넉넉해서 여유있게 유학을 간 것도 아니고 혼자 맨손으로 건너가 컬럼비아 대학에 들어갔다고 하지 않는가! 겉보기와는 정말 전혀 딴판으로 대단한 젊은이이다. 만일 5분도 못돼 자리에서 일어났다면 크게 후회할 뻔했다.

이제 하이에나를 처음 보았을 때 느꼈던 그 질식할 것 같던 기분은 눈녹듯이 사라져버리고 없었다. 그대신 한 시간이고 두 시간이고 오래오래 그와 이야기하고 싶은 생각이 어느 새 그녀의 가슴을 채우고 있었다.

「왜 쓸데없는 말이라고 생각하세요. 아주 유익하고 재미있는 이야기인데요.」

「그렇게 생각해주시니 고맙습니다.」

그가 기분이 좋은지 씨익하고 웃었다. 웃을 때 보니 오른쪽에 덧니가 보였고, 그 때문에 웃는 모습이 귀여운 느낌마저 들었다.

「지금 몇 학년이세요?」

그녀의 말투는 어느 새 공손해지고 있었다.

「4학년 졸업반입니다. 대학원에 진학해서 공부를 계속 해야죠. 참, 지금까지 제 이름도 말씀드리지 않았습니다. 이런 실례가…… 죄송합니다. 제 이름은 배태호라고 합니다.」

배태호(裵泰鎬)는 고개를 꾸벅 숙여보였다. 서화는 자기도 모르게 자세를 바로 하면서 마주 고개를 숙였다.

「유서화라고 해요.」

「유서화…….」

하이에나는 그녀의 이름을 음미하듯 작은 소리로 중얼거리고 나서 한자로 그것을 어떻게 쓰느냐고 물었다.

「버들 유에 서쪽 할 때 서…… 그리고 꽃 화자예요. 이름이 촌스러워요.」

「아닙니다. 아주 아름다운 이름입니다. 아주 멋진 이름인데요.」

계속해서 칭찬만 듣자 그녀는 몸이 붕뜨는 것만 같았다. 배태호는 입에 발린 소리로 말하는 것 같지가 않았다. 미국 명문대의 유학생답게 그의 얼굴 표정과 목소리에서는 성실하고 진지한 분위기가 느껴지고 있었다.

그녀는 어느 새 자신이 그에게 깊은 관심을 보이고 있음을 알고는 속으로 신선한 충격 같은 것을 느꼈다. 그리고 그와 같은 느낌을 오래도록 유지하고 싶은 욕심도 느끼고 있었다. 그녀는 그에 대해서 좀더 많은 것을 알고 싶었기 때문에 또 질문을 던졌다.

「뭘 전공하세요?」

그녀의 최대 관심은 역시 그가 다닌다는 그 명문대에 관한 것이었다.

「좀 특이한 겁니다. 우리 국내 대학에는 그런 분야가 없는데 …… 미사일공학이란거 들어보셨나요?」

「미사일이란 말은 들어봤어요. 공중으로 비행기처럼 날아가서 폭파하는거 아닌가요? 그 미사일 아닌가요?」

그녀가 손으로 포물선까지 그려보이며 말하자 태호는 처음으로 어른스럽게 빙그레 웃어보였다.

「네, 맞습니다. 바로 그겁니다. 미사일에 관한 모든 것을 연구하는 학과입니다. 좀 별난 학과이죠.」

「그런 학과도 다 있군요.」

「네, 그럼요. 일종의 응용과학인 셈이지요. 미국 대학에는 그와 같은 실제 응용분야의 학과가 부지기수이지요. 눈부시게 발전하는 현대과학문명을 선도해가려면 첨단과학에 대한 다양한 연구가 절대적으로 필요하죠. 그래서 이런 말까지 있지 않습니까. 미국 대학에는 한 시간마다 하나씩 새 학과가 생겨난다고 말입니다. 물론 과장된 말이긴 하지만, 그만큼 첨단과학에 대한 연구투자가 적극적이라고 볼 수 있죠.」

서화는 어느 새 여학생처럼 얌전한 모습으로 그의 말에 귀를 기울이고 있었다. 그녀는 그의 말에서 신기한 느낌마저 받고 있었다. 사실 그녀가 그와 같은 이야기를 들은 적은 거의 없었다. 그녀의 대화 상대자들은 거의가 섹스, 돈, 사치, 술, 불법, 권세 따위에 대해서만 이야기들을 하고 있었다. 그런 이야기들로부터 해방되어 전혀 새로운 세계에 대한 이야기들을 그녀는 듣고 싶었었다. 그러나 그런 기회는 좀처럼 오지 않았고, 그녀는 그 기회가 올 것이라고는 기대도 하지 않았던 것이다.

「미사일공학은 세계의 모든 나라들이 눈독을 들이고 있는 분야이지요. 특히 한국 같은 전쟁 위험이 상존하고 있는 나라에서는 군사력과 직결되기 때문에 필사적으로 최첨단의 미사일을 개발하려고 혈안이 되어있지요.」

그야말로 볼품없이 보이던 조그만 남자애(솔직히 말해 그녀는 배태호를 남자애 정도로 생각하고 있었다)가 비로소 커보이기 시작했고, 그와 함께 머리가 비상한 수재로 그녀의 눈에 비쳐들기 시작했다. 머리좋은 수재들을 보면 거의가 키도 몸집도 자그마하다. 공부도 못하고 미련스럽기만한 애들을 보면 대부분 키도 몸집도 멋대가리 없이 크기만 하다. 그녀는 배태호의 얼굴보다도 뒤로 불거져나온 그의 뒤통수에 호감이 갔다. 얼굴을 보면 정나미가 떨어지지만 뒤통수를 보면 툭 튀어나온 것이 귀엽기도 하려니와 확실히 수재형으로 생겼다. 도수가 높아보이는 안경을 끼고 있는 것은 공부를 너무 많이한 탓으로 눈이 나빠졌기 때문일 것이다.

「앞으로의 전쟁은 미사일 같은 원격조정 무기가 승패를 좌우하게 되죠. 보병이 직접 달려가서 총을 쏘거나 탱크가 적진지 앞에까지 가서 포를 쏴대는 전쟁은 이제 과거의 유물로 전락하고 말았죠. 비행기가 적의 상공 위에까지 날아가서 폭탄을 투하하는 식의 전술도 이제는 구식이 되고 말았죠. 앞으로의 전쟁은 컴퓨터 앞에 앉아서 마치 컴퓨터 게임을 하는 것처럼 자판만 두드리면 되는 겁니다. 그러니까 차를 몰고, 탱크를 몰고, 또는 걸어서, 혹은 비행기를 타고 갈 필요가 없는 거죠. 군인들이 비참하게 죽어가는 것을 보지 않아도 되고, 전쟁의 참상을 구경하지 않아도 됩니다. 버튼만 누르면 서울은 물론 부산, 제주도까지 날아가 폭발합니다. 진지를 구축하고 콘크리트벽을 설치하고 하는 것 따위도 이제는 아무 쓸모가 없는 짓이 되어버리고 말았죠. 걸프전 때 현대전의 양상이 어떻다는 것, 다 입증되지 않았습니까. 하지만 걸프전에서는 사실상 현대무기의 위력이 10분지 1도 발휘되지 않았죠. 그 위력이 발휘되기도 전에 이라크가 항복해버리고 말았거든요. 만일 후세인이 좀더 버티면서 시간을 끌었더라면 이라크는 인류역사상 가장 참혹한 꼴을 당하고 말았을 겁니다. 일찍 항복하기 다행이었지요. 하지만 그렇게 위력이 큰 현대무기도 이제는 고물이 되고 말 겁니다. 더 정확하고 위력이 강한, 그리고 다루기 쉬운 무기가 계속 쏟아져나오고 있으니까요.」

서화는 어리벙벙한 기분으로 상대방을 쳐다보고 있었다. 그는 전혀 다른 세계에 대해서 이야기하고 있었다. 좀더 그런 이야기를 계속하다가는 한 마디도 알아들을 수 없을 것만 같았다. 그러나 그녀는 그의 이야기가 지루하지가 않았고, 오히려 신선한 느낌으로 그것을 받아들이고 있었다.

「그런 것을 공부하고 있으리라고는 정말 생각지도 못했어요.」

그녀의 목소리는 처음과는 달리 사뭇 조심스러워져있었다.

「그 분야는 공부하면 할수록 재미가 있어서 자꾸만 깊이 빠져들게 됩니다. 대학에서는 기초만 하고 있고, 진짜 연구는 대학원에 진학해서 해야죠. 대학원에 진학하면 펜타곤에서 지원금이 나오게 됩니다.」

펜타곤? 어디선가 들어본 것 같지만 무슨 말인지 알 수가 없다. 아마 학자금을 대주는 장학기관인 모양이라고 그녀는 생각하면서 물었다.

「펜타곤이 뭐 하는 데인가요?」

순간적으로 멸시하는 것 같은 표정이 그의 얼굴 위로 스쳐가는 것 같았다. 그녀는 얼굴을 붉혔고, 하이에나는 여유있게 미소를 지으며 말했다.

「펜타곤은 버지니아주 알링턴에 있는 미국방성을 말하는 거죠. 건물 모양이 5각형으로 생겼기 때문에 일반적으로 그렇게들 부르죠. 직접 가서 보면 그야말로 어마어마합니다. 명실공히 세계를 지배하는 군사력을 지닌 국가의 국방성 같죠. 저도 서너 번 거기에 들어가보았는데 그 기구의 방대함하며, 그러면서도 한 치의 오차도 없이 일사불란하게 움직이는 조직체계를 보고 혀를 내둘렀습니다. 이게 바로 미국을 움직이는 힘이란걸 분명히 느낄 수가 있었습니다. 겉으로 보기에 미국은 혼탁하고 무질서하고 범죄의 소굴처럼 보이지만, 그런 결점들을 모두 소화해낼 수 있는 강력한 힘이 있습니다.」

그가 그녀의 반응을 살피려는듯 그녀를 빤히 쳐다보았기 때문에 그녀는 자기도 모르게 그의 말에 동의하는 것처럼 고개를 끄덕였다. 지금의 그녀로서는 그의 이야기에 귀를 기울이고 있다가 가끔씩 고개를 크게 끄덕여주는 일 밖에 없었다. 그의 이야기에 이의를 제기한다거나 그와 어떤 문제를 놓고 토론을 벌인다는 것은 자신의 실력으로서는 거의 불가능한 일이라고 그녀는 생각하고 있었다. 상대방은 미국 명문 대학에서 미사일공학을 전공하고 있는 유학생 아닌가. 글쎄, 섹스에 대해서, 또는 여자의 속성에 대해서, 혹은 남자라는 동물의 허세와 욕망에 대해서 이야기하자면 몰라도 그 밖의 것들에 대해서는 그와 대응해서 이야기할 자신이 없다. 그녀는 처음으로 그 앞에서 자신이 얼마나 초라한 존재인가를 느꼈다.

이제는 처음과는 달리 입장도 뒤바뀌어 있었다. 그녀의 이와 같은 컴플렉스를 아는지 모르는지 그는 이야기를 계속 해나갔다.

「미국방성에서 지원금이 나오는 이유는 미사일공학이라는 것이 그들에게 그만큼 중요하기 때문이죠. 미국이 노리는 것은 레이더에 포착되지 않는 미사일을 개발하는 겁니다. 만일 그것만 개발되면 전세계는 미사일 공포에 휩싸이게 될 겁니다. 그것을 먼저 개발하는 나라가 곧 세계를 지배하는 것이나 다름없게 되죠. 미국방성이 미사일공학도한테 요구하는 것도 바로 그 레이더에 포착되지 않는 미사일입니다. 소련도 물론 그것을 개발하려고 혈안이 되어있지만 미국 수준에 비하면 10년 이상 격차가 있죠. 생각해보십시오. 레이더에 포착되지 않는 미사일의 위력을 말입니다. 걸프전 때 이라크는 이스라엘에다 대고 스커드미사일을 쏘아댔지만 그것은 번번이 미국이 제공한 패트리어트미사일에 요격되어 도중에서 폭파해버리곤 했습니다. 이스라엘은 레이더를 통해 미사일이 날아오는 것을 지켜보고 있다가 적당한 거리에 오면 그때마다 패트리어트를 발사한 거죠.」

미사일에 관한 이야기를 하고 있는 배태호의 눈빛은 마치 물고기가 물을 만난 듯 생동감에 넘쳐있었고, 그대로 두면 그는 언제까지고 지칠줄 모른채 그 이야기만 할 것 같았다. 그러나 서화는 그의 이야기를 가로막고 싶은 생각은 추호도 없었다. 그의 이야기를 들으면 들을수록 신선하고 신기하기만 했다.

「제 이야기만 해서 미안합니다. 바쁘지 않으세요?」

그가 쑥스러워하면서 머리를 긁적였다.

「아니에요. 정말 재미있게 듣고 있어요. 계속하세요. 아무한테서나 들을 수 없는 이야기 아니에요. 좀더 들려줘요.」

「저기 실례지만…… 무슨 일을 하십니까?」

그녀는 가슴이 뜨끔했다. 직업을 물을 때 그녀는 제일 난처했다. 그것도 직업일 수 있을까? 직업이라면 직업이고 아니라면 아닐 수도 있는 것이 그것이다. 하지만 누구한테도 떳떳하게 드러내놓고 말할 수 없는 것만은 분명하다.

「실직자예요.」

그녀는 얼버무리면서 미소를 지어보였다. 그 미소를 자연스럽게 보이게 하려고 애써 주의하면서. 미국 유학생은 고개를 갸우뚱했다.

「실직자 같지 않은데요. 실직자가 자가용까지 몰고 다닙니까?」

「아무리 실직자이지만 자가용 몰고 다닐 능력은 있어요. 제가 빈털털이로 보여요?」

「아, 아닙니다. 그 반댑니다.」

「아빠가 사주신 거예요.」

나중에 그녀는 왜 자신이 그런 거짓말을 했는지 도무지 이해할 수가 없었다. 자기도 모르게 불쑥 튀어나온 것이 그만 계속해서 거짓말을 하게 되었으니, 말이란 첫번째 한 마디가 그만큼 중요하다는 것을 뒤늦게 깨달았지만 그때는 이미 모든 것이 너무 늦어있었다.

「아빠가 자가용까지 사주시다니 정말 좋은 아버님을 두셨군요. 부럽습니다.」

「부럽기는요. 아빠가 자가용 사줘서 몰고 다니는 애들 얼마나 많은데요. 1년 동안 몰고 다녔더니 이젠 진력이 났어요. 새 차로 바꿔달라고 했더니 시집가서 남편한테 사달라고 하라고 말씀하셨어요. 그래서 난 시집 안 갈거라고 했어요.」

「결혼은 하셔야죠.」

「아뇨, 난 결혼 안 할 거예요.」

「왜 안 하죠? 누님같이 아름다우신 분한테는 신랑감이 나래비

줄을 설텐데요. 안 그런가요?」

「결혼하자고 머리 싸매고 따라다니는 남자들은 꽤 있어요. 하지만 하나같이 병신스럽고…….」

「꼭 저하고 비슷한가 보군요.」

그가 자조적인 목소리로 말했다.

「아, 아니에요. 그런 뜻으로 말한게 아니에요. 사실이 그래요. 프로포즈해오는 남자들치고 변변한 남자 하나도 없었어요. 모두가 역겹고…… 그런 남자 시중들면서 일생 동안 살 생각하니까 소름이 끼쳤어요. 그래도 남편이랍시고 밤늦게 들어와서는 폼잡을거 아니에요.」

그녀가 머리를 세차게 흔드는 것을 보고 그가 웃음을 터뜨렸다.

그가 그렇게 하하하하하고 크게 웃은 것은 처음이었다.

「누님 표현이 정말 우스운데요. 듣고 보니까 정말 그렇기도 한데요. 하하하…….」

그러나 그녀는 웃지 않았다. 그녀는 정색을 하고 말했다.

「못 나도 내 남편 잘 나도 내 남편이라지만, 나보다 못한 남편을 평생동안 하늘처럼 떠받들면서 어떻게 살아요. 난 그런 짓 못해요. 차라리 혼자 사는게 속 편하고 자유로워 좋아요.」

「누님 같은 분은 최고의 신랑감을 구할 수 있을텐데요.」

「최고의 신랑감이고 뭐고 결혼하고 싶은 생각은 정말 없어요. 난 어릴 때부터 누구의 간섭을 받거나 구속받는걸 제일 싫어했어요. 새처럼 자유스럽게 훨훨 날아다니는걸 제일 좋아했어요. 그런 나를 보고 엄마는 역마살이 끼어서 그렇다고 했어요. 아빠는 나를 집시여인 같다고 하셨어요.」

「집시라는 말…… 정말 누님한테 어울리는 것 같은데요. 그래서 집시처럼 차를 몰고 부산까지 내려오셨군요. 서울서 내려오신 겁니까?」

「네, 갑자기 내려왔어요. 답답하고 해서 훌쩍 떠나왔어요. 서울은 정말 숨이 막힐 것 같아요. 여름에는 더 그래요. 더 있다가는 질식할 것만 같아서 내려와버렸어요. 난 잘 그래요. 내키면 아무 때나 훌쩍 떠나요. 혼자니까 그렇지 결혼한 몸이라면 그럴 수 있겠어요? 어림도 없죠.」

「혼자서 내려오신 거예요?」

「네, 혼자 왔어요.」

「여자 혼자 그렇게 다니시면 무섭지 않으세요?」

「무섭긴요. 누가 옆에 있으면 거추장스럽고 신경이 쓰여서 싫어요.」

「혼자 다니시면 외로울텐데요.」

「그대신 심신이 자유롭잖아요. 그걸로 보상이 되니까 괜찮아요.」

「함께 동행할 애인 없으세요?」

「없어요.」

그 대답만은 웬지 쌀쌀맞게 나왔다. 하이에나는 이해할 수 없다는 듯 또 고개를 갸우뚱했다.

「누님 같은 미인한테 애인이 없다는게 도무지 이해가 안 가는데요. 있어도 한 타스는 있을 것 같은데…….」

「내가 그렇게 보여요?」

「귀찮을 정도로 남자들의 데이트 신청이 많을 것 같은데요.」

「많으면 뭘 해요. 마음에 들어야죠.」

「그럼 지금까지 마음에 드는 남자가 하나도 없었다는 말입니까?」

그녀는 고개를 끄덕이다가 느닷없이

「우리 드라이브하지 않을래요? 이렇게 비바람칠 때 드라이브 하면 얼마나 근사하다구요.」

하고 말했다.

「그거 정말 근사하겠는데요. 태워만 주신다면 어디라도 따라 가겠습니다. 보디가드 역할을 성실히 수행하겠습니다.」

그가 환하게 웃으며 말했다.

호텔 밖으로 나온 그들은 주차장 구석에 세워둔 차를 향해 빗속을 뛰어갔다.

차 속으로 뛰어들어 문을 쾅하고 닫은 서화는 숨을 몰아쉬면서 재빨리 시동을 건 다음 마치 경주에 나선 차처럼 차를 급하게 출발시켰다.

「애인 있으세요?」

그녀가 레코드에 테이프를 밀어넣으면서 가볍게 물었다. 그러나 그녀의 신경은 그의 대답에 쏠려있었다.

「없습니다.」

그가 얌전하게 대답했다.

「정말이세요?」

그가 씨익 웃었는데 어쩐지 쓸쓸함이 배어있는 것 같은 웃음이었다.

「저 같은 놈한테 애인이 있을 리가 있겠습니까. 키도 작고, 생긴 것도 지지리 못생겼고, 게다가 안경까지 쓰고…… 그렇다고 부모가 물려준 재산이 있는 것도 아니고…… 한국에 돌아와도 반겨줄 부모 형제 하나 없고…… 집도 절도 없으니…… 어떤 아가씨가 알거지나 다름없는 저 같은 놈을 좋아하겠습니까. 처음에는 뭣 모르고 사귀다가도 나중에 제 처지를 알게 되면…… 모두가 도망쳐버려요. 몇 번 그런 일을 당하고 나니까 겁이 나서 여자를 못 사귀겠어요.」

그의 목소리는 어느 새 조그맣게 잠겨있었다.

차 안은 갑자기 침묵이 찾아왔고, 그 분위기에 어울리게 트럼펫 솔로가 애잔하게 흐르고 있었다.

이 남자는 어쩌면 이렇게 내 처지하고 비슷할까 하고 그녀는 생각했다. 같은 처지의 남녀가 이렇게 만날 수 있다는 것, 이것은 정말 이상한 인연이다. 혹시 운명이 아닐까.

차는 빗 속을 뚫고 비탈진 길을 올라가고 있었다. 해운대 달맞이길이라고 사람들이 부르는 그 길 오른쪽 밑으로는 검은 바다의 아우성치는 모습이 보이고 있었고, 왼쪽으로는 잔솔나무가지들이 비바람에 떨고 있었다. 그녀는 부산에 올 때면 언제나 마음먹고 달맞이길을 거쳐 동해를 바라보며 북쪽으로 얼마쯤 달려가다 돌아오곤 했다.

「왜 그렇게 자신을 비하시키세요?」

「비하시킨게 아니고 사실을 사실대로 말했을 뿐입니다.」

그의 표정은 어느 새 굳어져있었다. 원망과 인고, 부정확한 것에 대한 증오심 같은 것들이 그의 굳은 얼굴 위에 나타났다가 사라지고 있었다. 서화의 눈에는 적어도 그렇게 보이고 있었다.

와이퍼가 차창에 쏟아지는 빗물을 쉴새없이 훑어내리고 있었지만 길게 뻗어있는 시야는 흐리기만 했다. 차는 왼쪽으로 비스듬히 올라가고 있었다.

「부모가 안 계시는가요?」

그녀는 음악소리를 줄인 다음 귀를 기울였다.

그러나 배태호는 얼른 대답하지 않았다. 그는 앞만 물끄러미 바라보고 있었다. 그의 마음을 아프게 하는 것 같아 서화는 거기에 대해 더이상 묻지 않았다.

「전 부모님 얼굴도 모른채 자랐습니다. 제가 갓난아기였을 때 아버님이 돌아가셨답니다. 제 위로는 저보다 세 살이 더 많은 누나가 하나 있었는데, 어머님은 과부가 되신 뒤에도 여전히 시집살이를 하면서 저희 남매를 키우셨다고 합니다. 그 뒤로는 두번 다시 집에 나타나지 않으셨고, 소식도 없었습니다.」

언덕을 올라가자 평탄한 길이 얼마쯤 앞으로 뻗어있는 것이 보였다. 길 한 켠으로 조금 넓어보이는 공터가 있었고, 거기에는 사람들이 쉬어갈 수 있게 긴 의자들이 여기저기 놓여있었다.

그녀는 빈터에 차를 세우고 담배를 꺼냈다. 던힐을 권하자 하이에나는 망설이다가 그것을 받았다.

「전 아직 담배 피울줄 모릅니다. 하지만 한 대 피우고 싶군요.」

「담배는 피우지 않는게 좋아요. 그렇지만 이럴 때는 한 대쯤 피워도 괜찮아요.」

그녀는 일회용 라이터로 그에게 불을 붙여준 다음 자신의 담배에도 불을 붙였다.

「담배를 좋아하시나 보죠?」

「골초예요. 속이 상하니까 담배만 피워대요.」

그녀는 차창을 조금 내린 다음 담배연기를 한숨과 함께 길게 내뿜었다. 그가 캑캑거리기 시작했다. 눈물까지 글썽이는 그를 보고 서화는 빙긋이 웃었다.

「안 되겠어요. 버리세요.」

그녀의 말에 그는 조금 피우다만 담배를 창 밖으로 내던졌다.

「어머, 밖에다 함부로 꽁초를 버리시네.」

「아, 참, 깜박 잊었습니다. 미안합니다.」

「미안할 것까지는 없어요. 아까 그 이야기나 계속 해주세요.」

「저희 집안 이야기 말입니까?」

그녀는 끄덕이면서 문을 닫았다.

「별로 꺼낼만한 이야기도 못 되는데요. 솔직히 말해 감추고 싶은 이야기인데 어쩌다가…….」

「하고 싶지 않으면 말씀 안 하셔도 돼요. 하지만 이쪽에서 듣고 싶다는건…… 그만큼 관심이 있기 때문이에요.」

하이에나는 계집애처럼 얼굴을 살짝 붉혔다.

「그, 그렇다면 말씀드리죠. 어머니가 떠나신 후 누님과 저는 고아 아닌 고아로서 할머니 손에서 자랐는데, 할머니는 어머니 이야기만 나오면 천벌을 받을 것이라고 하면서 욕설을 퍼붓곤 했어요. 어린 자식들을 버려두고 떠나서는 통 소식이 없으니 그럴만도 했겠지요. 졸지에 어린 손주들을 돌보게된 할머니로서는 어찌 할 바를 몰랐을겁니다. 할머니 역시 아주 젊어서 할아버지와 사별하고 혼자서 자식 셋을 길렀지요. 아들 둘에 딸이 하나였는데, 돌아가신 저희 아버님은 둘째 아들이었습니다.」

배태호의 할머니가 세상을 떠난 것은 그의 나이 아홉 살 때였다. 오누이는 삼촌댁에 얹혀살게 되었는데, 그 집도 자식이 다섯이나 되고 몹시 궁색했다. 그런 터에 그 삼촌마저 위암에 걸려 갑자기 죽고 말았다. 삼촌이 죽고 나자 큰어머니의 학대가 이루 말할 수 없을 정도로 심해졌고, 오누이는 다니던 학교마저 그만둘 수밖에 없게 되었다.

「시골이었기 때문에 저희 남매는 매일 들에 나가 일을 해야 했고, 집안에서조차 잠시도 쉴틈없이 일을 했습니다. 다른 곳에 살고 있는 고모가 한 번 와보고는 그 사실을 알게 되었어요. 고모는 그때 전라도 광주에 나가 살고 있었습니다.」

성질이 불 같은 그의 고모는 그의 큰어머니와 대판 싸우고 나서 그들 오누이를 데리고 광주 집으로 갔다.

그러나 광주의 고모댁도 살림이 어렵기는 마찬가지였다. 그의 고모는 시장 바닥에다 노점을 벌여놓고 채소를 팔고 있었고, 고모부라는 사람은 한쪽 팔이 없는 불구로 하는 일 없이 빈둥빈둥 놀고 있었다. 고모부라는 사람은 그 처지에 하루종일 술타령만 했는데, 거기에다 그 댁에는 딸만 넷이나 되었다.

「아들을 보려다가 딸만 그렇게 넷이나 낳게 된 것이지요. 고모님은 저희들에게 하느라고 하셨는데…… 워낙 집안이 어려워 우리들 때문에 더욱 곤경에 처하시게 되었지요. 고모부는 술만 마시면 우리가 그 댁에 얹혀사는 것을 꼬투리삼아 고모님을 구박했는데, 그래도 고모님이 말을 듣지 않자 나중에는 노골적으로 저희들보고 나가라고 했습니다. 누나는 그때 교회에 다니고 있었는데, 어느 날 목사님이 저희들의 딱한 사정을 알게 되어 사정이 풀리게 되었습니다.」

어느 일요일 저녁 오누이는 고모부의 학대와 눈치밥에 더이상 고모집에 들어갈 수가 없어 교회 마당 한구석에 쪼그리고 앉아 울고 있었다. 목사가 그들을 발견한 것은 날이 완전히 어두워지고 나서였다. 그 목사는 사정을 듣고나더니 이튿날 그들을 어느 신도집으로 데리고 갔다. 그 집은 부자인데다 대식구가 우글거리는 집안이었다. 목사님과 신도인 그 집 부인 사이에 이미 이야기가 있었던지 그날부터 그의 누나는 그 집 가정부로 일하게 되었고 그는 잔심부름이나 하는 천덕꾸러기 신세가 되었다.

「그 집에는 제 또래 비슷한 아이들이 있었는데…… 저는 학교 다니는 것마저 금지당한채 그 아이들의 종노릇까지 해야 했지요. 그 아이들의 지나친 장난에 저는 항의 하나 못한채 매일같이 골탕을 먹고 꾸중을 들어야 했습니다. 그러다보니 제깐에는 하느라고 하는데도 마치 몸에 난 종기처럼 더없이 귀찮은 존재로 취급을 받게 되었지요. 그런 저를 매일 지켜보아야 하는 누나의 심정은 몹시 괴로웠을 겁니다.」

목이 잠기는지 하이에나는 거기서 말을 끊고 차창 밖을 물끄러미 바라보았다. 그런 그의 옆모습이 서화의 눈에는 껴안아주고 싶을 정도로 측은해보였다. 그녀는 자신의 고난에 찼던 지난날들을 고백해버리고 싶은 충동을 느꼈다. 그러나 그것은 생각뿐이었지 현실적으로는 가면을 더욱 두껍게 쓰려고 벼르고 있었다.

「자기 자식들은 학교에 보내면서 그래, 태호씨는 학교도 못가게 하고 종처럼 부려먹기만 했다는 거예요?」

그녀가 그의 말에 감정적인 반응을 보인 것은 그것이 처음이었다.

「남의 자식이니까 그랬겠지요.」

「남의 자식은 자식이 아닌가요. 아무리 남의 자식이라고 어떻게 그럴 수가 있어요. 월급은 받았나요?」

그 물음에 하이에나는 힘없이 웃었다.

「월급이 어딨습니까. 그런건 생각지도 못했습니다. 먹여주고 재워주는 것만도 어딘데 월급 같은 것을 생각할 수가 있겠습니까.」

「어머나, 세상에! 학교도 보내지 않고 그렇게 부려먹으면서 그래 월급 한푼 안 줬단 말이에요? 세상에 어떻게 그럴 수가! 누나는 월급을 받았겠죠?」

「받긴 받았지만 그건 월급이라고 할 수 없을 정도로 아주 적은 돈이었죠.」

「거머리 같은 인간들!」

그녀가 화가 나서 중얼거리자 하이에나 쪽이 오히려 어리둥절한 표정이 되었다. 그것은 예상하지 못한 격한 반응으로, 그는 그녀의 새로운 일면을 발견한 것 같아 주의깊게 그녀의 표정의 변화를 지켜보았다.

서화의 그 같은 격한 반응만은 가식이 없는 순수한 것이었다. 그녀는 약자를 등쳐먹는 자를 제일 저주하고 증오하고 있었다. 그것은 자기자신이 피해자였기 때문에 자연스럽게 축적되어온 증오심이라고 할 수 있었다.

「그래서 어떻게 됐어요? 계속 그 집에 있었나요?」

이제 그녀는 그의 이야기에 완전히 빠져있었다.

「아무리 천대를 받긴 했지만 누나와 한집에 있고, 먹고 자는 것 걱정하지 않아도 되니까 불행중 다행이었지요. 하지만 그나마 더이상 그 집에 있을 수가 없게 되었어요. 그 집 여주인이 저보고 나가달라고 하면서 고아원을 한군데 소개해줬어요. 나가라는 이유인 즉 제가 더이상 그 집에 있다가는 자기 집 아이들 성격 형성에 문제가 있겠다는 거였어요. 그러니까 저라는 놈은 막돼먹은 문제아로 저 때문에 자기 아이들이 나쁜 짓만 배우고 있다는 거였습니다. 어른이 그렇게 말하는데 어린 저희가 뭐라고 항변하겠습니까. 그리고 또다른 이유 하나는 저 때문에 동네 사람들이 그 집을 보는 눈이 이상해졌다는 거였습니다. 학교도 보내지 않고 일만 시킨다는 소문이 나돌아 마치 자기가 우리 오누이를 학대하고 있는 것처럼 동네 사람들한테 오해받고 있다는 것이었습니다. 그런 오해를 받기 싫어 저를 내보내지 않을 수 없다는 것이었습니다. 그러면서도 누나만은 착하니까 자기 집에 그대로 눌러있어도 된다고 했습니다. 누나가 울면서 동생을 고아원에 보내려면 자기도 함께 보내달라고 했지만 주인 여자는 그럴 수는 없다고 단호하게 거절했습니다. 자기가 데리고 있으면서 내년에는 학교에도 보내주고 시집갈 밑천도 마련해주겠다고 누나를 유혹했지요. 주인 여자는 저를 내보내려고 하면서도 누나만은 한사코 붙잡아 두려고 했지요.」

「그거야 누나를 오래 데리고 있으면서 소처럼 부려먹으려고 그런거 아니에요?」

서화가 불쑥 말했다.

「네, 맞습니다. 누나가 자기 몸 돌보지 않고 착실하게 일을 잘 하니까 오래오래 붙잡아두고 소처럼 부려먹으려고 그런 거지요.」

「벼락맞을 인간들 같으니! 어린 것들한테 어쩌면 그럴 수가 있어.」

하이에나를 대신해서 오히려 그녀 쪽에서 먼저 흥분하고 있었다.

「그래서 어떻게 됐어요?」

「결국 저는 고아원으로 보내졌고, 누나는 그대로 그 집에 눌러앉게 되었지요.」

「누나하고 헤어졌군요! 나쁜 인간들 같으니! 어린 것들을 강제로 떼어놓다니, 그런 인간들은 인간도 아니야!」

그녀의 눈에 이슬이 맺히는 것을 보고 하이에나는 그만 당황했다. 그녀는 아주 단순해서 이야기만 듣고도 곧잘 흥분하고 눈물까지 글썽이는 것 같았다.

「저희는 헤어지려고 하지 않았지만 어쩔 수가 없었어요. 주인 여자 말이 자기가 잘 아는 고아원은 시설도 아주 훌륭하고 거기에 근무하는 사람들도 모두가 좋은 사람들 뿐이고 독실한 기독교 신자들이라고 했어요. 무엇보다도 누나를 솔깃하게 만든 것은 거기에 가면 학교에도 보내준다는 말이었지요. 누나는 제가 학교에도 못가고 남의 집에서 천덕꾸러기 취급을 받으면서 종처럼 일만 하는 것을 제일 가슴 아파했는데, 고아원에 가면 동생을 학교에 보낼 수 있다는 말에 귀가 솔깃해진 거지요. 그래서 누나가 앞장서서 저를 고아원에 보내려고 했지요. 제가 가지 않겠다고 버티자 누나는 울면서…… 저를 꼬집었습니다. 이 집에 있으면 학교에도 못가고 바보 멍청이가 되는데 그래도 좋다는 거니 하면서 누나는 저를 내쫓았습니다. 누나는 그 훌륭한 고아원에 가면 일도 심하게 하지 않고, 먹는 것도 남의 눈치 보지 않고 마음대로 먹을 수 있으며, 무엇보다도 학교에도 다닐 수 있으니 얼마나 좋으냐고 하면서 제 등을 떠밀었습니다. 저는 학교에 다닐 수 있다는 말에 마음이 설레이긴 했지만 누나와 헤어져 혼자 살아야 한다는 사실이 두려워 한사코 거절했지요.」

서화가 손수건을 꺼내 눈물을 훔치는 것을 보고 그는 잠시 이야기를 멈추고 기다렸다.

노란 티셔츠에 가려진 그녀의 묵직해보이는 젖가슴이 바로 곁에서 숨을 쉬고 있었다. 그것은 너무 자극적으로 다가왔기 때문에 그는 숨쉬기조차 거북했다. 이윽고 그는 고개를 돌려 한숨을 내쉰 다음 다시 이야기를 계속했다.

「안 가겠다고 발버둥쳤지만 결국 저는 고아원에 들어가게 됐지요. 그날…… 누나와 헤어지던 날 저희 오누이는 무척이나 섧게 울었지요. 가기 전 날 밤부터 한숨 자지 않고 울었기 때문에 누나는 눈이 퉁퉁 부어있었지요. 주인 여자는 누나가 자주 고아원에 가볼테니까 걱정하지 말고 가라고 달랬습니다.」

그는 손등으로 눈물을 훔쳤다. 옆을 보니 그녀는 두 손으로 얼굴을 가린채 아까보다 더욱 감정에 사로잡혀 흐느끼고 있었다. 그 바람에 묵직한 젖가슴이 눈에 띄게 들썩거리고 있었다.

서화는 자신의 불우했던 시절이 생각나서 울고 있는 것이었다. 배태호의 이야기를 듣고 있다보니 그동안 애써 잊으려고 해왔던 과거가 파도처럼 밀려와 그녀를 덮쳤던 것이다.

그녀는 생각 같아서는 엉엉 소리내어 울고 싶었다. 그러나 흐느끼는 것 이상의 소리는 내지 않았다.

「제가 괜히 쓸데없는 이야기를 해가지고…… 죄송합니다.」

「아, 아니에요. 그렇게 불우한 어린시절을 보냈으리라고는 생각지도 못했어요. 미국 유학생이라고 해서, 남들보다는 행복한 가정에서 자란줄 알았죠.」

그녀는 눈물을 닦으면서 측은한 눈길로 그를 쳐다보았다.

「유학생이라고 해서 모두 유복한 가정 출신은 아니죠. 오히려 불우한 과거를 가진 사람들이 더 많습니다.」

「그렇게 고생해가지고 혼자 힘으로 유학까지 가다니 정말 대단해요. 머리가 비상한 모양이죠? 수재가 아니고는 어떻게 그렇게 할 수가 있겠어요. 부모 없이 자란 아이들을 보면 대부분 좌절해서 사회 밑바닥 생활을 하기 마련인데…….」

「전 별로 영리한 편은 못됩니다. 남보다 열심히 노력했을 뿐이지요. 남들이 잘 때 잠 안 자고, 남들이 놀 때 놀지 않고 공부했을 뿐이지요. 그리고 남들이 비싼 것 먹으면 난 라면을 먹으면서 돈을 아꼈지요.」

그가 처음 들어간 고아원은 주인 여자의 말처럼 결코 훌륭한 시설을 갖춘 좋은 고아원이 아니었다. 그보다는 마치 부랑아들을 임시 수용해두는 곳처럼 모든 시설이 엉망이고 질서도 없고 불결하기 짝이 없는 곳이었다. 그 곳에서 그는 매일 밭에 나가 일해야 했고, 학교라고는 문턱에도 가볼 수가 없었다.

「누나는 자주 왔나요?」

「아니요. 누나는 오지 않았어요. 기다리다 못해 몇 달 후 그곳을 탈출해서 누나를 찾아갔어요. 하지만 그 집은 이미 어디론가 이사가버리고 없었어요. 동네 사람들 말이 서울로 이사갔다고 해서, 서울 가면 만날 수 있을줄 알고 무작정 서울로 올라갔지요. 하지만 그 넓은 서울 거리에서 주소도 모르고 어떻게 누나를 찾을 수 있겠습니까?」

그때부터 그 앞에는 고통스러운 서울 생활이 기다리고 있었다.

갑자기 올데 갈데가 없어진 그는 하룻밤을 지하도에서 웅크린 채 새우잠을 자고 있다가 그 곳을 무대로 기생하고 있는 불량배들에게 걸려들었다. 불량배들은 그를 구두닦이 조직에 넘겼고, 그때부터 그는 손님들의 구두를 물어오고 닦은 구두를 손님에게 갖다주는 역할을 맡게 되었다.

「그야말로 버러지 같은 생활을 하게 된 것이지요. 구두를 물어오고 갖다주는 일을 하는 애들이 나 혼자가 아니고 여럿 있었어요. 모두가 가출해서 거리를 배회하다가 나처럼 붙잡혀온 애들이었지요. 그 애들과 함께 골방 같은데서 합숙을 하면서 라면과 빵으로 끼니를 때웠지요.」

「학교는 어떻게 했나요?」

「학교를 간다는건 생각도 할 수 없었습니다. 먹고 자는 것만으로도 큰 다행이었으니까요. 정말이지 구두닦이라도 하게 되었기 망정이지 그렇지 않았다면 나쁜 길로 빠져들었을 겁니다.」

서화는 그 나이 때의 자신을 얼핏 생각해보았다. 그 당시의 그녀는 술집 작부로 일하는 어머니 덕분에 항상 지독한 술냄새와 주정꾼들의 왁자지껄한 소음 속에 갇혀 살았었다. 머리 속에 있는 생각은 언제나 산너머 다른 곳, 이를테면 술냄새 같은 것이 나지 않고 주정꾼도 없는 평화롭고 아늑한 곳을 그리고 있었지만 그것은 한낱 꿈일 뿐이었다.

「서당개 3년이면 풍월을 읊는다는 말이 있듯이 그 바닥에서 살다보니까 요령도 생기고 직접 구두도 닦을 수 있게 되어 돈도 한푼 두푼 저축할 수 있게 되었지요. 하지만 제 생각은……」

그는 항상 공부만을 생각하고 있었다. 구두를 닦으면서도 영어단어를 생각하고 있었고, 꿈을 꾸면서도 남들처럼 학교에 가는 꿈만 꾸었다. 그러나 학교에 다닌다는 것은 현실적으로 불가능한 일로 굳어져가고 있었다. 우선 나이가 정규과정을 이수하기에는 너무 많아져버린 것이다.

「생각 끝에 독학으로 자격증을 따기 위해 체계적인 공부를 시작했지요. 그래서 1년만에 고입검정고시에 합격했습니다. 그때가 열다섯 살 때였습니다. 제대로 학교에 다녔다면 중학교 3학년에 해당하는 나이였죠. 공부를 하면서 얻어터지기도 많이 얻어터졌습니다. 구두는 닦지 않고 쓸데없는 짓만 한다고 해서 얻어맞은 것이지요. 그러나 제가 고입검정고시에 합격하자 저를 보는 눈이 달라지기 시작했어요. 싹수가 있다고 하면서 왕초가 공부를 할 수 있게 배려를 해주었어요. 다른 애들보다는 자유시간을 좀 많이 준 거지요. 시간이 날 때마다 저는 가까운 곳에 있는 독서실로 달려가 밤을 꼬박 새우다시피 하면서 공부를 했지요. 그때는 어떻게나 공부가 잘 되는지 공부가 재미있고, 하는 것마다 머리에 쏙쏙 들어왔어요. 그렇게 공부하고 나니까 고등학교 과정도 1년만에 마스터할 수가 있었어요. 더이상 공부할게 없어서 대입 검정고시를 봤더니 합격이 됐어요. 그때가 열일곱 살 때였죠. 그리고 S대 공대 전자공학과에 시험을 봤죠.」

「S대 전자공학과라면 굉장히 들어가기 어려운데 아니에요?」

「네, 좀 어려운데죠.」

그는 대수롭지 않은듯 대꾸했다.

「좀 어려운 정도가 아니라 거긴 수재들만 가는 데가 아닌가요? 난 그렇게 알고 있는데…….」

그녀는 말 끝을 흐리면서 하나의 얼굴을 떠올렸다. 그는 그녀가 대학 1학년 때 미팅에서 만난 대학생이었다. 그가 다니고 있던 학교가 S대 공대였다. 그는 그때 4학년 학생으로 건축공학과에 다니고 있었다.

지금도 그렇지만 S대 공대생들은 여대생들 사이에 최고로 인기가 있었다. 그렇게 인기가 높은 것은 오로지 그들이 수재들만 모이는 S대 공대생이라는 사실 하나 때문이었다. 그 사실 하나만으로 개인적인 모든 결점들은 가려질 수가 있었던 것이다.

표라는 성을 가진 그 공대생은 수재일 뿐 아니라 허우대도 그럴 듯하게 생긴 미남이었기 때문에 장안의 여대생들 사이에 매우 인기가 높았다.

더구나 두 가지 장점 외에도 그는 세상이 다 아는 권력가의 장남이었기 때문에 여대생들의 데이트 상대 제 1호로 인정받고 있었다. 반반하게 생긴 여대생들 치고 그를 흠모하지 않는 여대생들이 없을 정도였고, 모두가 그와 데이트 한번 해보는 것이 소원이었다.

바로 그런 남자와 미팅에서 만나 데이트를 하게 되었으니, 서화로서는 행운이었다고 할 수 있었다. 그러나 한편으로는 모든 여대생들이 눈독을 들이고 있는 최고의 남자를 상대하게 된 만큼 그에게 걷어차일까봐 불안하기도 했다. 그런 불안한 감정은 시간이 흐를수록 많이 쌓여만 갔고, 그가 다른 여자와 간단한 대화를 나누기만 해도 질투의 불길이 가슴 속에서 이글거리곤 했다.

표는 어린 그녀가 질투심으로 안절부절 못하는 모습을 보는 것을 즐기는듯 했다. 갖출 것을 제대로 모두 갖춘 그는 언제나 자신만만했고, 점차 플레이보이 기질을 드러내기 시작했다.

그에게 있어서 서화는 임시로 지나치는 정거장에 불과했다. 더구나 그녀가 형편없는 집안 출신이라는 것을 알고 난 뒤부터는 그녀를 멸시하기까지 했다.

처음 그녀는 그의 환심을 사기 위해 자기 집안에 대해서 한껏 부풀려 자랑했는데, 그것이 주위에 있는 누군가의 고자질에 의해 거짓말이라는 것이 드러나는 바람에 표는 그녀를 형편없는 가시나로 취급하게 되었던 것이다. 그 결과 그는 그녀의 처녀성까지도 믿지 않게 되었다. 사실 그녀는 열다섯 살 때에 이미 상어라는 별명의 선원 출신 사내와 한동안 관계를 가졌었고 그의 아이를 배기까지 했었기 때문에, 그리고 그 뒤에도 여러 남자들과 몸을 섞은 바 있었기 때문에 그녀를 두고 처녀성 운운한다는 것 자체가 우스운 일이었다. 그러나 그녀는 그것을 숨긴채 처음으로 남자를 받는 것처럼 갖은 엄살을 다 떨면서 표를 받았던 것이고, 그는 그런 그녀를 보고 숫처녀를 정복했다는 만족감에 사로잡혀 있었던 것이다.

일단 그녀가 거짓말장이라고 생각한 표는 그녀를 집요하게 추궁해들어갔고, 견디다 못한 그녀는 울면서 자기의 첫 남자인 상어에 대해서 고백하게 되었고, 고백 끝에는 용서해달라고 빌기까지 했던 것이다. 그러나 표는 기다렸다는 듯이 따귀를 철썩 갈긴 다음 돌아서서 가버렸다. 그녀를 떼어놓을 기회를 노리고 있었는데, 마침 그 기회가 와서 잘 되었다는 듯이.

그러나 그와의 이별은 서화한테는 큰 상처를 안겨준 비련이 되고 말았다. 그가 비록 첫 남자는 아니었지만, 그는 그녀가 처음으로 사랑을 느끼고 희망을 걸었던 첫번째 연인이었다고 할 수 있었다. 그렇기에 그녀는 그를 놓치지 않으려했었고, 그에게 온갖 거짓말을 늘어놓아 그의 환심을 사려고 했었던 것이다.

달리 생각하면 표라는 남자는 그녀가 꿈을 펼칠 수 있는 최상의 상대였다고 할 수도 있었다. 그녀는 그를 통해서 무지개 같은 꿈을 한 손에 거머쥐려고 했었는지도 모른다. 그러나 그 꿈이 무참히 깨어지고 말았으니, 그 다음에 온 좌절감과 허망함은 그녀가 혼자 감당하기에는 너무나도 큰 것이었다.

「남들은 수재들만 모이는 데라고 하지만 제가 보기에는 대단한 수재들이라고 할 수 없고…… 그냥 어느 정도 머리가 좀 좋은 애들이 주로 모이는데라고 할 수 있죠. 저만 하더라도 결코 수재라고는 할 수 없거든요.」

하이에나는 아주 겸손하게 말했다. 서화는 그의 그와 같은 겸손한 태도가 마음에 들었다.

「그래서 S공대에 합격했나요?」

「네, 가까스로 턱걸이해서 합격했습니다.」

「어머나, 대단하시군요! 정말 대단하시군요!」

그녀는 탄성에 가까운 소리를 냈다. 하이에나는 쑥스러운 듯 얼굴을 붉혔다. 그의 수줍어하는 모습도 그녀의 마음에 들었다.

「대단하긴요. 별것도 아닌데요, 뭐.」

「별것도 아니라니요. 왜 별것도 아니란 말이에요? 구두닦이하면서 혼자서 독학으로 고입검정고시와 대입검정고시까지 합격한 것만도 대단한데, 하늘의 별따기 만큼이나 어려운 S공대 전자공학과에 합격했으니, 정말 얼마나 대단해요! 참, 그때가 몇 살 때였죠?」

「열여덟 살 때였습니다.」

「열여덟이면 고등학교 2학년이 되나요?」

「네, 그렇죠.」

「남들은 2학년에 올라갈 때, 같은 나이에 S공대에 들어갔으니 얼마나 대단해요?! 배태호씨는 수재가 아니라 천재인 모양이다. 그렇죠?」

그녀는 하이에나 쪽으로 상체를 기울이면서 자연스럽게 그의 어깨 위에 슬쩍 손을 올려놓았다. 하이에나는 더욱 부끄러워하면서 얼굴을 붉혔다. 그녀가 몸을 가까이 하는 바람에 여성 특유의 향기가 그의 코를 자극했다. 그는 현기증을 느끼며 고개를 흔들었다.

「아니에요. 천재라니요. 그렇지 않아요. 저 같은게 천재라면 세상 사람 다 천재라구요? 전 천재하고는 거리가 멉니다.」

그가 그렇게 겸손해할수록 그녀는 그가 더욱 마음에 들었다. 처음 보았을 때의 그 조그맣고 볼품없던 모습이 이제는 볼수록 대단한 인물처럼 보이는 것이었다.

「독학으로 어린 나이에 그렇게 S공대에 들어갔으면…… 신문에도 났겠네요?」

「네, 신문에 조그맣게 나긴 났었지요.」

「뭐라고 났는데요?」

그녀는 호기심어린 눈을 반짝이며 물었다.

「뭐…… 고생 끝에 독학으로 대학에 들어갔다는 화제거리 기사 가끔 보잖아요. 그런거 였어요.」

「대학에 들어간 뒤에도 구두를 닦았나요?」

「아아니요.」

그는 웃으며 고개를 내저었다.

「대학에 들어간 뒤에는 여기저기서 학비를 보태주겠다는 사람들이 많이 나타났어요. 하지만 나중에 부담이 될 것 같아 모두 거절하고 가정교사를 했어요. 가정교사 수입으로 충분히 학교에 다닐 수 있었어요.」

차 안에는 영화 「태양은 가득히」의 주제곡이 잔잔히 흐르고 있었다.

「이 음악 아세요?」

그녀가 갑자기 엉뚱한 질문을 던지자 그는 당황해했다.

「모, 모르겠는데요. 차분하게 앉아 음악을 들을 수 있는 여유가 없었기 때문에 부끄럽지만 음악에 대해서는 잘 모릅니다. 음악을 좋아하시나 보죠?」

「네, 째즈나 칸초네풍을 좋아해요. 요즘 애들이 좋아하는 최신 팝송은 너무 시끄럽고 방정맞아서 싫어요. 이 곡은 프랑스 영화 태양은 가득히의 주제곡인데 여름의 바닷가에서 듣기에 아주 제격이에요.」

「음악이 정말 감미로운데요.」

「그 영화 못 보셨나요?」

「못 봤습니다.」

「그 영화를 보고 이 음악을 들어야 정말 실감이 나는데.」

그녀는 아쉬운듯이 말했다.

「좋은 영화인가 보죠?」

「아주 멋진 영화예요. 오래된 영화인데 지중해를 무대로 벌어지는 세 남녀의 사랑과 질투, 출세욕…… 그리고…… 살인사건을 다룬 영화예요.」

그녀는 눈을 가늘게 뜨면서 잠시 동안 검은 바다의 광란을 바라보다가 꿈에 잠기는 듯한 목소리로 말을 이었다.

「화면을 가득 채운 지중해의 남빛 물결 위로 멋진 요트가 달려가요. 요트 위에는 벌거벗은 젊은 남녀 세 명이 타고 있어요. 시원한 바닷바람이 불어오고 있고…… 하늘에는 눈부신 태양이 빛나고 있어요. 거칠 것 없는 망망대해…… 요트…… 그리고 사랑에 불타는 젊은 남녀들…… 이런 것들을 한번 생각해보세요. 얼마나 멋져요.」

「정말 근사한데요.」

「거기다가 주제곡이 트럼펫 솔로로 울려퍼지는 거예요. 이렇게 말이에요.」

그녀는 이미 끝난 음악을 다시 틀어 그에게 들려주었다. 그러자 하이에나의 얼굴에도 꿈꾸는 듯한 표정이 나타나기 시작했다.

「정말 멋진데요.」

「아랑 들롱이 아주 젊었을 때 주연한 영화인데…… 요트 위에서 칼로 친구를 찔러 죽여요. 그리고 시체를 바다에 버린 다음 친구 애인을 가로채요. 그 친구 애인이라는 여자가 기막히게 예뻐요. 마리 라포네라는 가수 출신 배우인데 아랑 들롱하고 너무 잘 어울리는 여자예요.」

「그래서 마지막은 어떻게 돼나요?」

「결국 살인범으로 들롱은 체포되고 말아요. 그래서 그런지 음악이 감미로우면서도 애잔한 느낌이 들어요. 그렇지 않아요?」

「네, 그런 것 같은데요. 그 영화 한번 봐야겠는데요.」

「꼭 한번 보세요. 비디오가게에 혹시 테이프가 있을지도 몰라요. 제가 한번 구해볼께요.」

그것은 데이트를 계속하고 싶다는 의미로도 해석할 수 있는 말이었기 때문에 하이에나는 기쁨으로 입이 벌어지려고 했다.

「감사합니다.」

「참, S공대를 1학년 때 그만 두고 미국으로 유학가셨다고 했죠?」

「네, 촌놈이 그때 처음으로 비행기를 타고 미국으로 건너간 거죠.」

「용기가 참 대단하시네요.」

그녀는 대학에 다니다 말고 주저앉아버린 자신과 비교해보면서 그렇게 말했다. 하이에나는 씨익 웃었다.

「겁도 없을 때라 모험심으로 한번 도전해본 거죠. 세상에 태어나서 좁은 한국에서만 복닥거릴게 아니라 미국 같이 드넓은 나라에 가서 한번 마음껏 공부해보자, 미국의 최첨단 과학기술을 배워오자, 이런 생각에서 도전해본 거죠. 사실 S공대에 들어가긴 했지만 소문과는 달리, 교수진도 시설도 빈약하기만 했어요. S공대 출신 젊은 교수 한 분이 저한테 솔직히 말씀해 주시기를 진짜 최첨단 과학기술 공부를 하려거든 즉시 미국으로 떠나라고 하셨어요. S공대에 그대로 주저앉아 졸업할 때까지 학점만 이수한다는 것은 시간 낭비일 뿐이라고 하셨어요. 솔직히 말해 국내 대학은 너무 빈약하기 때문에 가르치는데 한계가 있다는 거였습니다. 그러면서 그 교수님은 컬럼비아, 하버드, 예일, 프린스턴 등 몇 개 대학을 추천해주셨지요.」

「좋은 교수님을 만나셨군요.」

「네, 그렇죠. 인생의 전기가 될 수 있는 계기를 만들어주신 분이죠. 그 분이 아니었다면 정말 국내에서 썩고 있었을 겁니다.」

「그런데 처음 전공분야는 전자공학이었잖아요?」

「네, S공대에 입학할 때에는 그랬었죠. 그런데 그 교수님이, 임교수님이라는 분인데, 이왕 유학갈 바에는 전공을 바꿔보라고 하셨어요. 전자공학 분야는 너무 광범위하고 하는 사람이 많으니까, 희소가치가 있으면서 앞으로 폭발적인 수요가 예상되는 분야를 택하라고 하셨어요. 그런 분야로서 임교수님은 무기 분야를 꼽으셨어요. 현대무기는 갈수록 최첨단 기술이 요구되고 있고, 최첨단 무기일수록 엄청난 고가로 거래되고 있기 때문에 그 분야의 엔진니어는 최상의 대우를 받을 수 있다는 것이었습니다. 선진국의 무기생산업자들은 우수한 엔지니어를 확보하게 위해 혈안이 되어있다는 것이었습니다. 듣고 보니 교수님의 말씀이 옳은 것 같았습니다. 인류 역사에서 전쟁은 끝나는 날이 없고, 모든 나라들은 다투어 좋은 무기를 확보하려고 국방예산을 엄청나게 쓰고 있으니 무기장사야말로 최대최고의 사업이라는 생각이 들었습니다.」

그는 잠시 뜸을 들이면서 그녀의 반응을 살피는 듯 했다.

서화는 그의 이야기에 온 신경을 쏟고 있었다. 이야기 내용 자체는 조금도 흥미를 끌만한 것이 아닌데도 일단 배태호의 입에서 흘러나오기만 하면 그녀는 관심을 기울이지 않을 수가 없었다.

「남북이 대치하고 있는 우리나라도 국방예산이 엄청나지 않습니까. 그리고 방위산업이라는 것이 있기는 하지만 국산 무기라는 것은 선진국 무기 수준에다 대면 아직 걸음마 단계에 불과하죠.」

흰색 승용차가 한 대 오른쪽 등을 깜박이면서 속도를 줄이더니 그들로부터 조금 떨어진 곳에 멈춰섰다. 차 안에는 중년남자와 젊은 여자가 타고 있었다.

「우리 한국의 방위산업은 국가로부터 보호육성되고 있죠. 엄청난 특혜와 보호를 받고 있지만 워낙 기술이 뒤떨어지기 때문에 재래식 무기 정도나 만들지 최첨단의 과학무기는 엄두도 못 내고 있죠. 그래서 결국 외국에서, 그것도 거의 모두 미국에서 무기를 사들이고 있는데, 그 무기 하나 값만 해도 그야말로 엄청나죠. 전투기 하나 값만 해도 우리 돈으로 수백 억원이나 됩니다. 무기 때문에 우리가 지출하는 돈은 너무 엄청나죠. 그래서 정부는 방위산업을 하루 빨리 발전시키기 위해 해외에 나가있는 우리나라 과학자들을 불러들이려고 오래 전부터 노력해오고 있는데 그게 마음대로 잘 안 되나봐요. 제 이야기 재미 없죠?」

「아, 아니에요. 재미있어요. 계속하세요.」

그녀는 흰색 승용차 쪽을 훔쳐보고 있다가 당황해서 말했다. 승용차 안의 두 남녀는 어느 새 서로 끌어안고 있었다. 남자는 머리숱이 거의 없는 대머리였는데, 그 때문인지는 몰라도 여자를 끌어안고 있는 모습이 어쩐지 우스꽝스러워 보였다.

「왜냐하면 한국에 돌아오게 되면 대우가 워낙 차이가 나기 때문에 과학자들이 오려고 하지를 않는 겁니다. 애국심에 호소하지만 자기와 가족들까지 희생시켜가면서까지 오려고 하는 사람이 누가 있겠습니까. 또 미국 같은 데는 얼마나 살기가 좋습니까. 한국은 솔직히 말해 생활환경이라는 것이 얼마나 답답하고 불안합니까. 누가 기침 한 번만 해도 전국이 와글와글 들끓고, 학생들은 스포츠하듯 거의 매일 소모적인 데모만 하고 있고, 곳곳에 부정부패가 만연해있습니다. 거리는 자동차로 메워져 거의 마비 상태이고, 또 웬 사람들은 그렇게도 많습니까. 그리고 언제 전쟁이 터질지도 모른다는 불안감이 항상 의식의 밑바닥에 깔려있기 때문에 사회에 안정감이 없습니다. 정부의 끈질긴 권유에 귀국했다가 후회하는 과학자들이 많다고 합니다. 외국에 그대로 있으면 최고의 대우를 받으면서, 기막히게 좋은 환경에서 살 수가 있고, 또 우수한 과학자들과 함께 연구를 계속할 수가 있는데 괜히 귀국해서 여러가지로 손해를 보고 있기 때문에 그러는 거죠. 사실 저한테도 정부기관으로부터 연락이 왔어요.」

흰색 차 안의 남녀는 키스에 열을 올리고 있었다. 그들은 좀처럼 떨어질줄을 모르고 있었다. 서화는 미소를 띠면서 하이에나를 바라보았다.

「저보고 학위를 받고 나면 미국에 있지 말고 한국에 돌아와서 일해달라는 거였습니다. 미국에 못지 않게 대우를 해줄테니까 꼭 돌아와달라고 했습니다. 그러면서 구체적인 것까지 제시해 주었는데…… 저한테는 그런게 문제가 아니었죠. 그래서 생각해보겠다고 하고 거절했죠. 전 그런 것보다는 사실 공부를 계속해야 하거든요. 아무 생각없이 오직 공부만 해야 하거든요. 생활이 어렵더라도 말입니다.」

「구체적으로 어떤 제시를 했는데요?」

「30평짜리 아파트를 사주고…… 자가용도 제공하겠다고 했습니다. 그리고 기본적인 살림도구…… 그러니까 냉장고, 텔리비전, 비디오, 오디오, 가스레인지, 옷장 등 몸만 들어가서 살 수 있도록 일체의 살림을 그것도 일류로만 장만해주겠다고 했습니다.」

「어머나, 그렇게 조건이 좋은데도 거절하셨어요?」

그녀는 눈을 크게 뜨고 물었다.

「그뿐이 아니고 보수도 보너스까지 합쳐 월 천만 원 정도를 주겠다고 했습니다. 연구비는 물론 별도로 나오는 거구요.」

「어머나, 굉장하네요. 그렇게 좋은 조건을 뿌리쳤단 말이에요?」

그녀는 이해할 수 없다는 표정으로 배태호를 쳐다보았다.

하이에나는 무겁게 고개를 끄덕였다.

「아주 좋은 조건이라는건 저도 알아요. 박사학위를 받으려면 앞으로 3,4년 정도 걸리겠지만…… 그렇다해도 제 나이 서른이 채 안 되거든요. 그 나이에 그 정도의 보수를 받는다는 것은 아주 특별한 경우 외에는 있을 수가 없죠. 그 나이 또래라면 보통 잘 받아야 6,70만원 정도 될까, 그 정도이거든요. 하지만 보수가 문제가 아니죠. 제가 만일 보수가 탐이 나서 귀국해버리면 저는 바로 그 시점에서부터 더이상 발전하지 못하고 정지해버리는 겁니다. 이를테면 더이상 최첨단 과학기술 연구를 계속하지 못한채 보수나 받아먹는 월급쟁이로 전락해버리고 마는 거죠. 자기 발전이 없는 과학자는 아무 쓸모가 없는 퇴물이 되고 말죠. 발전을 못하면 후배한테 밀려나고, 결국은 처치곤란한 골치덩이 밖에 더 되겠습니까.」

「듣고보니까 그렇군요. 월급 많이 준다고 함부로 응해서는 안 되겠군요.」

「네, 바로 그겁니다. 고기가 물을 떠나서는 살 수 없듯이 과학도는 연구실을 떠나서는 살 수 없습니다. 연구실도 연구실 나름이겠지만, 미국이야말로 저 같은 개발도상국 출신의 과학도한테는 낙원이나 다름없는 곳이죠. 세계적인 과학자들 밑에서 첨단분야를 연구할 수가 있으니 얼마나 좋은지 모릅니다.」

「미국에 처음 건너갔을 때에는 고생이 많았겠네요?」

「그거야 뭐 고생을 각오하고 간거니까요.」

「사촌누나 댁에 있었다고 하셨죠?」

「네, 미국인과 결혼한 사촌누나…… 그러니까 고모님 딸인데…… 그 집에서 처음에는 신세를 좀 지다가 미국 남자가 싫어하는 것 같아서 나와버렸죠. 나와서는 그야말로 밑바닥부터 핥다시피하면서 살아갔죠. 미국이라는 사회는 몸만 움직이기만하면 굶지는 않게 되어있거든요.」

「어릴 때 헤어졌다는 친누나는 어떻게 됐나요?」

「그 누나는…….」

그의 표정이 갑자기 어두워지고 있었다. 서화는 괜한 것을 물었다는 생각이 들었다.

「그 누나는 죽었습니다.」

하이에나는 비감스러운 목소리로 말했다.

「아니, 왜요?」

「누나 찾아 서울로 올라간 저는 누나는 찾지 못한채 구두닦이가 됐고, 그후 수년 동안 누나를 만나지 못했습니다. 그러다가 고입검정고시에 합격한 후 광주에 있는 고모님댁에 가보았죠. 고모님은 저를 보자 좀 일찍 올 것이지 늦게 왔다고 저를 때리면서 우셨습니다. 고모님을 따라 공동묘지에 가보았더니…… 거기에 누나가 누워있었습니다. 며칠 전에 죽었다고 하더군요. 눈을 감으면서 저를 무척 찾았답니다.」

그의 목소리가 잠기는 것과 함께 떨리고 있었다.

「누나는 자살한 겁니다.」

목이 잠겨 그 다음 말은 나오지가 않았다.

「왜, 왜 자살했죠?」

「정확한 이유는 잘 모르겠지만…… 누나가 고모집에 나타났을 때는 반실성 상태였다고 합니다. 아마 어디선가 모진 일을 당한 것 같았지만 본인이 말을 하지 않으니 알 수가 없었다고 합니다. 아무리 물어도 그동안 어디서 어떻게 지냈는지, 그리고 무슨 일을 당했는지 한 마디도 하지 않더랍니다. 입고 있는 옷은 해지고 찢어져있었답니다. 그렇다고 가난한 고모댁에서 누나를 돌볼 수도 없고 병원에 데려가볼 수도 없었겠지요. 물어보지는 않았지만, 성질 고약한 고모부는 고모한테 누나를 내쫓으라고 했을 겁니다. 누나는 차츰 제정신으로 돌아오는 것 같더니, 고모댁에 나타난지 일 주일만에 농약을 먹은 모양입니다. 고모님댁 뒤에 야산이 있는데 거기서 농약을 먹고 신음하고 있는 것을 동네 사람이 발견했답니다. 고모님이 병원으로 달려갔을 때는…… 이미 숨을 거두고 있었답니다. 누나는 숨을 거두면서 저를 그렇게…… 찾았답니다. 그때 누나는 열아홉 살이었는데…… 손을 만져보니까 할머니 손처럼 몹시 거칠었답니다. 그 손이 모든 걸 말해주고 있었답니다. 누나는 저한테 이걸 남겨주었어요.」

그는 주머니 속에서 무엇인가를 꺼냈다. 그것은 만년필이었다.

「미제 파커 만년필이에요. 별로 비싼건 아니지만, 누나가 저한테 처음이자 마지막으로 남겨준 선물이기 때문에 저한테는 몹시 귀중한 겁니다. 마음이 약해지거나 절망감에 빠질 때 이걸 꺼내보면 새로운 힘이 솟아나는 것을 느끼곤 합니다. 저한테는 마치 수호신 같은 것이기도 합니다. 누나는 임종 때에도 이것을 꼭 쥔채 저한테 전해주라고 했답니다.」

그것은 금으로 도금된 만년필이었다.

식모살이까지 했다는 누나가 동생을 위해 처음이자 마지막 선물로 파커 만년필을 남겨놓고 갔다는 말에 서화는 콧날이 시큰해져왔다. 왜 이 남자는 나를 슬프게 하는 거지? 어쩌면 이 남자의 신세가 내 신세하고 비슷할까? 시야가 갑자기 뿌우옇게 흐려오는 바람에 그녀는 얼른 손수건을 꺼내 얼굴을 가렸다. 눈물이 솟구쳐나왔기 때문에 얼굴에서 손을 뗄 수가 없었다.

「죄송합니다. 공연한 이야기를 해서…….」

그가 두 손으로 그녀의 팔목을 잡았다. 그러나 그녀는 그의 손을 뿌리치지 않은채 그대로 내버려두었다.

「너무 슬픈 이야기에요. 그렇게 불행한 분인지 몰랐어요.」

그녀는 손을 더듬어 그의 손을 잡았다. 그들은 마치 그 기회를 기다리고 있었던듯 상대방의 손을 꼭 잡았다.

「누나 사진을 보여드릴까요?」

「있으면 좀 보여줘요.」

그녀는 눈물을 훔친 다음 얼굴에서 손수건을 거두었다.

하이에나는 지갑을 뒤적이더니 그 안에서 명함판 컬러사진 한 장을 꺼냈다. 그것은 교복차림의 단발머리 소녀의 상반신을 찍은 사진이었다. 소녀는 갸름한 얼굴에 두 눈이 맑고 커보였다. 빼어나게 예쁜 얼굴이라고 생각하면서 계속 사진을 들여다보고 있는데 그가

「누나 시골 중학교에 다닐 때 찍은 거예요.」

하고 말했다.

「너무 예뻐요. 그런데 누나하고 통 안 닮았는데요?」

「네, 닮은 구석이라고는 하나도 없어요. 저는 아버지를 닮았고 누나는 엄마를 닮았어요.」

「엄마가 아주 예쁘셨군요.」

「네, 제 기억에도 엄마가 미인이었던 것 같아요.」

「굉장히 예뻐요.」

서화는 다시 사진을 들여다보면서 말했다.

「미인박명이라고 하지 않습니까. 그래서 누나는 고생만 하다가…….」

그는 사진을 받아들고 그것을 들여다보면서 중얼거리더니 갑자기 눈물을 후두둑 떨어뜨렸다. 울음을 삼키면서 소리도 없이 눈물을 흘리는 그를 보자 서화는 본능적으로 그를 보호해주고 싶은 강한 모성애를 느꼈다. 그래서 그녀는 두 손으로 다시 그의 손을 꼭 잡아주었다. 그러자 그가 어린애처럼 그녀의 어깨에 얼굴을 부비면서 비로소 흐느끼는 소리를 냈다. 그는 무척 오랫동안 참았던 서러움을 터뜨린듯 어깨를 심하게 들썩이면서 몹시 섧게 흐느껴 울었다.

그녀는 오른쪽 어깨가 눈물로 따뜻하게 젖어드는 것을 느끼면서 팔을 뻗어 남자의 어깨를 감싸안았다. 그러고보니 남자의 품에 안겨야할 몸이 입장이 뒤바뀐 셈이었다. 그녀의 어깨에 기대져있던 그의 머리가 그 바람에 그녀의 가슴 쪽으로 밀려내려오면서 앞으로 솟아있는 젖가슴을 건드렸다. 그녀는 기다렸다는 듯이 그의 얼굴이 가슴에 맞닿을 수 있게 그쪽으로 상체를 기울여주었다.

그는 무척 조심스럽게 얼굴을 마사지하듯 그녀의 젖가슴을 밀어대기 시작했다.

그녀는 블래지어를 착용하지 않았기 때문에 그녀의 젖가슴은 얇은 티셔츠만으로 가려져있을 뿐이었다. 가슴이 빈약하다면 별로 표시가 나지 않겠지만 그것이 워낙 풍만하고 탄력이 있었기 때문에 티셔츠 위로 아름다운 가슴의 선이 고스란히 드러나있었다. 더구나 그녀가 그것을 앞으로 내밀고 있었기 때문에 그것은 더없이 도발적인 모습을 띠고 있었다.

그녀는 그가 마음대로 가슴을 점령할 수 있게 더욱 그것을 앞으로 내밀었다. 정상적인 남자라면 누구라도 그것을 만지고 싶은 충동을 느낄 정도로 그것은 더없이 매력적으로 보였고, 금방이라도 폭발할 것 같은 안타까운 모습으로 눈 앞에서 흔들리고 있었다.

그녀는 불 같은 성질 같아서는 젖비린내나는 그 애숭이를 으스러지게 껴안고 그의 입에다 젖가슴을 물려주고 싶었지만 처음부터 그럴 수는 없었기 때문에 욕망을 자제하면서 수동적인 자세를 취하고 있었다. 그에게 처음부터 창부 같은 모습을 보여줄 수는 없었다. 그녀의 내면에서는 아까부터 자신을 상류 집안 출신의 지적이며 국제적인 감각을 익힌 숙녀라는 인상을 그에게 심어주고 싶은 생각이 꿈틀거리고 있었다.

그가 흘리는 눈물 때문에 그녀의 가슴을 가리고 있는 부분이 축축히 젖어들면서 가슴의 윤곽이 더욱 선명하게 드러났다. 그가 솟아나온 젖꼭지를 입으로 건드리자 그녀는 허리를 뒤틀면서 낮게 신음을 토했다. 그의 오른손이 위로 올라오더니 그녀의 다른 쪽 가슴을 만지기 시작했다.

「아, 이러면 안 돼는데…….」

서화는 한숨을 내쉬면서 힘없이 중얼거렸다. 그러면서도 자기도 모르게 사내의 머리를 부둥켜 안았다.

하이에나는 꿈에 그리던 풍만한 가슴에 얼굴을 파묻게 되자 마치 거센 파도 안에 갇혀 숨이 막히는 것 같은 기분을 느꼈다. 처음에는 상대방이 어떻게 나올지 몰라 몹시 주저하면서 조심스럽게 가슴을 건드렸지만, 그녀가 그의 머리를 부둥켜안자 이제는 마음놓고 행동해도 되겠다는 자신감을 갖게 되었고, 그래서 다른 쪽 젖가슴에도 손을 대기 시작했던 것이다. 손에 와닿는 가슴의 감촉은 한없이 부드러우면서도 탄력이 있었다. 그리고 굉장히 큰 느낌이었다.

그는 여자의 육체 가운데서 젖가슴을 제일 좋아했다. 물론 그것이 풍만한 경우에 한해서 말이지만.

지금까지 그가 상대해왔던 여자들은 하나같이 빈약한 가슴들을 지니고 있었다. 그런데 지금 그가 얼굴을 문지르고 손으로 만지고 있는 젖가슴은 그가 그렇게도 꿈에 그리던 그 풍만함을 고스란히 간직하고 있었다. 그는 지금까지 그렇게 탐스러운 젖가슴을 만져보지 못했기 때문에 미칠 것 같은 심정으로 그것을 탐하고 싶었다. 하지만 차마 티셔츠를 걷어올리지는 못하고 옷 위로만 그것을 애무하고 있었다.

나이 많은 남자들만 상대해온 서화는 자기보다 어려보이는 남자의 애무를 받자 지금까지와는 다른 새로운 자극을 느끼고 있었다. 거기에는 마치 미지의 세계를 눈앞에 두고 거기에 한발짝 들었섰을 때 느끼는 스릴과 흥분 같은 것이 있었다.

「아야!」

그가 느닷없이 그녀의 젖꼭지를 깨물었기 때문에 깜짝 놀라 비명을 질렀다. 그녀의 비명에 하이에나도 놀라서 얼굴을 쳐들었다.

「죄, 죄송합니다. 저도 모르게 그만…….」

그는 어쩔줄 몰라하면서 그녀를 쳐다보았다. 풍만한 젖가슴의 탄력있는 감촉이 너무나도 좋아 정신없이 얼굴을 문지르다가 자기도 모르게 질끈 깨물고 말았던 것이다. 너무나 아파 미간을 찡그린채 젖가슴을 어루만지다가 그녀는 태호의 표정을 보고는 그만 킥하고 웃고 말았다.

「죄, 죄송합니다. 가슴이 너무 아름다워서 그만 저도 모르게 …… 저, 정말 죄송합니다.」

가슴이 아름답다는 말에 서화는 아픈 것도 잊은채 기분이 좋아졌다.

「꼭 아기 같아요. 아기들이 엄마 젖을 깨물잖아요.」

그녀가 곱게 눈을 흘기자 태호는 민망해하면서 손등으로 눈가에 남아있는 물기를 닦아냈다.

「상처가 생겼으면 어떡 하죠?」

「그 정도는 아니에요.」

「하지만 모르지 않습니까. 한번 보십시오. 상처가 났으면 치료를 해야지 않습니까.」

걱정스러운 표정으로 말하는 그를 미소 띤 눈으로 쳐다보던 그녀는

「그렇담 한번 봐주세요.」

하고 말했다.

「네에?」

그가 놀라서 묻자 그녀는 잔뜩 장난기어린 눈으로 그를 쳐다보면서 쿡하고 웃었다.

「뭘 그렇게 놀라세요? 깨물었으면 책임을 져야할거 아니에요. 어머머, 저기좀 봐요.」

그녀가 저만치 떨어져있는 승용차를 가리키며 낮게 소리쳤다. 하이에나는 그녀가 가리키는 곳을 보기 위해 그녀 쪽으로 상체를 기울였다. 그바람에 그의 어깨가 그녀의 가슴을 압박하면서 팔꿈치가 그녀의 아랫배를 짓눌렀다. 그러나 그녀는 그가 더욱 자유롭게 기댈 수 있게 상체를 뒤로 젖히면서 두 다리를 슬그머니 벌려주었다.

흰색 승용차 안의 남녀는 이상한 모습을 하고 있었다. 외부에서 들여다보이지 않게 일부러 차 안에 히터를 틀었는지 유리창은 모두 뿌우옇게 흐려있었는데 그들은 그것을 믿고 대담하게도 이상한 행위를 하고 있는 것 같았다. 그러나 그들의 움직임은 조금 흐리긴 하지만 식별할 수 있을 정도로 분명히 보이고 있었다.

남자와 여자는 운전석 옆자리에 한데 엉겨붙어있었는데 여자가 남자 무릎 위에 올라앉아있는 체위를 보여주고 있었다.

「뭘 하는 거죠? 난 잘 안 보이는데.」

하이에나가 안경을 밀어올리며 시력이 나쁜 눈을 깜박거리자 그녀는 그가 더 가까이 몸을 기댈 수 있게 그의 팔을 잡아당겼다. 하이에나는 상체를 거의 그녀에게 안기다시피하면서 흰색 승용차 쪽을 바라보았다.

「이제 보여요?」

「네, 보입니다. 그런데 저거…… 뭐 하는 거죠?」

「아이, 보면 모르세요.」

흰색 승용차 안의 남녀는 앞쪽을 향해 앉아있었는데, 남자가 무릎 위에 올라앉아있는 여자를 뒤에서 끌어안고 있는 자세를 취하고 있었다. 그 자세로는 남자가 움직일 수가 없었기 때문에 여자가 위에서 몸을 상하로 움직이고 있었다. 그러니까 엉덩방아를 찧고 있는 셈이었다.

「어, 어떻게 저럴 수가 있죠? 남자는 나이도 많은 것 같은데……」

「나이 같은게 무슨 상관이에요. 서로 좋으면 그만이죠.」

「그래도 저건 너무 하는 것 같은데요. 더구나 차 안에서…….」

그의 호흡소리가 거칠어지고 있음을 그녀는 분명히 느낄 수가 있었다.

여자의 움직임이 점점 빨라지고 있었다. 그녀가 쾌감의 절정을 향해 치닫고 있음을 알 수가 있었다. 그녀가 뭐라고 소리치고 있었고, 머리칼이 출렁이며 헝클어지고 있었다.

「너무 멋져요.」

서화는 자기도 모르게 중얼거렸다.

「저게 멋지다구요?」

그가 고개를 돌리는 바람에 두 사람의 얼굴이 마주칠뻔 했다. 그는 그녀의 말이 진정으로 한 것인가를 알아보려는듯 그녀를 빤히 쳐다보았다.

「보세요. 얼마나 멋져요!」

그녀는 내친 김에 그렇게 말해버렸다.

하이에나는 고개를 흔들었다.

「제가 보기에는…… 추한데요.」

「어머나, 섹스를 추하게 보다니, 좀 이상하잖아요. 너무 공부만 하시니까 섹스가 추하게 보이는거 아닌가요?」

「그렇지 않습니다. 섹스를 추하게 보지는 않습니다. 그, 그건…… 잘 모르지만…… 차 속에서 저러는건 별로 아름답지가 않습니다.」

「난 섹스는 아름다운 거라고 생각해요.」

「저도 그렇게 생각은 합니다만…….」

의자를 뒤로 젖히더니 남자가 뒤로 드러눕는다. 여자가 상체를 앞으로 구부리자 허연 엉덩이가 아래 위로 오르내리는 것이 보였다.

서화는 자신도 모르게 서서히 달아오르는 것을 느꼈다. 남자는 그녀에게 상체를 거의 실리다시피하고 있었다. 그러나 운전대 때문에 움직이기가 불편하고 자리가 너무 협소했다. 그녀는 살그머니 왼손을 내려 의자를 조정하는 레버를 힘껏 잡아당겼다. 그러자 두 사람의 몸무게에 밀려 의자 등받이가 뒤로 홱 젖혀졌고, 그 바람에 두 사람도 한데 엉겨 뒤로 쓰러졌다. 쓰러지면서 그녀는 「어머나!」하면서 뒤에서 그의 허리를 끌어안았다. 자연 하이에나의 몸이 그녀의 몸 위에 실리면서 그들은 침대처럼 펴진 의자 위로 딩굴었다.

그녀는 그의 허리를 감았던 팔을 풀어 그의 목을 끌어안았다. 그도 엉겁결에 그녀를 껴안았다. 누가 먼저랄 것도 없이, 아니, 엄밀히 말하면 그녀가 먼저 그의 입술을 찾았다. 그는 그녀 위에 있었지만 어디까지나 수동적이었고, 그대신 그녀가 더 적극적이었다. 입술이 닿자 그녀는 그의 목을 더욱 바싹 끌어당기면서 그의 입 속을 더듬었다.

그녀가 적극적으로 키스공세를 벌렸지만 그는 그런 것을 별로 해보지 못했는지 응해오는 것이 서투르기 짝이 없었다. 그런 남자를 밑에서 상대하자니 그녀는 속이 타고 감질만 났다. 그래서 옆자리의 등받이를 젖힌 다음 위치를 바꿔 남자 위로 몸을 실었다. 하이에나는 놀란듯이 그녀를 올려다보고 있었다. 그런 그를 여유있게 미소를 지으며 내려다보던 그녀는 마치 어린애를 다루듯 풍만한 가슴으로 그를 누르면서 그의 입술에 가만히 입을 맞추었다. 그녀의 눈에는 그가 그녀 마음대로 다루어도 싫다고 하지 않고 가만 있을 것 같이 생각되었다. 그러나 처음부터 너무 노골적인 행동을 보이는 짓은 삼가하는 것이 좋을 것 같았다. 상대는 명문 컬럼비아대 유학생이 아닌가. 결코 아무렇게나 함부로 다룰 사람이 아니다. 이쪽의 매력을 최대한 보이고, 그 매력이 빠져 헤어나오지 못하게 만든 다음 서서히 섹스의 맛을 보여주고 나서 그것으로 완전히 사로잡아버리는 것이다. 그런 다음부터는 주머니 속의 물건처럼 마음대로 다루어도 되겠지.

자신의 그와 같은 생각에 그녀는 속으로 적잖게 놀랐다. 거의 순간적으로 하나의 스케줄처럼 그런 생각이 뇌리를 스쳐갔던 것이다. 그리고 그것은 어느 틈에 움직일 수 없는 관념처럼 머리 속에 자리를 잡고 있었다.

처음에는 가만히 부드럽게 입을 맞추다가 그녀는 점점 뜨겁게 그의 입 속을 농락해 들어갔다. 그러면서도 마치 어린애한테 키스하는 방법을 가르쳐주듯 자상하고 세심하게 배려하는 것도 잊지 않았다.

마침내 그녀는 격렬하게 키스를 퍼붓기 시작했다. 몸이 달아오르기 시작한 그녀는 가쁜 숨을 몰아쉬면서도 그의 입에서 입을 떼지 않았다. 그때 남자의 손이 꼼지락거리며 두 사람의 가슴 사이를 파고 들더니 그녀의 젖가슴을 만지기 시작했다. 그녀는 그의 그와 같은 행동에 희열을 느끼면서 그가 젖가슴을 쉽게 만질 수 있게 상체를 조금 쳐들어주었다.

한쪽 손이 그녀의 몸에 깔려있었기 때문에 그는 한 손으로만 그녀의 가슴을 만졌다. 마치 밀가루 반죽을 만지듯 그녀의 젖가슴을 주물러대던 그의 손이 이윽고 젖꼭지를 만지기 시작했다.

「아야, 아파요.」

별로 아프지 않았지만 그녀는 일부러 엄살을 떨었다. 아까 그에게 깨물렸던 젖꼭지였지만 더이상 아픈 것은 없었다.

「죄송합니다.」

그녀의 엄살에 놀란 그는 얼른 손을 빼고 몸을 일으켰다.

「죄, 죄송합니다. 많이 아프십니까?」

서화도 몸을 일으키면서 그를 곱게 흘겨보았다.

「아파 죽겠어요.」

그녀는 의자 등받이를 바로 세웠다.

「어떡 하죠? 상처가 났을지도 모르니까 한번 보시죠. 상처가 났으면 약을 사서 발라야 하지 않습니까. 덧나기 전에 말입니다. 제가 약을 사오겠습니다. 그리고 고개를 돌리고 있을테니까 거기를 한번 살펴보십시오.」

「깨문 사람이 책임을 지셔야죠. 직접 보시고 상처가 났으면 약을 사다가 발라주세요. 그게 예의 아니에요.」

태호는 두 손을 비비며 어쩔줄 몰라했다. 그런 그를 장난스럽게 쳐다보면서 그녀는 재촉했다.

「남자가 그런 것도 못하세요? 내가 남자라면 가만 있지 않을텐데.」

그렇게 말하고 나서 그녀는 흰색 승용차 쪽을 힐끗 쳐다보았다.

차 속의 남녀는 아까와는 다른 모습을 보여주고 있었다. 그들은 두 마리의 짐승이 관계하는 것과 같은 자세를 취하고 있었다. 하이에나도 그쪽에 한번 눈을 주고 나서 결심한듯 말했다.

「그럼 한번 보겠습니다. 누님, 정말 죄송합니다.」

「죄송하다는 말하지 마세요. 그런 말은 정말 싫어요.」

「네네, 알겠습니다.」

그는 마른 침을 삼키고 나서 그녀의 티셔츠에다 손을 갖다댔다. 그것을 보고 그녀는 그가 잘 볼 수 있게 상체를 뒤로 젖히면서 가슴을 앞으로 쑥 내밀었다. 그 바람에 그렇지 않아도 풍만하게 솟은 가슴이 더욱 부풀어오르는 것 같았다.

하이에나는 떨리는 손으로 그녀의 티셔츠 자락을 위로 걷어올리기 시작했다.

먼저 눈부시게 하얀 아랫배가 나타났다. 허리는 가늘었고, 아랫배와의 사이에서 배꼽이 수줍은듯 얼굴을 내밀고 있었다. 하이에나는 옷자락을 더 위로 걷어올리려다 말고 그녀를 한번 쳐다보았다. 그녀는 그를 향해 따뜻한 미소를 보내고 있었다. 거기에 용기를 얻은 그는 더이상 머뭇거리지 않고 옷자락을 가슴 위에까지 걷어올렸다.

그가 그렇게도 보고 싶어하던 풍만한 젖가슴이 거기에 있었다. 두 개의 젖가슴은 그녀가 감당하기에는 너무 크고 무거울 것만 같았다. 그 두개의 젖무덤이 너무 희고 황홀했기 때문에 그는 눈이 부신듯 한참동안 두 눈을 깜박거리고 있었다.

「만져도 좋으니까 상처가 있는지 잘 보세요.」

「그럼 만지겠습니다.」

그의 말투에 서화는 웃음이 터지려는 것을 간신히 참았다.

그는 그가 깨물었던 젖꼭지를 조심스럽게 만지면서 이리저리 살펴보았다. 그것은 보라빛을 띠고 있었고, 크기가 콩알만 했다. 눈부시게 흰 젖가슴 끝에 돌출해있는 그 두 개의 콩알은 마치 촉각을 세운채 무엇인가를 기다리고 있는 듯 했다.

「괘, 괜찮은데요. 상처 같은 것은 없는데요.」

「하지만 아파요.」

「그, 그럼 어떡 하죠?」

「아프지 않게 좀 해줘요.」

「어, 어떻게 해야…….」

그의 당황해하는 모습을 보고 그녀는 또다시 웃음이 터져나오려고 했다. 그래서 고개를 뒤로 젖히고 두 눈을 감아버렸다. 이렇게 순진한 총각도 있을까? 컬럼비아 대학에까지 다니는 유학생이라면서…….

두 개의 탐스러운 젖가슴은 이제 그의 눈 앞에서 그의 처분만을 기다리고 있었다.

갑자기 어마어마한 선물을 받고 어쩔줄을 몰라 당황해하는 것처럼 막상 그것이 눈 앞에서 도발적인 모습을 보이자 그는 어떻게 처리해야 할지를 몰라 한동안 넋나간 표정으로 그것을 쳐다보기만 했다.

「정말 아름답습니다. 이렇게 아름다운 가슴을 보기는 처음입니다.」

그가 더듬거리는 목소리로 말했다. 서화는 그대로 눈을 감고 있었다.

「이 가슴이야말로 신이 주신 최고의 선물이군요.」

그런 칭찬을 들으니 그녀는 황홀한 기분이었다.

「저는 여자의 신체중에 가슴이 제일 마음에 듭니다. 여자의 가슴은…… 젖과 꿀이 흐르는 인간의 영원한 안식처라고 생각합니다.」

그녀는 눈을 감은채 그의 손을 더듬어 잡았다. 그리고 그 손을 가져다 그녀의 가슴 위에다 올려놓았다.

「저는 어머니가 너무 일찍 돌아가시는 바람에 어머니의 젖을 별로 먹지도 못한채 자랐습니다. 그래서 그런지는 몰라도 이렇게 풍만한 가슴을 볼 때마다…… 세상에서 제일 사랑스럽고 …… 아기처럼 빨아보고 싶은 충동을 느낍니다.」

이 남자는 그래서 유난히 젖가슴을 탐하는가 보다 하고 그녀는 생각했다. 나한테서 모성애를 느끼는가 보지.

그는 처음에는 한 손으로만 슬슬 가슴을 만지더니 어느 새 두 손으로 맛사지하듯 열심히 가슴을 주무르고 있었다.

서화는 속에서 꿈틀거리며 전신으로 퍼져나가는 욕정을 뚜렷이 느낄 수가 있었다. 그것을 참고 있으려니 자연 신음소리가 새어나오면서 허리가 뒤틀리고 두 다리가 꼬이고 있었다.

「아, 마음대로 하세요!」

그녀는 안타깝게 소리쳤다. 남자가 너무 쑥맥이라 여자 마음을 몰라도 너무나 몰라준다는 생각이 들었다. 아무리 수재라고 하지만 이건 너무 하지 않은가! 그녀는 가슴을 앞으로 내밀면서 남자의 목을 두 팔로 안았다. 그리고 그의 머리를 가슴 쪽으로 끌어당겼다.

젖가슴과 얼굴이 부딪치자 물컹하는 감촉이 있었다. 하이에나는 안경이 거추장스러웠다.

「잠깐만요.」

그는 안경을 벗은 다음 어린애처럼 그녀의 가슴에다 얼굴을 묻었다.

그녀가 격정을 못이겨 그의 목을 더욱 힘주어 끌어안자 가슴에 얼굴이 짓눌린 그는 숨이 막혀 답답해진 나머지 그녀를 조금 밀어냈다.

「아, 숨이 막혀 혼났어요.」

거칠게 숨을 몰아쉬며 말하는 그를 보고, 그녀는 빙그레 웃었다.

「가슴이 하도 커서 잘못하다가는 질식해 죽겠어요. 하지만 아름다운 여자의 가슴에 숨이 막혀 죽는다면 행복한 죽음이 되겠지요. 전 죽더라도 그런 죽음을 맛보고 싶어요.」

그는 다시 그녀의 가슴에다 얼굴을 묻었다. 코끝으로 젖꼭지를 건드리자 그녀의 몸 속에서 격렬한 용트림 같은 것이 일렁이는 것이 느껴졌다.

마침내 보라빛의 콩알처럼 생긴 것이 그의 입 속으로 굴러들어갔다. 문득 아까 그에게 깨물린 것이 생각나 그녀는

「깨물면 안 돼요!」

하고 말했다.

하이에나는 점점 대담하게 그녀의 몸을 애무해나갔다.

그는 마치 아기처럼 그녀의 젖꼭지를 빨아댔다. 마치 엄마 젖을 오랫동안 먹지 못했던 아기처럼 집요하게 빨아대자 그녀의 온몸이 뜨거운 욕탕과 차가운 냉탕 속에 번갈아 내던져진듯 경련을 일으키면서 출렁이기 시작했다.

「어, 언제 미국에 가세요?」

걷잡을 수 없는 흥분에 몸을 떨면서도 그녀는 느닷없이 그런 질문을 던졌다.

「곧 떠납니다.」

입에 대지 않는 쪽 젖꼭지를 손으로 주물러대면서 그가 말했다.

「곧이라면 언제 말이에요?」

「8월 4일에 출발합니다. 비행기 예약을 해놨습니다.」

「8월 4일이면 며칠 밖에 안 남았잖아요?」

그녀의 목소리에는 어느 새 안타까움이 배어있었다.

「네, 그렇죠.」

「아이, 너무 빨리 간다. 좀 늦출 수 없어요?」

「글쎄요. 그, 그건 좀 힘듭니다.」

그의 말이 끝나기가 무섭게 그녀는 놓치기 싫다는듯 그를 다시 끌어안았다.

그의 오른손이 밑으로 내려가더니 그녀의 허벅지를 쓰다듬기 시작했다.

그녀는 미니스커트를 입고 있는데다 잔뜩 풀어진 자세로 앉아 있었기 때문에 허벅지가 모두 드러나있었다. 허벅지는 희고 탄력이 있었다. 그의 손이 허벅지 안쪽을 더듬자 그녀는 기다렸다는듯 두 다리를 슬그머니 벌려주었다.

위로 말려올라간 미니스커트 아래로 빨강과 노랑 꽃무늬가 그려진 코발트색 삼각팬티가 드러났다. 팬티는 안이 비칠 정도로 엷은 것이었기 때문에 음부를 덮고 있는 검은 털이 그대로 비치고 있었다. 그의 손이 허벅지 사이로 들어왔다가 언덕을 스치듯 하면서 도로 위쪽으로 오르려고 하자 그녀는 갑자기 두 다리를 오무려버렸다. 그 바람에 그의 손은 그녀의 허벅지 사이에 끼여 그대로 깊은 계곡에 갇혀있는 셈이 되었다.

그런 상태로 조금 지나자 계곡의 상류로부터 흘러나온 점액질의 따뜻한 온천수가 손을 축축히 적셔오기 시작했다.

그가 손을 뽑아내려하자 그녀는 두 다리로 더욱 힘주어 그것을 꼭 조였다. 그리고 이글거리는 눈으로 뚫어지게 그를 쳐다보았다.

하이에나는 상상할 수 없을 정도의 빠른 속도로 그녀와 가까워진 사실 앞에 내심 몹시 당황하고 있었다. 처음에는 그녀가 상대나 해주면 다행이라고 생각했었는데, 이건 도대체 꿈 속에서나 있을 수 있는 일이 벌어지고 있는 것이다. 그것도 그녀의 적극적인 공세에 의해서.

계곡에 갇힌 그의 손이 빠져나오려다 말고 오히려 더 깊은 곳을 헤집듯이 더듬어 찾자 그녀는 참을 수 없다는 듯이 하체를 들썩거렸다.

그의 손을 조이고 있는 두 다리 사이가 조금 벌어지자 하이에나는 손을 위로 올려 팬티 안으로 밀어넣었다.

「아, 안 돼요!」

그녀가 낮게 소리쳤다. 그러나 그의 손이 밑으로 쉽게 들어갈 수 있게 하체를 들어주었다.

계곡은 발을 들여놓을 수 없을 정도로 짙은 숲으로 뒤덮여있었다. 그는 부드러운 잔디를 쓰다듬다가 계곡의 물에 손을 담갔다. 아늑한 계곡에서 흘러나오는 물은 더없이 따뜻한 느낌이었다.

「아, 안 돼요!」

그가 더 깊이 들어가려고 하자 그녀가 다시 다리를 오무렸다. 동시에 갑자기 한 손으로 그의 바지 가운데를 꽉 움켜잡았다.

그의 바지 가운데는 흥분으로 잔뜩 위로 솟아있었다. 그녀는 거침없이 그것을 움켜잡고 힘을 주더니 다음에는 그의 허리띠를 풀어헤쳤다. 그러고 나서 사타구니 속으로 손을 쑥 집어넣었다. 그는 깜짝 놀라면서 옷 위로 그녀의 손을 잡았다.

「아, 안 됩니다!」

그러나 그의 손에는 힘이 없었고, 그녀의 손은 이미 그의 물건을 주물러대고 있었다.

「이, 이러시면 고, 곤란합니다. 저는 겨, 경험이 없어서…… 죄, 죄송합니다.」

그렇게 말하는 그를 그녀는 재미있다는 듯이 쳐다보았다.

「남자가 왜 그렇게 부끄러움이 많아요? 내가 남자라면 당당하겠어요.」

그러면서 그녀는 바지와 팬티를 밑으로 확 잡아당겼다.

뻴죽하게 생긴 핫도그가 솟구치듯 드러나자 그녀는 「어머나!」 하고 소리쳤고, 그는 손으로 그것을 가렸다. 그러나 그녀의 손이 그의 손을 걷어치웠다.

몸이 작은 것에 비해서 그것은 비정상적일만큼 의외로 커보였다.

「어머, 멋져요!」

그녀가 감탄하면서 손으로 그것을 애무하자 하이에나는 「어어……」하다가 그만 그녀의 손에다 멀건 액체를 분사하고 말았다.

그러나 그녀는 얼굴을 찡그리지도 않은채 마지막 한 방울이 모두 나올 때까지 핫도그를 손에서 놓지 않았다.

하이에나가 해운대 달맞이 동산에서 서화와 함께 차속에 들어앉아 최고의 스릴과 흥분을 맛보며 시간 가는 것을 잊고 있을 때 그의 친구들은 태평양 콘도 1015호실에 여전히 틀어박힌채 이제나저제나 하고 하이에나가 돌아오기만을 목이 빠지게 기다리고 있었다.

수퍼마켓에 저녁 찬거리 사러간다고 나간 놈이 두 시간 세 시간이 지나도 안 나타나니 방안에서 죽치고 앉아있는 놈들이 안달이 날 수밖에 없었다.

표범은 우리에 갇힌 맹수처럼 방 안에서 왔다갔다하면서 화를 삭이고 있었다.

「그 새끼, 고 기집애 만나러간거 틀림없다니까. 아까 전화받을 때 보니까 꽤 길게 이야기하더라니까. 그 새끼, 우릴 감쪽같이 속인 거야. 우린 병신이 된거고.」

뚱보가 실실 웃으면서 표범의 약을 올렸다. 거기에 매부리코가 부채질을 했다.

「그 새낀 역시 하이에나야. 하이에나란 별명이 딱 어울려. 처음에는 아무 것도 하지 않고 가만히 눈치만 보고 있다가 남이 애써서 나게 상을 차려놓으면 슬그머니 접근해서 채간다구. 채갈 때는 아주 잽싸게 채가지. 도둑고양이 같은 놈이야. 개새끼…….」

「히히, 그런데 말이야. 하이에나가 슬그머니 접근한다고 해서 고년이 응해줄까? 치마자락에 매달려 아무리 울고불고 지랄해도 거들떠보지도 않을걸. 난 그 점에 대해서는 안심해도 된다고 생각하는데.」

「꼭 그렇지도 않아. 여자의 마음이란 갈대와 같아서 종잡을 수가 없다구. 정말 알다가도 모를 것이 여자라는 동물이야. 미인이라고 꼭 미남하고만 데이트하는줄 알아? 길가는 미인들치고 미남하고 데이트하는거 봤어? 그런 경우는 가뭄에 콩나듯 드물고 거의 아주 못 생긴 추남들하고 데이트한다구. 도대체가 어울리지 않는 쌍이야. 그런데도 팔짱을 끼고 데이트하는걸 보면 정말 여자라는 동물은 알다가도 모를 잡것들이야.」

매부리코가 제법 그럴듯하게 지껄여대자 표범은 멈춰서서 그를 쏘아보았다. 성질이 급하고 과격한 그가 앞으로 어떻게 나올지는 보지 않아도 뻔했다. 매부리코와 뚱보는 그런 그에게 더욱 부채질을 가했다.

「그럼 그 미녀가 하이에나하고 데이트를 하고 있다 이거야?」

뚱보가 물었다. 매부리코는 손으로 코를 매만졌다.

「그럴 가능성이 충분히 있다 이거지. 그리고 여자들이란 외국 유학생이라면 사족을 못 쓰지 않아. 아무리 남자가 못 생겼어도 따라오라고 하면 도시락 싸들고 따라온다구.」

「하여간 그 새끼 때문에 산통 다 깨졌어. 공동소유하기로 해 놓고 혼자 독식하면 어떡 해. 의리도 없는 자식 같으니.」

「그 자식은 어디까지나 하이에나라는 것만 알아두라구. 하이에나가 공동소유에 응할 만큼 너그러운줄 아니. 하이에나라는 동물은 자기가 먹던 고기가 아무리 썩어서 못 먹게 되더라도 절대 남한테는 주지 않는다구. 그게 원칙이야. 알았어?」

그때 표범이 점퍼를 집어들고 현관 쪽으로 걸어갔다.

「어디 가는 거야?」

그러나 그는 대꾸하지 않고 신을 신었다.

「아서라, 아서. 깨끗이 패배를 자인하고 승자한테 축배나 들어줘. 못 나게시리 성질 부리지 말고. 저녁 먹어야 할거 아니야?」

표범은 밖으로 나오자 문을 꽝하고 닫았다.

어두운 복도를 지나 엘리베이터를 타고 내려가면서 그는 분노를 삭이려고 몇 번이나 심호흡을 했다.

「개새끼 죽여버릴 거야.」

그는 속으로 몇 번이나 중얼거렸다.

지금 같아서는 정말이지 하이에나가 눈에 띠면 죽일 것만 같았다.

누구도 그 여자한테 손을 대서는 안 된다고 그는 생각하고 있었다.

애초에 그 자식을 데리고온게 잘못이었다. 모두가 별로 마음에 들어하지 않는 그를 함께 데리고 가자고 우긴 것은 그였다. 오랜만에 미국에서 돌아왔고, 며칠 후에는 다시 떠날텐데 함께 놀러가는 것도 괜찮지 않느냐고 그가 우겼던 것이다.

그들은 고등학교에 다닐 때부터 클럽을 하나 만들어 지금까지 그것을 유지해오고 있었다. 클럽의 이름은 고대 그리스 신화중 태양신의 이름을 따 아폴로라고 했다.

아폴로는 좋은 쪽보다는 나쁜 쪽에 더 많은 관심을 기울여왔고, 그래서 그쪽에 단연 많은 이력을 쌓고 있었다. 그렇다고 범죄조직같이 흉포한 모임은 아니고 건전한 취미보다는 악취미를 즐기는 악동들의 모임이라고 보는 편이 옳았다.

처음 클럽을 만들었을 때에는 그 수가 스무 명 가까이나 되었고, 활동도 아주 대단한 편이었는데, 세월이 흐르면서 뿔뿔이 흩어져 지금은 열 명도 못되는 숫자가 그럭저럭 모임을 유지해오고 있을 정도였다.

하이에나는 클럽의 회원이기는 하지만 얌체 같은 짓을 자주 하는 바람에 회원들 사이에서 돌림을 받고 있다가 갑자기 미국으로 유학을 떠났던 것이다. 그래서 그의 존재는 회원들 사이에서 점점 멀어져가고 있었는데, 잊혀질만 하면 방학 때마다 나타나 으례 그랬던 것처럼 얌체 같은 짓을 저지르곤 해서 모두가 그를 꺼려하고 있었다. 그 자식은 미국에 유학까지 갔으면서도 항상 그 모양이야. 유학생이면 좀 달라져야할거 아니야. 이것은 회원들이 그를 두고 한 말이었다.

비바람은 낮보다는 그 기세가 많이 수그러져있었다. 바람이 가라앉자 바닷가의 산책로에는 어느 새 꽤 많은 사람들이 나와 있었다.

바람은 가라앉았지만 파도는 여전히 높고 거칠었다. 파도가 호안벽 위로 높이 치솟으면 사람들은 소리를 지르면서 뒤로 물러섰다가 다시 앞으로 서너 걸음 정도 나아가, 물벼락을 아슬아슬하게 피하는 스릴을 즐기곤 했다.

비는 줄기차게 내리고 있었다. 내일은 비바람도 모두 물러가고 쾌청한 날씨가 당분간 계속 될 것이라는 기상예보였지만 지금 같아서는 좀처럼 개일 것 같지가 않았다.

표범은 없을줄 뻔히 알면서도 먼저 지하에 있는 수퍼마켓에 가보았다. 그 다음 커피숍에도 들러본 다음 호텔 밖으로 나갔다.

어쩐지 놈이 그 미녀와 함께 카페 바다의 침묵에 틀어박혀 노닥거리고 있을 것 같은 생각이 들었다. 거기까지는 상당히 떨어진 거리였지만 표범은 우산도 없이 비를 고스란히 맞으며 바다의 침묵 쪽으로 급히 걸어갔다.

5. 바다의 침묵

카페 바다의 침묵은 저녁 때가 되자 더 많은 사람들로 붐비고 있었다. 인디언 여인은 여전히 놀란듯 두 눈을 동그랗게 뜬채 카운터 앞에 앉아있다가 표범을 보고는 가볍게 눈인사를 했다.

최명치는 실내를 휘둘러보고 나서 2층으로 올라갔다. 거기에도 하이에나의 모습은 보이지 않았다. 도대체 놈은 어디로 갔단 말인가? 멀리 가지는 않았을 것이다. 해운대 바닷가 어딘가에 틀어박혀 그녀에게 온갖 아양을 다 떨고 있겠지. 개새끼…… 더러운 새끼…… 찾기만 해봐라. 다리 몽댕이를 분질러 놓을테니까.

표범은 빈 자리에 앉아 맥주 두 병을 시켰다. 안주는 먹고 싶지 않았지만 종업원의 눈치를 받기 싫어 마른 오징어 하나를 주문했다.

일곱 시가 조금 지났는데도 벌써 어둑어둑해지고 있었다. 날씨가 나빠 한 시간 정도 일찍 날이 어두워지고 있었다.

그는 부잣집 외아들이었다. 그의 부친은 처음에는 공무원이었는데, 그의 어머니 덕분에 지금은 생각지도 않던 사장님 소리를 듣고 있었다. 그의 어머니는 수완이 좋아 서울 강남의 내노라하는 복부인 되어 서울이 좁다하고 휘젓고 다니더니 부동산 투기로 단기간 내에 엄청난 돈을 긁어모아 그 돈을 잘 활용하는 바람에 지금은 준재벌 소리까지 듣고 있었다.

아내 덕에 사업가로 변신한 그의 아버지는 강남에만 러브 호텔 두 개에다 고급 레스토랑 두 개, 그리고 사우나탕 한 개를 운영하고 있었고, 요지에 대형 빌딩도 한 채 가지고 있었다. 그 밖에 그의 어머니는 거액의 사채놀이로 막대한 수입을 올리고 있었다. 한마디로 주체못할 정도로 돈을 벌어들이고 있는 집안이라고 할 수 있었다.

그런 졸부 집안에서 자란 그는 어릴 때부터 황금만능 의식만이 깊이 몸에 배여, 무슨 문제이건 이성을 가지고 합리적으로 해결하려고 하지 않고 돈으로만 해결하려고 들었다. 거기에는 물론 부모의 가정교육이 엉망이었던 탓도 있었다. 하지만 지금의 그는 대학생으로서 자신의 결점을 충분히 개선해나갈 수 있는 나이였다. 그러나 그는 여전히 비이성적이었고 돈이면 뭐든지 가질 수 있고 또 무슨 문제이든 해결할 수 있다고 믿고 있었다.

사실 외아들로 귀엽게만 자란 그는 지금까지 원하는 것이면 뭐든지 손에 넣을 수가 있었고, 아무리 어려운 문제가 생겼어도 돈으로 해결할 수가 있었다. 따라서 물건이든 사람이든 일단 마음에 들면 수단 방법을 가리지 않고 소유하려고 들었고, 그것을 방해하는 자에 대해서는 병적으로 적개심을 보이곤 했다. 그가 지금 하이에나에 대해 적개심을 품고 있는 것도 자신의 여자라고 점찍은 그녀를 중간에서 가로채갔다고 생각하고 있기 때문이었다. 자신이 점찍은 이상 누구도 그녀한테 손을 대서는 안 되는데 그 놈이 중간에서 채갔으니 무엇보다도 자존심이 상해 견딜 수가 없다.

그가 맥주 한 병을 모두 비우고 났을 때 남녀 한 쌍이 2층으로 들어서는 것이 보였다. 바로 하이에나와 그 여자였다.

그 여자 유서화는 아폴로 멤버들 사이에서 어느 새 해바라기로 통하고 있었다. 그녀를 처음 본 순간 마치 뭇잡초 위에 햇빛을 받으며 눈부신 모습으로 우뚝 서있는 해바라기 같다고 해서 하이에나가 붙인 별명이었다.

두 사람을 본 순간 표범의 두 눈이 정말 표범처럼 빛났다. 이글거리는 눈빛 같아서는 지금 당장이라도 무슨 일이 일어날 것만 같았다. 그러나 그는 이를 악문채 그들의 움직임을 노려보고 있었다.

하이에나와 해바라기는 아직 그를 발견하지 못하고 있었다. 그들은 빈 자리를 찾아 두리번거리면서 안쪽으로 들어오다가 표범과 시선이 마주치자 우뚝 멈춰섰다. 해바라기는 별로 놀라는 것 같지 않았지만 하이에나는 깜짝 놀라면서 안색이 굳어지는 것이 뚜렷이 보였다.

마땅히 빈 자리도 없었을 뿐만 아니라 있다해도 그쪽으로 가서 따로 앉을 수도 없는 노릇이었다. 마침 표범 혼자 4인용 테이블을 차지하고 앉아있었기 때문에 하이에나는 멋적은 미소를 흘리면서 그쪽으로 다가갔다.

「왜 혼자 여기 앉아있지? 다들 어디 있는 거야?」

표범은 거기에는 대꾸도 하지 않은채 천천히 몸을 일으키면서 해바라기한테 목례를 보냈다. 그리고 그녀가 조금 난처한 기색을 보이자 의자를 가리키면서

「앉으시죠.」

하고 말했다.

그로서는 치미는 화를 참으면서 최대한 예의를 지키고 있는 셈이었다.

그러나 거기에 대한 해바라기의 반응은 냉냉하기만 했다. 그녀는 싸늘한 표정으로 빈 자리에 앉았다. 그녀 곁에 하이에나가 앉고, 그 맞은 편에 표범이 자리를 잡았다.

「왜 혼자 여기 있는 거야? 다른 녀석들은 어디 있는 거야?」

하이에나가 여자 앞에서 체통을 세우려고 애를 쓰면서 물었다. 그녀 앞에서 체통이라도 구겨지면 그런 망신이 없다.

「몰라서 묻는 거야? 너 때문에 모두 굶고 있어. 저녁 준비한다고 나간 놈이 지금까지 돌아오지도 않고 소식도 없으니 모두 걱정하고 있잖아.」

성난 눈으로 쏘아보면서 말하는 품이 금방이라도 주먹이 날아올 것만 같다.

「널 찾아다니고 있는 거야. 알았어?」

하이에나는 나약하게 보이지 않으려고 애쓰면서 멋적게 미소를 지었다.

「미안해. 그렇게 됐어. 연락하려고 했는데…… 그럴 수가 없었어.」

「도대체 어디 있었어? 지금까지 어디서 뭘 하고 온 거야? 사람을 이렇게 병신을 만들 수가 있어?」

「나중에 이야기할께. 숙녀 앞에서 화내지 마. 화내면 몸에 해로워. 그럴 수도 있는거 아니야.」

멋적어하면서도 능글맞게 놀리는 것 같은 말투에 표범은 더욱 울화가 치밀었다. 그의 이마에 세로로 세 가닥의 주름이 잡혔다.

「너 정말 이러기야? 중간에서 훼방놓고도 잘 했다는 거야?」

「훼방놓긴…… 그건 오해야. 야, 그런 말 하지 말고 저녁이나 먹자.」

「너나 먹어, 치사한 새끼.」

표범의 표독스런 욕설에 하이에나보다도 해바라기 쪽이 더 놀라는 표정이었다. 그녀는 표범을 나무라는 투로, 그리고 하이에나를 그런 욕을 먹고도 가만 있느냐는 듯이 쳐다보았다.

하이에나는 그녀가 보는 앞에서 가만 있을 수가 없어 표범의 성격을 알면서도 정면으로 반박하고 나섰다.

「너 지금 뭐라고 했어?」

「치사한 새끼라고 그랬다. 왜? 듣기 싫어?」

표범이 턱을 잔뜩 치켜들었다.

「그래. 듣기 싫어. 너야말로 치사하게 굴지 말고 남자답게 행동하라구. 여자 앞에서 생떼쓰지 말구.」

「하아, 이 짜아식, 말하는거 봐라.」

표범은 기막혀 말이 안 나온다는 듯이 입을 벌린채 하이에나를 쳐다보았다.

「뭐 내가 생떼 쓴다구? 너 정말 말 다 한거야? 너 여기서 창피 한번 당해볼래? 이 새끼, 보자 보자 하니까 정말 눈에 보이는게 없나봐. 창피 한번 당해볼 거야?」

금방이라도 때릴듯이 주먹을 쥐고 부르르 떤다.

하이에나는 안색이 굳어진채 마주 쳐다보다가 대치상태의 긴장감을 풀려는듯 한 손을 들어 휘휘 내저으며 비굴한 미소를 지었다.

「야야, 술이나 마셔. 아무 것도 아닌걸 가지고 왜 화를 내고 야단이야. 서화씨가 웃는다 웃어. 술 한잔 달라구.」

그가 빈 잔을 집어들자 서화가 재빨리 맥주를 따랐다. 그것을 표범이 이글거리는 눈빛으로 노려보았다.

「분명히 말해두지만 서화씨하고 만나기로 한건 나란 말이야. 내가 낮부터 서화씨 전화를 기다리고 있었던 것 네놈도 잘 알잖아. 그런데 중간에서 그렇게 가로챌 수 있어? 얌체같이 말이야. 서화씨만 없다면 넌 여기서 아구창 돌아갔을 거다.」

「그래. 미안하게 됐어. 하지만 중간에서 가로챈건 아니야. 그런 식으로 말하지 말라구. 그건 오해야.」

그때까지 어둠 속에 가라앉고 있는 바다 쪽만 바라보고 있던 서화가 비로소 고개를 돌려 그들의 대화에 끼어들었다.

「그건 정말 오해예요. 난 명치씨하고 만날 약속한 적 없어요. 시간 나면 전화걸겠다고 했지 만나겠다고 시간 약속하지는 않았어요. 오해하지 마세요.」

분명한 어조로 똑 떨어지게 말하는 바람에 표범은 어안이 벙벙해서 입을 다물지 못했다.

그의 얼굴이 똥물을 뒤집어쓴 듯 일그러지다가 창백하게 굳어지는 것을 하이에나는 불안한 심정으로, 한편으로는 통쾌한 기분으로 쳐다보고 있었다.

「하지만…… 커피 한 잔 정도는 할 수 있다고 하지 않았습니까?」

표범은 굴욕감으로 목소리까지 떨리고 있었다.

「그거야 제가 일단 전화를 걸고 나서의 이야기죠. 전화를 걸었더니 안 계시더군요.」

「그, 그때는…… 마침 화장실에…….」

그는 당혹감으로 얼굴이 붉어졌다.

「알겠어요. 이제 그 이야기는 그만해요. 분명히 말해두지만…….」

그녀는 남자들을 번갈아 쳐다보았다. 그러나 하이에나한테는 따뜻한 눈길을, 표범한테는 싸늘한 시선을 던졌다.

「전 물건이 아니에요. 누가 가로채간다고 해서 채어갈 여자가 아니에요. 선택은 어디까지나 제가 해요. 제가 싫으면 아무리 배경이 어마어마한 재벌집 남자라해도 데이트하지 않아요. 그만한 배경은 저한테도 있어요. 저는 남자를 선택하지 남자한테 선택당하는건 질색이에요. 이분 배태호씨가 저를 채간 것은 아니에요. 그건 오해예요.」

찬물을 끼얹은 듯 조용해졌다. 남자들은 아무 소리 하지 못하고 가만히 앉아있었다.

표범은 난생 처음 여자한테 당해보는 모욕에 몸둘 바를 모르며 앉아있었다. 그의 불 같은 성격으로 보아서는 자리를 박차고 일어설 법도 하련만 웬 일인지 그는 그대로 거기에 붙어앉아있었다.

「두 분이 아무 것도 아닌걸 가지고 싸우는거 정말 보기 싫어요. 남들 보기에도 창피해요. 계속 싸우면 난 가버릴 거예요.」

그녀는 강한 어조로 동생들을 다루듯 말했다.

남자들은 시선을 밑으로 떨어뜨렸다. 그들의 수그러지는 모습을 보자 서화는 기분이 흡족해졌다. 이런 애숭이들이라면 얼마든지 손바닥 위에 올려놓고 가지고 놀 수 있을 것 같다.

「두 분 앞으로 싸울 거예요 안 싸울 거예요? 안 싸우겠다고 약속하세요.」

그녀는 백을 집어들면서 금방이라도 일어설듯이 말했다. 남자들은 당황하는 기색을 보였다.

「원, 누님두……. 그런 것 가지고 싸울 우리가 아닙니다. 걱정하지 마세요.」

하이에나가 능청을 떨며 말했다. 표범은 그녀와 시선이 마주치자 고개를 꾸벅했다.

「미안합니다.」

멋적게 머리를 긁적거리는 것을 보고 그녀는 빙그레 웃었다.

「아무튼 저 때문에 두 분이 다투셨다면 저도 책임이 있으니까 미안하게 됐어요. 그런 의미에서 제가 저녁을 사겠어요. 참, 친구들도 모두 부르세요.」

「제가 저녁은 사겠습니다.」

표범이 무뚝뚝하게 말했다. 서화는 고개를 흔들었다.

「아니에요. 제가 사겠어요. 저녁하고 술 살 돈은 얼마든지 있으니까 걱정하지 마세요.」

하이에나와 표범의 시선이 마주쳤다. 하이에나가 턱을 치켜들자 표범은 잡아먹을 듯이 그를 노려보다가 자리에서 일어났다.

「성격이 보통이 아니군요.」

저쪽으로 걸어가는 표범의 뒷모습을 쳐다보며 서화가 말했다. 하이에나는 손을 들어 흔들었다.

「아이구, 저 녀석 성질 말도 마십시오. 성질이 하도 고약해서 애인이 붙어나질 못해요. 의심이 많아서 애인이 길가다가 다른 남자를 한번 쳐다보기만 해도 후려갈긴다구요. 아주 고약한 놈이에요.」

「어머나, 그래요. 다시 봐야겠군요. 개인적으로 만나지 않기 다행이군요. 난 그런줄도 모르고…….」

「조심하는게 좋을 겁니다. 편집광적인데가 있어 한번 잡았다하면 직성이 풀릴 때까지 놓지를 않는 성격이지요. 마치 불독같아요. 불독이 한번 물었다하면 죽을 때까지 놔주지를 않지 않습니까.」

「어머나, 난 그런 사람 싫어요. 생각만 해도 소름이 끼쳐요.」

그녀는 어깨를 움츠려보였다.

순간적으로 하나의 얼굴이 창문을 통해 그녀를 노려보고 있는 듯한 착각에 빠지면서 그녀는 흘끔 창 쪽을 쳐다보았다.

「그리고 저놈은 굉장히 재빨라요. 어떻게나 빠른지 몰라요. 그래서 별명이 표범이에요. 저놈 눈을 보고 있으면 꼭 표범 눈 같아요. 그렇지 않던가요?」

「네, 저도 그렇게 생각했어요. 눈이 무섭다고 생각했어요.」

창 밖에는 어둠이 내리고 있었다. 그녀는 편집광적인 한 남자의 모습을 잊으려고 시선을 다른 곳으로 돌렸다.

「배태호씨 별명은 뭐예요?」

「제 별명은…… 여러가지예요.」

「뭐예요?」

그녀는 표범 쪽을 힐끗 쳐다보았다.

표범은 공중전화기 앞에 서있었다.

「뭐 별것 아니에요.」

「뭐예요? 한 가지만 말해보세요.」

그녀는 호기심어린 눈을 반짝이며 물었다. 하이에나는 자신의 별명이 하이에나라고 차마 말할 수가 없었다.

그래서

「생쥐라는 별명도 있어요.」

하고 말했다.

「생쥐라고요?」

그녀는 재미있다는 듯이 깔깔거리고 웃었다. 하이에나는 부끄러운듯 얼굴을 붉혔다.

「생쥐처럼 작아서 그런 별명이 붙은 모양이에요. 제가 제일 싫어하는 별명이에요.」

얼떨결에 둘러댄 별명이 오히려 웃음거리가 된 것을 보고 그는 후회했다.

표범은 콘도에 죽치고 있는 친구들에게 전화를 걸고 있었다.

「둘이 사이좋게 들어오는데 씨팔 정말 눈깔 나오더라. 고 기집애만 없으면 그 새끼 작살내겠는데, 고 기집애가 누나처럼 떡 버티고 앉아 보호자 역할을 톡톡히 하고 있는 바람에 손가락 하나 못 댔어. 어휴, 열통 나. 해바라기가 나한테 뭐라고 한 줄 알아? 나랑 만나기로 약속한 적 없다는 거야. 그럼 아까 나한테 전화건건 뭐야? 좆빨려고 전화걸었나?」

그가 흥분해서 퍼붓는 것을 잠자코 듣고 있던 뚱보가 낄낄거렸다.

「히히, 꼴 좋구나. 패장이 무슨 할 말이 있다구 그렇게 말이 많니. 그게 바로 현대전이라는 거다. 알았냐? 남이 닦아놓으면 하이에나 같은 엉뚱한 놈이 살그머니 들어가 재빨리 채가 버리는 거야. 채갈 때는 도둑고양이처럼 아주 재빠르지. 넌 빠르다고 하지만 아직 하이에나한테 배울게 많아. 알았냐?」

「개나발 불지 말고 빨리 나와, 새꺄. 고 기집애가 저녁 사고 술 산다고 하니까 나오란 말이야.」

「그래애? 야, 신나는데. 야, 우리 고 기집애 덮어씌우자. 최고급으로 먹고 마셔대는 거야. 실컷 말이야.」

「그렇지 않아도 그럴 생각이다, 임마.」

「야야, 이렇게 하면 어떨까. 고 기집애한테 술 잔뜩 먹인 다음 말이야, 우리 셋이서 조져버리는 거야. 하이에나 그 새끼 보는 앞에서 말이야. 어때? 그렇게 안 할래?」

「야, 이 돼지야, 김치국 마시지 말고 빨리 나와. 나와서 까불지 말고 얌전히 있어야 돼. 고 기집애 토라져서 가버리면 산통 다 깨지니까.」

「하여간 말이야. 오늘 밤을 넘기면 안 돼. 밤중에 작살을 내버려야 해. 일단 작살 내버려야 고분고분해진다구. 알았어?」

「알았다, 이 새꺄!」

뒤에서 전화 차례를 기다리고 있던 아가씨가 입술을 삐죽거리면서 그의 뒤통수를 쏘아보고 있었다.

「이쪽은 최명치…….」

하이에나가 표범의 이름을 서화에게 가르쳐주자 표범은 눈을 흘겼다.

「너보다 먼저 벌써 전에 우리는 인사했으니까 다른 애들이나 소개 시켜드려.」

그러자 서화가 그를 똑바로 쳐다보았다.

「이름만 말했지 자세한 것은 말하지 않았잖아요?」

「네, 그렇긴 한데…… 알고 싶은거 있으면 물어보십시오.」

표범이 그녀를 똑바로 응시하면서 말하자 서화는 그의 시선을 피했다.

「뭐 꼭 알고 싶은건 별로 없지만…… 한 가지만 물어보죠. 아까 K대 다니신다고 했는데 전공이 뭐예요?」

「경영학과예요.」

「몇 학년이세요?」

거기서 표범은 얼른 대답을 못한채 머뭇거리다가 주눅이 든 목소리로 대답했다.

「2학년입니다.」

「어머나, 태호씨는 4학년이라고 하던데…….」

그녀가 하이에나를 쳐다보자 그는 고개를 끄덕였다.

「사실은 저도 유학가지 않고 제대로 국내에서만 다녔다면 작년에 졸업했죠. 전 미국에 가서 랭귀지 스쿨에 1년 다녔거든요.」

「그럼 이 분은 굉장히 늦으셨네요. 왜 늦었어요? 군대 갔다왔나요?」

표범이 다시 머뭇거리는 것을 보고 하이에나가 재빨리 지껄였다.

「걔는 재수를 했거든요. 재수가 아니라 삼수를 했어요. 삼수생 출신이에요. 이 애도 삼수생 출신이고요.」

하이에나는 뚱보를 손가락으로 가리켜보였다. 그 바람에 뚱보는 수치심으로 금방 얼굴이 붉어졌고, 표범은 화를 참지 못해 씩씩거렸다.

「삼수까지 했다면 고생 많았겠네요. 이 분은 재수하지 않았나요?」

서화는 턱으로 매부리코를 가리켰다. 매부리코는 곱슬머리를 쓰다듬으면서 재빨리 말했다.

「전 딱 1년 재수하고 대학에 들어갔습니다. 그래서 이 애들하고는 질적으로 다르죠. 전 지금 Y대 천문기상학과 4학년에 재학중입니다. 이름은 임대섭이구요. 잘 부탁합니다.」

매부리코는 머리까지 꾸벅 숙여보였다.

「이 애 별명이 뭔지 아세요?」

하이에나가 짓궂게 웃으며 물었다.

「뭐예요?」

하고 서화가 물었다.

매부리코가 눈을 부라렸지만 하이에나는 개의치 않고 대답했다.

「유태인이에요.」

「좋은 별명이네요. 유태인은 머리가 뛰어난 사람들 아니에요.」

「그래서 붙인 별명이면 좋게요. 그게 아니고 유태인처럼 지독하게 짜고, 생긴 것도 곱슬머리에다 콧잔등까지 구부러진 것이 꼭 유태인 같잖아요. 그래서 유태인이라고 했어요.」

남의 약점을 거침없이 까발리는 그가 마음에 좀 걸리긴 했지만 그녀는 손으로 입을 가리면서 재미있다는 듯이 웃었다.

「유태인은 코가 구부러졌나요?」

「그럼요. 거의가 매부리코에다 머리도 저렇게 곱슬곱슬하죠.」

「네 별명은 좋은줄 아냐, 임마?」

삼수생 출신의 뚱보가 참지 못하고 공격에 나섰다. 그는 살이 너무 쪄서 턱이 이중으로 되어있었고, 배까지 미련스럽게 튀어나와있었다.

「벌써 알고 있으니까 수고할 필요 없어, 임마.」

하이에나가 그의 입을 막으려고 하자 서화가 나섰다.

「태호씨 별명은 생쥐 아니에요?」

「생쥐라고요? 생쥐면 좋게요.」

「생쥐 좋아하네.」

하고 표범이 빈정거렸다.

「그럼 뭐예요? 별명이 여러 개라고 하던데?」

「여러 개라구요?아니에요. 저 새끼 별명은 저 새끼한테 딱 어울리는 것 한 가지뿐이에요. 하이에나, 저 새끼 별명은 하이에나예요. 딱 어울리지 않습니까.」

표범이 의기양양해서 말했다.

하이에나의 표정은 어느 새 창백해져있었다.

「하이에나가 뭐죠? 동물 이름 같은데……?」

서화가 궁금해하며 묻자 유태인이 설명해주었다.

「하이에나가 뭔지 모르세요? 개처럼 생긴 아프리카산 동물이죠. 몸에 반점이 있고, 몸 길이는 크지도 않고 한 70센티쯤 되는 아주 흉악하게 생긴 동물이죠. 성질도 고약하죠. 하지만 아주 교활해서 남이 먹고 남긴 것만 훔쳐먹는 버릇이 있죠. 그것도 썩은 고기만 먹죠. 숨어서 다른 동물이 고기를 남길 때까지 끈질기게 기다리고 있다가 그들이 퇴장하면 주위를 힐끔힐끔 살피면서 슬그머니 거기에 접근하는 거죠. 얼마나 비굴하고 치사한 놈입니까.」

서화는 그의 설명이 재미있어 또 웃으려다가 하이에나와 시선이 마주치자 차마 웃을 수가 없었다.

하이에나는 창백한 표정으로 어쩔줄 모르며 앉아있다가 시선이 마주치자 어색하게 미소를 지어보였다.

「하이에나의 우는 소리를 들어보셨나요?」

뚱보가 서화한테 물었다.

「아뇨. 이젠 그런 인신 공격하는 이야기는 그만해요.」

서화가 하이에나의 눈치를 보면서 얼굴을 조금 찡그렸지만 뚱보는 상관하지 않고 하고 싶은 말을 토해냈다.

「하이에나 우는 소리는 뭐 같으냐 하면 꼭 악마가 웃는 소리 같아요. 이렇게요.」

그는 괴성을 질렀다. 그 바람에 실내에 있던 다른 사람들이 모두 그들 쪽을 쳐다보았다. 서화는 참다못해 깔깔거렸고, 남자들도 모두 웃음을 터뜨렸다. 그러나 하이에나만은 웃지도 않고 진땀만 흘리고 있었다.

「어디서 하이에나 우는 소리까지 다 들으셨어요?」

「어린이대공원에서요. 거기에 가면 하이에나 볼 수 있습니다. 물론 여기 있는 놈보다는 훨씬 잘 생겼지요.」

다시 웃음이 터졌다.

「실컷 악담 늘어나봐라. 네 별명 말해줄까?」

하이에나는 손등으로 땀을 훔치면서 손가락 끝으로 뚱보의 배를 찔렀다.

「이 애는 너무 처먹어서 꿀꿀이라고 해요. 이 나이에 배까지 나왔다구요.」

「별명이 모두 재미있네요. 그럼 꿀꿀이씨도 이제 2학년이세요?」

꿀꿀이는 머리를 긁적였다.

「면목 없습니다. 전 별로 자랑할거 없습니다. 먹는거 빼놓으면 말입니다. 먹는거 하나만은 끝내주죠.」

「잘 먹는 것처럼 좋은 일이 또 어디 있나요.」

「감사합니다.」

「어느 학교 다니세요?」

「전…… 전문대학에 다닙니다. 2학년이지만 졸업반이죠. S호텔경영전문대학에 다닙니다.」

「어머, 그러세요. 특별한데 다니시네요.」

그러자 하이에나가 또 끼어들었다.

「이 녀석 전공하는게 뭔지 아세요? 조리학과예요, 조리학과. 졸업하면 호텔 요리사가 되는 거예요. 고양이한테 생선 맡기는 격이지, 이 꿀꿀이 녀석한테 요리를 맡기면 어떻게 되겠어요. 맛있는 것만 모두 골라먹을거 아닙니까. 살은 얼마나 또 많이 찌겠습니까.」

모두가 소리내어 웃었지만 꿀꿀이는 별로 부끄러워하지도 않고 오히려 능청스럽게 대응했다.

「난 솔직히 말해 먹는 재미로 산다. 먹는 재미 빼놓으면 무슨 재미로 사니. 난 맛없는 음식 보면 손도 대기 싫어. 그런걸 음식이라고 내놓는 사람을 보면 침을 뱉아주고 싶어. 요리란 말이야, 일종의 예술이야. 우리 한국 사람들은 그저 이것저것 섞은 국물에다 밥을 말아 돼지처럼 단숨에 후다닥 먹어치우는 것으로 끝내지만 외국 선진국 사람들은 그렇지가 않아요. 정장을 하고 작은 목소리로 소근소근 이야기를 나누면서 예술품이라고 할 수 있는 그릇에다 음식을 담아먹는 것을 보고 있으면 정말 그들이 얼마나 음식문화를 즐기고 있는가를 알 수가 있지. 두 시간이고 세 시간이고 자세를 흐트러뜨리지 않고 기품있게 앉아서 식사를 하면서 계속 대화를 나누는 것을 보고 있으면…….」

「야, 꿀꿀이 너 제법이다. 비싼 등록금 줘서 학교 보냈더니 아주 엉망은 아닌데 그래.」

하이에나가 제동을 걸고 나오자 서화가 꿀꿀이를 두둔하고 나왔다.

「말씀을 잘 하시는데요. 정말 들을만한 내용이에요. 계속하세요.」

「아이구, 감사합니다. 전 사실 아무 것도 모르고 한번 말해본 것 뿐인데, 이렇게 칭찬을 들으니까 남 부끄러워서 더 말을 못하겠는데요. 히히…….」

「야, 우리나라 식당에서는 말이야, 두 세 시간 폼잡고 앉아있다가는 주인한테 쫓겨난다구. 당신 같은 손님 세 명만 오다가는 우리 식당 문닫게 되니까 제발 오지 말라고 할 거야. 그리고 세 시간 동안 무슨 말을 하면서 앉아있니.」
유태인의 말에 꿀꿀이는
「그게 바로 수준차이라는 거야.」
하고 말했다.
「요즘은 막연한 학과보다는 졸업하자마자 바로 써먹을 수 있는 실용적인 학과가 좋겠어요. 사실 자기가 대학에서 전공한 것을 그대로 살리면서 직장생활을 하는 사람들은 별로 없잖아요.」
하고 서화가 말했다.
「네, 그렇죠. 전공을 살리지 못하고 그대로 썩힌다는 것은 국가적으로도 큰 낭비이죠. 사실 우리나라 대학에는 불필요한 학과가 너무 많습니다. 거기다 대학에 무조건 붙고 보자는 생각 때문에 자기 마음에 들지도 않는 엉뚱한 학과에 들어가는 학생들이 태반이죠. 그러다보니까 대학 4년을 형식적으로 다니게 되고, 결국 졸업 후에는 써먹지도 못한채 낭비로 끝내고 마는 거죠.」
하이에나가 진지한 표정으로 말하는 것을 보고 꿀꿀이가 헛기침을 했다.
「야, 우리 그런 이야기하지 말고 술이나 마시자.」
「아직 인사가 안 끝났잖아요. 아직 이름도 말씀하시지 않았어요.」
「저 말입니까? 아, 그렇구나. 에또…… 저는 천갑수라고 합니다. 아주 천한 이름이죠. 하지만 뭐 이름 같은 거야 아무려면 어떻습니까. 저는요, 돼지 같이 벌어서 정승 같이 쓸 겁니다. 그래서 젊어서 고생할 각오는 얼마든지 되어있습니다. 그리고 두 가지만 조심하면 아마 성공할 겁니다.」

「그 두 가지라는게 뭔데요?」

서화가 호기심을 보이며 물었다. 꿀꿀이는 자세를 바로 하면서 근엄한 표정을 지었다.

「에또, 첫째는 너무 많이 먹지 말 것. 돼지처럼 고생해서 번 것을 돼지처럼 모두 먹어버리면 돼지 밖에 더 되겠습니까.」

와르르하고 웃음이 터졌다. 하이에나는 조금 웃다가 말았다. 서화는 너무 재미있어 배를 잡고 웃었다.

「두번째는 뭐예요?」

「그건 좀 말하기 곤란한데요.」

꿀꿀이가 고개를 갸우뚱하자 서화가 그의 옷소매를 잡아당길 듯 하다가 도로 손을 내려놓았다.

「뭐예요? 말해보세요.」

「이건 말하기 좀 곤란한데.」

꿀꿀이가 여전히 꾸물대자 서화는 그쪽으로 몸을 기울였다.

「저만 살짝 들으면 안 될까요?」

「아이구, 더구나 그걸 혼자 들으시려구요. 괜찮으시다면야 말씀해드릴 수도 있습니다만…….」

꿀꿀이가 능청을 떨자 하이에나의 안색이 다시 변하기 시작했다

「그 자식 이야기 들으면 안 된다구요.」

하고 하이에나가 말했지만 서화는 꿀꿀이 쪽으로 상체를 기울이면서 귀를 기울였다.

꿀꿀이는 친구들, 특히 하이에나한테 씨익 웃어보이고 나서 서화의 귀에다 바싹 입을 갖다댔다. 그리고 작은 소리로 속삭였다.

「저는 여자를 조심해야 합니다. 특히 당신 같은 미인을 조심

해야 합니다. 사주에도 그렇게 나와있습니다. 미인을 조심하라고 말입니다.」

속삭이는 소리로 말했지만 다른 사람들도 들을 수 있게 말했기 때문에 그의 친구들은 킬킬거렸다. 그러나 하이에나는 웃지 않고 다정하게 머리를 맞대고 있는 두 사람을 쏘아보고 있었다.

「저는 미녀한테 아주 약하거든요. 미녀가 간을 빼달라고 하면 간도 빼주거든요. 그 정도로 약하니 미녀를 조심하지 않으면 안 돼죠. 하지만 미녀가 좋은걸 어떡 합니까. 미녀만 보면 전 온몸에서 열이 납니다.」

서화는 손으로 입을 가리며 웃었다.

「그럼 출세하려면 필히 못 생긴 여자하고 결혼하셔야 겠네요?」

「아이구, 맙소사! 차라리 결혼을 안 하면 안 하지 그, 그건 싫습니다. 어떻게 추녀 얼굴을 보면서 평생을 같이 삽니까.」

「꿀꿀이 주제에 치마 두른 여자면 됐지 거기서 무슨 미녀를 또 찾겠다는 거야. 사람이 분수를 알아야지.」

하이에나가 참지 못하고 쏘아부쳤지만 갑수는 느물느물 웃기만 했다.

「자, 우리 소개는 대충 끝났으니까 이제는 해바라기씨 소개를 하셔야죠.」

「해바라기라니요?」

그녀가 눈을 동그랗게 떴다. 그러자 표범이 나서서 거기에 대해 설명을 했다.

「많은 잡초 위에 우뚝 서서 눈부신 태양을 받고 있는 해바라기 같아서 제가 붙인 누님 별명입니다.」

「어머나, 그래요. 멋진 별명이네요. 고마워요. 전 은근히 걱정했는데 그런 별명이 다 붙다니 다행이네요.」

「누님께서는 올해 춘추가 어떻게 되시는가요?」

유태인이 점잖게 물었다.

「춘추라니요?」

「나이 말입니다.」

「임마, 미스한테 그런 식으로 물으면 어떡 해.」

하이에나가 면박을 주었다.

「춘추는 춘추지 뭐.」

「숙녀 나이 묻는건 실례예요. 먼저 말해보세요.」

「전 스물넷입니다. 하이에나만 빼놓고는 모두 동갑이에요. 저 녀석은 몇 살인지 모르겠어요. 자기 말로는 스물넷이라고 하지만 그렇게는 안 돼 보이고 많이 먹어야 스물 한두 살 먹었을 겁니다. 그런데도 우리한테 버릇없이 막 먹으려고 들거든요. 야, 너 정말 몇 살이야?」

「너희들보다 많으면 많았지 결코 적지 않아. 까불지 말고 입 다물고 있어.」

「야, 그러지 말고 싸울게 아니라 여기서 지금 확인하자. 나이가 많으면 형님이라고 부를테니까 주민등록증 내봐.」

꿀꿀이가 자기 신분증을 꺼내놓으며 말했지만 하이에나는 턱만 내밀었다.

「야, 웃기지 말고 집어넣어. 난 주민등록증 같은거 안 가지고 다녀.」

「보세요. 이 녀석은 항상 이렇다니까요. 비밀이 많은 놈이에요. 해바라기씨는 몇 살이세요?」

서화는 말하기 전에 미소를 머금었다.

「나이를 말할 수는 없고…… 아무튼 스물네 살보다는 많다는 것만 알아두세요. 저한테도 스물네 살짜리 남동생이 있어요.」

「아, 그러세요. 그럼 뭐 꼼짝없이 누님이라고 불러야겠군요. 잘 됐네요. 그렇지 않아도 누님을 한 사람 삼을려고 했는데.」

하이에나가 흘겨보는 것도 상관하지 않고 꿀꿀이는 기분나는 대로 지껄여댔다.

「남동생은 지금 무슨 일을 합니까? 학생인가요?」

하고 표범이 물었다.

「졸업하고 군대 갔어요. 지난 봄에 갔어요.」

「아, 그렇군요.」

남자들은 모두 고개를 끄덕였다.

「누님은 지금 무슨 일을 하고 계십니까?」

바야흐로 자신에 대한 질문이 쏟아지려고 하자 서화는 내심 긴장했다. 그러나 입가에서 미소를 잃지는 않았다. 얼굴에 긴장감이 드러나면 자연스럽지가 못하기 때문이었다. 이들의 물음에 대한 대답은 어디까지나 장난스럽게 해야한다고 그녀는 생각했다.

「무슨 일을 하고 있는 것 같아요? 한번 맞춰보세요. 참, 제 이름부터 말씀드려야겠군요. 아까 태호씨한테는 말씀드렸는데 …… 제 이름은 유서화예요.」

「서쪽에 피는 꽃이라는 말인가요?」

꿀꿀이가 아는체 하며 물었다.

「네, 그런 뜻으로 봐도 될 거예요.」

「이름 참 좋은데요. 부르기도 쉽구요. 그런데 왜 동화라고 하지 않고 서화라고 했지요?」

「글쎄, 잘 모르겠어요.」

「혹시 패션모델 아니십니까?」

하고 유태인이 불쑥 물었다.

그 물음에 그녀는 까르르하고 웃었다.

「제가 패션모델 같아 보여요?」

「네, 옷차림도 멋있고…… 키도 늘씬하고…… 거기다 보기 드문 미녀라서…….」

그녀는 머리를 살래살래 흔들었다. 그리고 담배를 한 대 피워 물었다.

「담배 피우시는 모습도 아주 멋있습니다.」

하고 꿀꿀이가 말했다.

「참, 이러고 있을 때가 아니에요. 우리 건배해요!」

하이에나가 맥주병을 따서 컵에다 한 잔씩 따랐는데 잘 못해서 밖으로 거품이 넘쳐흘렀다. 그것을 보고 표범이 눈을 흘기면서 병을 나꿔챘다.

「병신 같이 맥주도 제대로 못 따르니?」

그는 조심스럽게 서화의 잔에다 술을 채웠다.

하이에나는 표정이 굳어지면서 자기 잔을 만지작거렸다.

서화는 왜 태호 같은 수재가 이렇게 거칠고 저질로 노는 청년들과 함께 어울리고 있는 것일까 하고 순간적으로 생각했다. 세 명중 두 명은 삼수를 하고서야 가까스로 대학 문턱을 밟았을 정도로 형편없는 둔재들이다. 그들은 둔재답게 말하는 것도 상스럽고 무례하기 짝이 없다. 그들에 비하면 컬럼비아대학 유학생인 태호는 한 단계 위에 올라가있는 젊은이임에 틀림없다. 한 마디로 지적 수준이나 학력으로 따져볼 때 도저히 그들의 상대가 될 수 없는 우수한 인재이다. 그런 그가 왜 이런 깡패 같은 부류들하고 어울리고 있는 걸까. 과거에 친하게 지냈다해서 계속 관계를 유지해야할 이유는 없지 않은가. 사람은 자기 신분에 맞게 친교를 맺기 마련이고 또 그래야 하는 것이 아닐까.

혹시 이런 이유 때문이 아닐까? 태호를 뺀 이들 세 명은 괜찮은 집안의 자식들일지도 모른다. 집안이 대단한 부자이든가 또는 권력가이든가. 그러기에 하이에나는 그들을 무시하지 못한채 그들과 어울리고 있는게 아닐까. 고아로 그야말로 밑바닥을 훑으면서 자란 그로서는 부잣집이나 권세가의 자식들한테 일종의 컴플렉스 같은 것을 느끼고 있을지도 모른다. 그렇기에 아무리 보아도 어울리는 상대들이 아닌데도 그들과 어울리려고 애를 쓰고 있는게 아닐까. 그들과 어울리려고 애쓰는 모습이 어찌보면 애처롭게 보이기까지 한다.

이 약하고 안스러운 남자를 이 야수들로부터 보호해주어야 한다고 그녀는 생각했다. 자신도 모르는 사이에 마치 보호자나 된 듯 솟아나오는 보호본능에 그녀는 사로잡혀 있었다.

「자, 건배해요.」

그녀가 잔을 쳐들자 남자들도 모두 잔을 위로 올렸다.

「누님이 선창을 하십시오.」

「뭐라고 하지? 태호씨가 하세요.」

「아, 아닙니다.」

하이에나는 금방 풀이 죽어있었다.

서화는 머리를 굴리다가 웃으면서

「우리의 사랑을 위해!」

하고 말했다.

그녀는 하이에나한테서 시선을 떼지 않고 있었다. 그러나 하이에나는 그녀의 시선을 슬슬 피하고 있었다.

「사랑을 위해!」

남자들이 그녀를 따라서 복창했다. 너무 큰 소리로 외치는 바람에 다른 손님들의 시선이 일제히 그들 쪽으로 쏠렸다.
웨이터가 다가와 좀 조용히 해줄 수 없느냐고 말했다.
「우리의 사랑이라면…… 누님과 우리 넷, 그러니까 1대 4의 사랑이라는 말입니까?」
꿀꿀이가 또 능청스럽게 물었다.
서화는 즉시 머리를 흔들었다.
「아아뇨, 그런 사랑이 어딨어요. 그런 사랑은 싫어요. 그런건 있을 수도 없어요.」
「저는 있을 수 있다고 생각하는데요.」
유태인이 제법 무게를 잡으면서 말했다.
「여자 한 사람을 놓고 친구들 여러 명이 사랑하는 것…… 전 충분히 있을 수 있다고 생각하는데요. 혼자 독차지하는 것보다 얼마나 좋습니까.」
「그건 완전한 사랑이 될 수 없어요. 그건 장난이지 사랑이 아니에요.」
「그럼 누님이 방금 건배하신 우리의 사랑을 위해라는 말은 무엇을 의미하는 겁니까?」
꿀꿀이가 따지듯 물었다.
「그건 앞으로 우정을 돈독히 하자는 의미로 말한 거예요. 그러니까 너무 심각하게 생각지 마세요.」
「넌 아까부터 김치국부터 마실려고 하는데 그러지좀 마.」
표범이 꿀꿀이를 손가락으로 가리키면서 말했다.
「이 봐, 하지만 말이야. 난 들러리 서는건 딱 질색이라구. 난 주역을 맡아야 직성이 풀리지 엑스트라는 정말 싫어.」
「그렇다고 네 맘대로 되는건 아니잖아. 철딱서니 없이 나대지 말고 얌전히 굿이나 보고 있어, 임마.」

「잠깐, 가만히들 좀 있어. 아까 누님 직업을 묻다가 말았어. 너희들 누님에 대해서 알고 싶은게 많은 것 같은데, 너무 곤란한 질문은 빼고 기본적으로 알고 싶은게 있으면 물어봐. 그럼 되겠죠, 누님?」

유태인이 눈웃음을 치면서 서화의 동의를 구했다.

「네, 알고 싶은거 있으면 물어보세요. 곤란한 질문이 아니라면 대답해주겠어요.」

그녀는 쾌활하게 말했다.

「패션모델이 아니라면 그럼 오피스걸인가요?」

표범이 물었다.

「그런 것 하고는 거리가 멀어요. 사실은 얼마 전까지 조그만 사업을 하나 하고 있었는데 적자만 보고 집어치웠어요.」

「무슨 사업이었는데요?」

「인테리어예요. 가게를 내고 직원까지 서너 명 두었는데 주문이 와야죠. 그리고 주문이 와도 내 감각하고 주인이 요구하는 감각하고 너무 차이가 나는 거예요. 주인이 요구하는건 너무나 유치해서 도저히 내 감각으로는 받아들일 수가 없는 거예요. 그래서 주문이 와도 서로 의견이 맞지 않아 틀어지는 경우가 많았어요. 그런 식이다 보니 직원들 월급주기도 벅찼어요. 그래도 3년동안 버티다가 문 닫았어요.」

「인테리어라는게 뭐죠?」

꿀꿀이가 물었다.

「임마, 그것도 몰라, 실내장식을 인테리어라고 해. 알았어? 공부좀 해라, 공부…….」

하이에나가 기운을 찾으면서 면박을 주자 꿀꿀이는 살찐 턱을 쓰다듬었다.

「난 영어를 잘 모르잖아. 난 공부 같은거 담 쌓은지 오래야. 주방장이 요리만 잘 하면 됐지 공부 같은거 해서 뭘 해.」

「시끄러. 좀 조용히들 해. 대학에서 인테리어를 배우셨나요?」

표범이 서화를 응시하며 물었다.

「대학에서는 조금 밖에 배우지 못했어요. 왜냐하면 대학은 다니다 말았거든요. 실제로 배운 것은 일본에서였어요.」

「그럼 일본에 유학하셨나요?」

유태인이 새로운 사실을 발견하기라도 한듯 물었다.

「뭐 유학이라고까지 할건 없고 한 2년쯤 도꾜에서 인테리어 관계 학원에 다녔어요. 그리고 그 뒤에도 수시로 새로운 유행을 접해보기 위해 일본에 다녀오곤 했어요.」

「대학은 왜 다니다 말았나요?」

표범이 눈을 치뜨고 물었다.

「다니기 싫어서요. 대학이란게 시간 낭비 돈 낭비라는 생각이 들었고…… 또 무엇보다도 너무 따분해서 지겨웠어요.」

「몇 학년까지 다니셨나요?」

「2학년까지 다니다 말았어요.」

「어느 대학인가요?」

비로소 서화는 표범을 똑바로 쳐다보았다.

「누구를 심문하는 거예요?」

「아, 아닙니다. 오해하지 마십시오.」

표범은 당황해서 말했다.

「너무 꼬치꼬치 캐물으니까 조금 기분이 나쁜데요.」

이렇게 말하면서 그녀는 미간을 조금 찌푸려보였다.

「기분 상하게 했다면 미안합니다. 관심이 많다보니까 그렇게 됐습니다.」

표범이 정색을 하고 사과하는 것을 보고 꿀꿀이가 반발하고 나섰다.

「아까 누님이 알고 싶은거 있으면 뭐든 물어보라고 하지 않았습니까. 그리고 곤란한 질문이 아니면 기꺼이 대답해주시겠다고 하지 않았습니까. 어느 대학에 다니다 말았는지, 그런 질문은 곤란한게 아니지 않습니까?」

「H여대에 다니다 말았어요. 이제 됐나요?」

그녀는 상대방을 빤히 쳐다보고 나서 안주로 시킨 과일 가운데서 참외 조각 하나를 찍어 하이에나한테 내밀었다.

「드세요.」

그녀의 갑작스런 행동에 당황한 하이에나는 그것을 받으려고 손을 내밀었다. 서화는 그것을 그의 입 가까이 가져갔다.

「자, 입 벌리세요. 부끄러워하지 말고 좀 당당히 벌리세요.」

하이에나는 어쩔줄 모르면서 입을 조심스럽게 벌렸다. 부끄러워하면서도 그의 얼굴에는 잔뜩 웃음이 감돌고 있었다. 그리고 입 안으로 참외 조각이 들어오자 그는 손으로 입을 가리면서 그것을 우적우적 씹기 시작했다.

그것을 쳐다보는 다른 남자들의 표정은 그야말로 가지각색이었다.

꿀꿀이는 입을 딱 벌린채 멍청한 표정으로 그것을 쳐다보고 있었고, 유태인은 마치 못 볼 것이라도 본듯 헛기침을 하면서 못마땅한 표정을 지었다. 그런 그들에 비해 표범의 얼굴에는 격렬한 감정이 나타나있었다. 그의 얼굴은 시시각각 울그락불그락해지고 있었고, 두 눈은 흡사 표범처럼 번득이고 있었다. 그 눈에는 질투와 증오가 노골적으로 엇갈리고 있었다.

「아, 정말 눈이 시어서 못 보겠는데.」

서화가 두번째 내미는 참외 조각을 넙죽 받아서 우적우적 먹어대는 하이에나를 흘겨보면서 꿀꿀이가 말했다.

「두 분이 그렇게 다정한 사이인줄은 미처 몰랐습니다. 너무 하시는데요.」

유태인이 빈정거리는 투로 말했다.

「이런건 여자의 기본적인 서비스예요.」

그녀의 당돌한 말에 꿀꿀이가 턱을 내밀었다.

「그, 그 서비스, 저한테도 한번 해주시지 않겠습니까? 평생 잊지 못할텐데요.」

「그럴 수는 없어요.」

그녀는 얄밉게 머리를 흔들었다.

「아, 정말 너무 하십니다.」

꿀꿀이가 탄식을 늘어놓자 그때까지 눈만 번득이고 있던 표범이 입을 열었다.

「언제부터 저렇게 됐지? 야, 하이에나, 너 어디서 뭐 하고 왔어? 바른대로 말해!」

이건 도무지 믿을 수 없는 일이라는듯 그는 두 손을 깍지끼어 비틀기도 하고 머리를 흔들기도 했다.

거기에 상관하지 않고 서화는 이번에는 스테이크 한 조각을 잘라 하이에나의 입 속에 넣어주었고, 하이에나는 처음과는 달리 이제는 보라는듯 여유있게 미소까지 지으면서 그것을 받아먹었다.

「데이트하고 왔어. 뭐가 잘못 됐어?」

하이에나의 뻔뻔스러운 대꾸에 해바라기는 한수 더 떠서 말했다.

「우리 드라이브하고 왔어요. 저기 달맞이 동산까지 갔다왔어요. 오래 추억에 남을 멋진 드라이브였어요. 그렇죠?」

하이에나를 쳐다보며 동의를 구하자 그는 웃음을 머금으며 끄덕였다.

「얌체 같은 자식!」

서화 때문에 마음대로 욕을 퍼부을 수도 없게된 표범은 이렇게 중얼거리며 어금니를 깨물었다.

「두고 보자, 이 새꺄.」

「미안하다. 너희들 보다시피 이렇게 됐으니까 딴 생각들 말고 현재상황을 인정하는게 좋을 거다. 이 상황을 뒤집어엎으려고 한다거나 중간에 끼어들어 훼방을 놀아봐야 말짱 헛수고니까 지금부터 아예 누님 누님 하지 말고 형수님으로 모시라구. 알았어?」

기세등등해서 말하는 하이에나를 보고 그의 친구들은 하나같이 똥물을 뒤집어쓴 것 같은 표정들이 되었다.

「뭐, 형수님으로 모시라구? 그럼 네가 우리들 형이란 말이냐?」

표범이 주먹을 쥐었다폈다하면서 물었다.

「그렇지. 그런 셈이지.」

「어휴, 저 새낄 그냥…….」

「누님, 잠깐 눈좀 감으십시오.」

꿀꿀이는 그녀가 눈을 감는 것을 기다리지 않고 하이에나의 머리를 쥐어박았다.

자리가 너무 소란스러웠기 때문에 이번에는 인디언 여인이 더 이상 참을 수 없다는듯 직접 다가와 주의를 주었다.

「이거 보세요. 좀 조용히 해줄 수 없어요? 댁들만 있는게 아니고…… 다른 손님들 생각도 좀 해주셔야죠. 너무 떠들지 않아요.」

「떠들다니요? 무슨 말버릇이 그래요?」

서화가 곁눈질로 인디언 여인을 째려보면서 말했다. 남자들은 흥미를 보이면서 잠자코 지켜보기만 했다.

「이 테이블이 너무 시끄럽다고 다른 손님들이 불평 하잖아요. 그리고 영업하는데 방해도 돼구요.」

「어떤 손님들이 불평했다는 거예요? 그 손님 있으면 와보라고 하세요. 그리고 우리가 영업을 방해했다구요? 여보세요. 말 조심하세요. 말을 그렇게 함부로 하는게 아니에요. 떠든다, 영업을 방해한다 그러는데, 손님들한테 그런 실례의 말이 어딨어요. 이 카페, 인상이 좋아서 왔는데 그게 아니네요.」

생각지도 않았던 미녀의 날카로운 반격에 인디언 여인은 금방 수세로 몰리면서 낭패감으로 어쩔줄을 몰라했다. 잘못 벌집을 건드렸다고 생각했지만 이미 엎질러진 물이었다. 날카롭게 쏘아붙이는 박력에 있어서 그녀는 서화의 적수가 되지 못했던 것이다.

「영업을 해야하니까…… 하여간 방해가 안 되게 좀 조용히……」

「정말 기분 나빠 못 앉아있겠네. 우리가 뭐 공짜로 여기 앉아있는줄 아세요? 좋아요. 이집 오늘 밤 우리가 전세낼테니까 맥주 백 병하고 안주 스무 개 갖다주세요. 안주는 제일 비싼걸로 주세요.」

인디언 여인은 모욕감으로 얼굴이 빨개졌다. 더이상 상대하다가는 창피만 당할 것 같았기 때문에 그녀는 물러갈 태세를 갖추었다.

「그렇게 할 수는 없어요. 여긴 전세내주는 집이 아니에요.」

이쯤해서 끼어드는 것이 좋겠다고 판단한 하이에나가 손을 쳐들었다.

「아주머니, 알았으니까 돌아가주세요. 조용히 할테니까 걱정하지 마시고…….」

「난 아주머니 아니에요.」

인디언 여인은 한 마디 내뱉고는 홱 돌아서서 걸어갔다. 바닥까지 내려온 울긋불긋한 치마자락이 바람을 일으키면서 펄럭거리는 것을 지켜보면서 남자들은 웃음을 참고 있었는데, 서화가

「흥, 주제에 노처녀인 모양이지.」

하고 쏘아붙이자 그만 참지를 못하고 모두가 재미있어 죽겠다는듯 낄낄거리며 웃어댔다.

「야, 정말 누님 대단하십니다. 그렇게 사나우신줄은 미처 몰랐습니다.」

꿀꿀이가 혀를 내두르며 말하자 그녀는 어깨를 으쓱했다.

「난 누구하고 싸워도 절대 지지 않아요. 차라리 혀 깨물고 죽어버리지 말싸움에서 지지는 않아요.」

「일리가 있는 말씀입니다. 정말 대단하시던데요.」

유태인이 덩달아 맞장구를 쳤다.

「이 녀석하고 한판 붙으면 볼만 하겠는데요.」

꿀꿀이가 표범의 어깨를 철썩 갈기면서 말했다.

「이 녀석도 여간 아니거든요.」

서화와 표범의 시선이 뜨겁게 부딪쳤다. 그러나 서화 쪽에서 먼저 시선을 피했다. 남자의 시선이 어쩐지 겁나게 느껴졌던 것이다. 그대신 그녀는 꿀꿀이 쪽으로 시선을 돌리면서

「그렇게 대단하세요?」

하고 물었다.

「아마 막상막하일걸요. 이 녀석 싸우는거 보면 꼭 맹수 같거든요.」

「그건 남자끼리 싸울 때나 그렇지 여자한테까지 맹수처럼 달려들라구요. 정말 그렇다면 비신사예요. 명치씨, 안 그렇죠? 비신사 아니죠?」

그녀가 갑자기 녹아드는 것 같은 목소리로 말하면서 따뜻한 눈길로 쳐다보자 표범의 얼굴이 풀리면서 머쓱한 표정이 되었다.

「글쎄요. 상대에 따라 다르겠죠. 서화씨 같은 미녀하고 어떻게 싸울 수가 있겠습니까. 제가 양보해야죠.」

「야아, 너 참 많이 발전했다. 그렇게 기를 못 쓰다니, 역시 미녀의 위력은 대단하구나! 표범도 미녀 앞에서는 영 맥을 못 추는구나!」

꿀꿀이가 탄식조로 말하자 유태인이 그것을 받아 말을 이었다.

「자고로 미녀의 힘은 영웅호걸을 손바닥 위에 올려놓고 마음대로 주물러댔을 정도로 위대했지 않아. 누님, 저 카운터 여자 보세요. 덥지도 않은데 갑자기 부채질해대는게 울화가 치밀어서 아마 식히느라고 그러는 것 같은데요. 찍소리 못하고 도망치는거 보고 전 어떻게 우습던지 혼났습니다.」

「난 말이야, 누님이 맥주 백 병에다 안주 스무 개, 그것도 제일 비싼 걸로 시키는걸 보고 기가 탁 막히더라. 누님, 만일 저 인디언처럼 생긴 여자가 정말로 맥주 백 병하고 안주 스무 개 가져오면 어떡 할려고 그랬어요. 정말로 말씀하신 거예요, 아니면 공갈로 그러신 거예요?」

꿀꿀이가 작은 눈을 깜짝거리면서 물었다. 그러자 서화가 미처 대답하기 전에 하이에나가 입을 열었다.

「임마, 누님은 공갈 같은거 안 하셔. 괜히 그런줄 알아.」

「그래요. 공갈로 그런게 아니에요. 정말로 전 전세내서 술 마실 생각이었어요. 화나면 뭘 못해요. 맥주 백 병하고 안주 비싼거 스무 개라야 백만 원도 안 되잖아요.」

「백만 원이 적은 돈입니까?」

유태인이 놀라서 물었다.

「야, 역시 누님은 화끈한 분이셔!」

꿀꿀이가 튀어나온 자기 배를 손바닥으로 철썩 갈겼다.

「그걸 누가 다 마시지?」

「내가 마셔줄께!」

꿀꿀이가 다시 한번 배를 두드렸다.

「좋은 기회였는데 저 인디언 노처녀가 복을 차버렸어, 쯔쯧……….」

꿀꿀이는 혀로 입술을 핥았다.

「백 병 아니라 2백 병도 살테니까 한번 실컷 마셔봐요. 술값은 걱정하지 않아도 돼요.」

「가, 감사합니다.」

「오늘 밤 누가 뻗어도 뻗겠는데.」

「오늘 밤 먼저 뻗는 놈은 빨가벗기기로 해!」

표범이 갑자기 소리쳤다.

「좋아!」

유태인이 대답했다.

「그거 정말 근사한데.」

꿀꿀이가 싱글거렸다.

「난 싫어!」

하이에나는 머리를 세차게 흔들면서 서화의 눈치를 살폈다.

서화의 내면에서는 가보는 데까지 가보자는 자학적이면서 잔인한 심리가 꿈틀거리고 있었다.

「나도 좋아요!」

「그럼 누님도 먼저 뽑으면 빨가벗깁니다. 그래도 괜찮죠?」

「네, 좋아요.」

그녀는 웃으면서 하이에나를 쳐다보았다. 그리고 그의 표정이 어느 새 굳어있는 것을 보고는 그의 팔을 잡아흔들었다.

「태호씨가 빠지면 재미 없잖아요. 다들 하는데 혼자 빠지면 안 되잖아요. 태호씨 안 하면 나도 안 할 거예요.」

그러자 표범이 하이에나를 보고 눈을 부라렸다.

「야, 하이에나 같은 놈아, 김새게 하지 말고 해. 하기 싫으면 여기서 당장 꺼지라구. 네가 안 한다니까 서화씨도 빠지려고 하지 않아. 쬐끄만거, 그거 볼까봐 겁나서 그러니? 겁나면 겁난다고 솔직히 말해. 봐줄테니까.」

「대단한척 구는구나. 길고 짧은건 대봐야 아는 거야. 큰 소리 치는 놈치고 괜찮은 놈 못 봤다.」

「야, 그럴게 아니라 그럼 둘이서 한번 대보지 그래.」

꿀꿀이가 킬킬거리며 말하자 서화가 낯빛을 고치며 남자들을 쳐다보았다.

「비지성적인 이야기는 삼가하는게 어떨까요? 이런 쪽으로 이야기가 계속 흐르면 내가 앉아있기가 거북하잖아요.」

자칫 잘못하다가는 그녀가 자리를 차고 일어나버릴 것만 같았다. 꿀꿀이는 웃음을 거두면서 재빨리 사과했다.

「죄, 죄송합니다. 앞으로는 그런 말 하지 않겠습니다. 애들이 느닷없이 물건 자랑을 하기에 저도 모르게 그만…… 하여간 죄송합니다. 앞으로는 조심하겠습니다.」

꿀꿀이는 솔직하면서 시원스러운데가 있었다. 유태인이 두 손을 두드렸다.

「자, 앞으로는 너무 야한 이야기일랑은 삼가하기로 하고…… 하이에나, 오늘 밤 먼저 뻗는 놈 빨가벗기는거 할 거야, 안 할 거야? 분명히 의사를 밝히라구. 싫으면 좀 꺼져줬으면 좋겠어. 누님, 이 자식 보고 하라고 하세요.」

「아이, 하세요. 재미있게 놀자는 건데 뭘 그러세요. 하는 거죠? 그렇죠?」

그녀가 팔을 잡아흔들자 하이에나는 못 이기는 체 하고 고개를 끄덕였다.

「너희들 보고 하는게 아니고 누님 때문에 참가한다는걸 명심해라. 한심한 놈들 같으니.」

「지랄하고 자빠졌네, 짜아식.」

표범이 미워죽겠다는 듯이 말했다.

「자자, 인신공격은 그만하기로 하고…… 누님, 그럼 지금 아무 일도 안 하십니까?」

유태인이 화제를 제 자리로 돌렸다.

「네, 현재로서는 룸펜이에요.」

「부산엔 무슨 일로 오셨습니까? 참, 아까 차넘버 보니까 서울 번호판이던데 댁이 서울이십니까?」

「네, 서울 강남에 살고 있어요. 부산엔 왜 내려왔냐하면…… 가만 있자. 내가 왜 내려왔더라.」

그녀는 한숨과 함께 담배연기를 길게 내뿜었다.

「담배 골초이신 것 같은데요.」

「네, 골초예요.」

「건강에 아주 나쁠텐데요. 특히 여자는 태아에 나쁘다고 하던데.」

「야, 임마, 누님이 지금 임신하셨냐, 그런 말을 하게? 그런 걱정하지 않아도 돼. 네가 그런 말 안 해도 누님은 임신하게 되면 담배 딱 끊을테니까 걱정하지마.」

표범의 쏘아붙이는 말에 서화는 터져나오려는 웃음을 손으로 가렸다.

그 웃음 밑바닥에서 그녀만이 알고 있는 쓰라린 과거가 고개를 쳐들려하고 있었다. 과연 나는 아기를 가질 수 있을까? 여느 여자들처럼 아기를 낳고, 가정을 가지고, 그리고 한 남자의 착실한 아내가 될 수 있을까? 그녀의 얼굴 가득히 퍼져있던 웃음이 어느 새 쓸쓸한 미소로 변하고 있었다. 그러나 남자들은 아무도 그것을 눈치채지 못하고 있었다.

「건강에 나쁘다는건 알고 있지만…… 오래 살 것도 아니고…… 오래 살려고 담배 끊고 싶은 생각은 없어요. 담배 피우다가…… 담배연기 속에서 죽고 싶어요.」

「너무 자학적이신데요. 누님한테는 전혀 어울리지가 않습니다.」

하고 하이에나가 말했다. 그 말을 표범이 대신 받았다.

「야, 임마, 열길 물 속은 알아도 사람 속은 알 수가 없는 거야. 네가 누님을 얼마나 만났다고 아는체 하는 거야.」

「너보다는 많이 알고 있으니까 걱정하지마.」

「너희들은 입만 뻥긋하면 싸우는구나. 싸우고 싶으면 나가서 모래밭에서 실컷 싸우라구. 기집애들처럼 입만 가지고 싸우지 말고. 이젠 듣기에도 지겹다. 누님, 계속하십시오. 부산엔 무슨 일로……? 혼자 오신건 아니죠?」

서화는 숱이 많은 머리칼을 뒤로 쓸어넘겼다.

「집에서 놀고 있으니까 시집가라고 성화잖아요. 좋은 자리가 있다고 어떻게나 극성인지…… 그래서 이모집에 간다고 하면서 도망쳐왔어요. 이모댁이 부산에 있거든요.」

「그, 그러셨군요. 그럼 혼자 내려오셨나요?」

「네, 하지만 전화만 하면 뛰어나올 사람들, 부산에도 얼마든지 있어요.」

「그, 그러시겠죠. 누님 같은 미인은 어딜 가나 남자들한테 인기가 많으시겠죠.」

남자들은 금방 풀죽은 표정들이 되어서 그녀를 쳐다보았다.

「아이, 그런 뜻으로 말한거 아닌데. 부산에는 친구도 많단 말이에요.」

그녀는 고기를 썰어 하이에나의 접시에 옮겨놓았다. 하이에나는 흐뭇한 표정을 지었고, 다른 젊은이들은 그것을 보고 있기가 괴롭다는듯 헛기침을 하면서 시선을 돌렸다.

「저기, 누님, 이런 말씀드려 안 됐지만, 별 볼품없는 그 녀석 하나만 편애할 것 아니라 여기 있는 저희들도 좀 두루두루 아껴주시면 어떻습니까? 너무 무시당하는 것 같아서 심히 괴로운데요.」

꿀꿀이가 괴로운 표정을 짓자 서화는 하이에나를 쳐다보고 나서 고개를 끄덕였다.

「어머, 무시당한 기분이라면 미안한데요. 앞으로 두루두루 아껴보도록 노력해보겠어요. 저도 좀 아껴주세요.」

「여부가 있습니까.」

「결혼은 언제 하실 겁니까?」

표범이 정색을 하고 물었다. 그녀는 그의 그런 표정이 싫었다.

「결혼요? 흥…….」

그녀는 코웃음치면서 새 담배에 불을 부쳤다.

「결혼 같은거 해서 뭐 해요. 시시하게…….」

남자들은 그녀의 당돌한 말에 멀거니 그녀를 쳐다보았다.

「아니, 그럼 결혼 안 하실 겁니까?」

「안 할 거예요.」

「그녀는 세차게 머리를 흔들었다. 난 병신 같은 한 남자한테 평생 얽매어 사는거 싫어요. 내 눈에는 세상 남자들이 모두 병신들처럼 보여요. 제대로 갖출 것 갖춘 똑똑한 남자는 지금까지 보지 못했어요. 모두가 하나같이 잘난체 돈 있는체 뻐기지만 내가 보기에는 하나같이 병신들 같아 보여요. 모두 병신들이에요. 아시겠어요, 총각님들?」

청년들은 그녀가 갑자기 함부로 내갈기는 말에 하나같이 멍청한 표정들이 되었다. 그녀는 상기된 얼굴로 그들을 쳐다보다가 잔을 들어 맥주를 벌컥벌컥 들이켰다. 이 여자가 취한 모양인데 하고 하이에나는 생각했다. 그녀는 빈 잔을 하이에나 앞에다 탁 놓았다. 그리고 잔이 넘치게 맥주를 따랐다.

「자, 드세요. 제일 술을 못 마시는 것 같은데…… 내가 가르쳐 줄께요. 쭉 마시고 나한테도 한 잔 줘봐요.」

하이에나 앞에는 맥주가 가득 들어있는 술잔이 두 개나 있었다. 하이에나는 벅찬듯이 그것들을 내려다보았다.

「사내새끼가 그게 뭐야? 술잔 앞에 놓고 염불하는 거냐?」

표범이 기회를 놓치지 않고 핀잔을 주었다.

「몸에 맞지 않으면 할 수 없는 거죠 뭐. 너무 강요하지 마세요.」

서화가 하이에나를 두둔했다.

「저 새끼는 항상 그래요. 밥맛없는 새끼에요.」

「너는 밥맛이 좋은 새낀줄 아니? 술 잘 마신다고 뻐기는 놈치고 잘 되는 놈 하나도 못 봤다. 술이란 자기 체질에 맞게 적당히 마셔야지 요즘 세상에 너같이 무대포로 마시는 놈이 어딨어? 바보가 아닌 다음에야…….」

하이에나는 말싸움에서는 결코 물러설 수 없다는듯 대들었다.

「두 놈은 아무튼 견원지간이야.」

「왜 그러죠?」

「제가 보기에는 누님 때문에 그러는 것 같은데요.」

꿀꿀이의 말에 하이에나와 표범은 눈을 부라렸고, 서화는 두 눈을 크게 떴다.

「정말이에요? 정말 나 때문에 두 분이 그러는 거예요?」

「아아니요.」

두 사람은 똑같이 부인했다. 하이에나는 맥주를 억지로 마신 다음 빈 잔을 서화에게 건넸다.

「어머나, 너무 무리하지 마세요.」

「이 정도는 저도 마실 수 있습니다. 본때를 보여줘야지. 내가 지금까지는 잠자코 당하기만 했는데 오늘 밤은 안 되겠어.」

그가 두 잔째 거퍼 마시는 것을 보고 표범은 어이없다는 듯이 말했다.

「아쭈, 짜식 제법이구나. 이제 철이 좀 드는 모양이지.」

「그만 마셔요. 너무 갑자기 그렇게 마시면 안 돼요.」

서화가 잔을 빼앗으려고 하자 하이에나는 그 손을 뿌리쳤다.

「아, 아녜요. 이 정도는 마실 수 있어요.」

그는 배가 부른듯 입을 벌리고 하아하고 숨을 내쉬더니 남은 술을 입 속에 쏟아부었다. 그리고 목에 걸렸는지 콜록거렸다. 그걸 보고 모두가 보란듯이 낄낄거렸고 표범은 기회를 놓치지 않고 한마디 했다.

「새끼, 꼴 좋구나. 술도 못 마시는 자식이 폼 잡아봐야 웃음거리 밖에 안 되니까 넌 얌전히 방에 들어가서 잠이나 자는게 여러 사람을 위해 좋겠다. 특히 누님을 위해서 말이야.」

그 말이 떨어지기가 무섭게 서화가 나섰다.

「그건 너무 멋대로 지껄이는 말인데요. 태호씨가 이 자리에 있기 때문에 나도 여기에 앉아있는 거예요. 아시겠어요? 태호씨가 여기서 나가면 나도 따라서 나갈 거예요. 태호씨도 없는데 내가 여기에 앉아있어야할 이유가 없잖아요. 안 그래요?」

그녀는 남자들을 돌아보면서 동의를 구했다. 그러나 모두가 불만스러운 얼굴로 입들을 다물고 있었다. 특히 표범의 얼굴은 험하게 일그러지려하고 있었다.

「누님께서는 자나깨나 하이에나 뿐이군요. 정말 너무 하시는데요. 우리는 사람이 아닙니까?」

「임마, 시비걸지 말고 술이나 받아.」

하이에나는 기세좋게 술잔을 표범 앞에 탁 놓고 거기에다 술을 따랐다. 표범은 그를 노려보면서 잔을 받았다.

「넌 의리없는 놈이야. 그럴 수가 없어. 너 같은 놈을 두고 배신자라는 거야.」

표범이 참지 못하고 말했지만 하이에나는 여유있게 미소로 대했다.

「네가 아무리 뭐라고 해도 별수 없는 거야. 선택은 누님한테 달렸어.」

「두고 보자. 배신자의 말로가 어떤건지 보여주마.」

표범은 잔을 들더니 단숨에 그것을 꿀꺽꿀꺽 비웠다. 그것을 보고 유태인이 말했다.

「오늘 밤 술에 취해 뻗는 놈 많겠구나. 모두 빨가벗겨놓으면 볼만 하겠는데.」

「자, 누님, 받으십쇼.」

표범이 미간을 좁히며 술잔을 탁 놓자 그녀는 깜짝 놀라는 표정을 지었다.

「아이구, 깜짝이야. 그러다가 잔 깨지겠어요.」

「세상 남자들이 모두 병신 같다고 하셨는데, 그럼 여기 앉아 있는 우리도 모두 병신처럼 보이겠군요?」

「글쎄요. 맞대놓고 어떻게 대답할 수가 있어요. 하지만 여기 계신 분들은 병신 같지 않은데요.」

「도대체 누님은 얼마나 잘 나신 분이기에 세상 남자들이 모두 병신처럼 보입니까? 이거 자존심 상해서 잠 안 오겠는데.」

꿀꿀이가 입을 씰룩거리는 것을 보고 서화는 미소를 지었다.

「내가 잘 나서 그런게 아니라 세상 남자들이 그렇게 보이기 때문에 한 말이에요. 사실이 또 그렇잖아요. 난 지금까지 멋진 남자 보지 못했어요.」

「그것 참 불행하시군요.」

「난 세상 여자들이 모두 창녀처럼 보이더라.」

표범이 누구에게랄 것 없이 혼잣말처럼 불쑥 말했다.

그 말에 남자들은 흥미있는 반응을 보였지만 서화는 가슴 속으로 찬 바람이 휩쓸고 지나가는 것 같은 기분을 느꼈다.

「세상 여자들이 모두 창녀처럼 보인다구요?」

그녀는 입가에 야릇한 미소를 보이면서 표범에게 되물었다. 표범은 끄덕였다.

「네, 창녀처럼 보입니다.」

「그것 참 재미있는 표현이네요. 이해가 안 되는 것도 아녜요.」

그녀는 되도록 부드러운 표정을 지으려고 애쓰면서 말했다.

그러자 하이에나가 발끈해서 나섰다.

「임마, 누님 앞에서 그런 말이 어딨어. 그렇다면 서화씨도 창녀란 말이야?」

「오해하지 마. 그런 뜻으로 말한건 아니야. 누님 같은 분이 어떻게 그런 여자가 될 수 있니. 세상 여자들 노는 꼴들이 그렇게 보인다 이거야.」

「나라고 창녀가 되지 말란 법이 있나요?」

「아이구, 누님두…… 그런 말이 어딨습니까. 하늘이 무너지면 무너졌지 어떻게 누님 같은 분이…… 기분 상하셨다면 사과하겠습니다.」

표범이 서화의 눈치를 보면서 사과하려고 하자 그녀는 고개를 흔들었다.

「아, 아녜요. 사과할 것 없어요. 그런데 왜 세상 여자들이 창녀처럼 보이는 거죠?」

「해운대에 돌아다니고 있는 여자들 보십시오. 하나같이 모두 화장으로 꾸민 탈을 쓰고 오로지 남자들을 홀리려고 발광들을 하고 있지 않습니까. 예쁘게 화장하고 차려입은 것 자체가 남자들 눈을 홀리려고 그런 겁니다. 남자들은 멍청해서 거기에 잘 걸려들지요. 저 아가씨들 보세요. 새침하게 앉아있지만 속은 오로지 남자들 홀리려고 저러고들 앉아있는 겁니다. 창녀들같이 말이에요. 여우 같은 년들이에요.」

표범은 저쪽 구석에 둘러앉아있는 여자들을 흘겨보았다. 그것을 보고 서화는 빙그레 웃었고, 남자들은 낄낄거렸다.

「보는 눈이 역시 날카롭군요. 일리있는 말이에요. 여자들 마음 속에는 사실 창부 같은 일면이 있어요. 그것이 밖으로 드러나지 않고 있다뿐이지 여러 남자들을 유혹해서 까무러치게 놀아보고 싶은 심리가 누구한테나 있어요. 하지만 그건 남자도 다 마찬가지 아네요?」

「누님, 정조란 여자한테 필요한거 아닙니까? 남자야 뭐 태어날 때부터 나비처럼 훨훨 날아 벌처럼 톡 쏘고 다니도록 되어 있지 않습니까?」

「아니, 뭐라구요? 그런 궤변이 어딨어요. 어머나, 세상에…… 어쩌면 그런 사고방식을 가지고 있어요. 21세기를 바라보는 세상에 18세기 인물을 만난 것 같네요. 도대체 말이 안 되는군요.」

꿀꿀이가 재미있다는 듯이 히히하고 웃었다.

서화의 얼굴은 상기되어있었다. 그녀는 흥분해서 말했다.

「도대체 남자들의 우월감이란 한심스럽기 짝이 없어요. 내가 보기에는 남자들이란 지저분하기 짝이 없는 동물이에요. 한마디로 똥개 같아요.」

그녀의 입에서 똥개 같다는 말이 거침없이 튀어나오자 사내들은 잠시 어리둥절해했다. 마치 갑자기 오물을 뒤집어쓰고 어쩔줄 몰라하는 그런 표정들이었다. 그러나 그것은 이내 환호로 바뀌었다.

먼저 웃음을 터뜨린 것은 꿀꿀이였다. 그는 재미있어 죽겠다는듯 발을 구르면서 웃어댔다.

「너희들 모두 똥개야, 똥개. 알았어?」

그는 배를 두드려댔고, 유태인은 킬킬거리고 웃었다. 표범은 얼굴을 붉히며 무안한 표정이었고, 하이에나만이 진지한 표정으로 그녀를 쳐다보았다.

인디언 여인이 미간을 찌푸리며 그들쪽을 쳐다보았지만 아까처럼 달려오지는 않았다.

「똥개는 아무나 상대해요. 아무거나 먹고 아무데나 돌아다니고 아무데서나 배설해요. 천하고 상스러운 동물이에요. 그런 똥개 같은 남자들하고 어떻게 결혼을 생각할 수 있겠어요.」

꿀꿀이가 깔깔거리고 웃었다. 서화는 상기된 표정으로 말을 이었다.

「그런 남자들하고 결혼하면 그래도 남편이랍시고 폼잡을거 아니에요.」

「그야 물론이죠.」

「쥐꼬리만한 월급 타가지고 오면서 우쭐대고 생색내고…… 그렇다고 제때 집에 들어오는 것도 아니고 매일 밤 늦게 술에 취해 비틀거리며 들어와서는 큰 소리나 치고, 걸핏하면 그 잘난 주먹이나 휘두르고…… 그러면서 하는 소리가 뭔줄 아세요? 남편을 하늘같이 받들어라예요. 자기는 똥개같이 굴면서 대접은 하늘같이 받겠다는 거예요. 그런 남자를 남편이랍시고 떠받들면서 온갖 시중 다 들고 고린내나는 양말까지 평생동안 빨아줘야 한다고 생각해봐요. 끔찍하지 않아요? 난 죽으면 죽었지 그 짓 못해요. 차라리 독신으로 사는게 백번 낫지 그런 치욕적이고 굴욕적인 결혼생활은 왜 해요.」

「듣고 보니까 지당한 말씀 같은데요. 외국에는 혼자 사는 여자들이 그렇게 많다면서요?」

「일본만 해도 독신녀들이 참 많아요. 우선 남편한테서 푼돈 받아쓰지 않아도 경제적으로 얼마든지 자립할 수 있으니까 결혼생활에 얽매이기보다는 새처럼 훨훨 날아다니면서 자유롭게 살고 싶어해요.」

사내들은 자존심이 좀 상하는지 서로 얼굴을 쳐다보았다.

「그럼 누님은 정말 결혼 안 하고 평생 혼자 사실 겁니까?」

하이에나가 진지한 표정으로 물었다.

「지금 생각은 하고 싶은 마음이 조금치도 없어요. 하지만 좋은 상대가 나타나면 또 모르죠. 나한테 부담을 주지 않고…… 부부이면서도 서로의 사생활을 존중해주고…… 자기를 하늘같이 떠받들어달라고 하지 않는 국제신사 같은 남자라면 혹시 모르죠. 하지만 그런 남자가 어디 있겠어요.」

「저요!」

꿀꿀이가 번쩍 손을 쳐들었다.

「국제신사라면 멀리서 찾지 말고 가까운데서 찾으십시오. 바로 여기 있습니다.」

「어휴, 정말 눈뜨고 못봐주겠네. 야, 꿀꿀아, 너 언제 철이 들래, 응?」

「이 자식아, 주제파악을 좀 할줄 알아라. 어찌 갈수록 그 모양이냐?」

표범이 꿀꿀이를 공박하자 유태인이 꿀꿀이의 뒤통수를 쓰다듬으면서 말했다. 그래도 꿀꿀이는 능글능글 웃기만 했다.

「이 자식들아, 나라고 국제신사가 되지 말라는 법이 있냐. 웃기지들 마.」

「갑수씨가 국제신사인줄은 정말 몰랐어요. 앞으로는 알아 모실께요.」

서화가 웃으며 말하자 꿀꿀이는 잘 부탁한다고 하면서 고개를 꾸벅 숙이기까지 했다.

「어떤 사람을 국제신사라고 합니까?」

하이에나가 정색을 하고 물었다.

「잘 아시면서 뭘 물으세요. 국제신사라면 우선은 국제적으로 놀아야겠지요. 그리고 국제적인 감각이 몸에 배어있어야할 거고…… 외국어 하나쯤은 능숙하게 구사할줄을 알아야겠지요. 곁들여 경제적으로 여유가 있어야할 거고 사회적으로 지명도도 있어야하겠지요. 한 마디로 세계 어디에 내놔도 손색이 없는 지식과 재력과 멋을 지닌 실력있는 남자를 말하는거 아니겠어요.」

「어휴, 듣기만 해도 힘들다. 국제신사가 되는게 그렇게 힘듭니까?」

꿀꿀이가 혀를 내두르며 말했다. 서화는 그것을 보고 씩 웃었다.

「국제신사가 되는게 그렇게 쉬운줄 아셨나요?」

「아이구, 전 포기하겠습니다. 너희들 하고 싶으면 해. 난 포기하겠어.」

꿀꿀이가 손을 내젓자 또 웃음이 터졌다. 그러나 하이에나만은 웃지도 않고 침울한 표정을 짓고 있었다.

「누님, 아까 댁에서 좋은 신랑감한테 시집보내려고 극성이라고 하셨는데…… 그 신랑감은 국제신사가 아닌가요?」

하이에나가 걱정스러운 눈길을 그녀한테 던졌다.

「만나보지 않아서 잘 모르겠어요. 듣기에는 미국에서 공부한 무슨 박사라고 했어요.」

「무슨 박사인가요?」

「경제학인가 뭐 그런 박사라고 했어요. 지금 자기 아버지 회사에서 후계자 실습을 하고 있는데…… 무슨 재벌 2세라나 봐요.」

「야아, 재벌 2세면 굉장한데요. 그렇게 좋은 신랑감을 거절하시다니 누님두 참, 굴러온 복을 다 차시는군요.」

언제나 과장된 반응을 보이는 꿀꿀이가 또 끼어들었다.

「바보 같은 소리 하지 마. 처음에는 누님처럼 한번쯤 빼야한다구. 자존심도 없이 얼씨구나하고 가는 여자가 어딨어. 한번쯤 빼다가 저쪽에서 달아오르면 그때 가서 못 이기는체 하고 가는게 제 코스야. 그것도 작전이라구. 알았어, 이 꿀꿀아?」

유태인이 제법 아는체 했다.

「아, 그런가. 들어보니까 그것도 그런 것 같은데…… 그럼 누님도 한번 그냥 빼보시는 겁니까?」

그 말에 서화는 흥하고 코웃음을 쳤다.

「빼다니요. 난 그런 기교 부릴줄 몰라요. 싫으면 싫다고 솔직히 말하지 꾸물대는건 질색이에요.」

「거봐, 누님은 화끈하다구.」

「이른바 재벌 2세라는 젊은 남자들…… 정말 밥맛 없어요. 전 그런 남자들 싫어요. 그런 남자들하고 마주 앉아있으면 꼭 무슨 외계인들하고 앉아있는거 같아서 싫어요. 자기가 마치 선택받아서 태어난 것 같이 착각하고 있거든요. 그리고 자기가 세상에서 제일 잘난 사람인줄 알아요. 모든걸 돈으로 해결하고 돈으로 밀어부치니까 안 되는 일이 없겠죠. 하지만 돈을 모든 것의 기준으로 삼는 그런 사람…… 난 정말 구역질 나요. 노력과 땀의 가치를 하나도 모른채 애비가 물려준 재산 가지고 거들먹거리는 그런 작자들 정말 꼴도 보기 싫어요.」

「브라보! 누님 정말 최고인데요. 재벌 2세라고 하면 아가씨들 사족을 못 쓰는데 누님은 전혀 다르시군요.」

「누구는 뭐 돈이 없나요. 돈 자랑하는거 정말이지 신물이 나요. 재벌 2세들 마누라 어떻게 생겼는지 아세요? 하나같이 최고 미녀들이라구요. 그 여자들, 탤런트 출신이다 영화배우 출신이다 Y여자대학 퀸 출신이다해서 결혼식 때마다 호화판으로 떠들썩하게 재벌 2세들하고 결혼하는거 잘 알잖아요. 하지만 그게 어디 진정한 의미의 결혼인가요. 돈에 팔려가는 거지. 재벌 2세라는 남자들, 하나같이 조그맣고 볼품없지만 마누라들은 전부 팔등신 미녀들이라구요. 하지만 난 돈에 팔려가지 않아요. 돈 같은건 정말이지 쓰레기만도 못해요. 우리 아빠도 재벌 못지않게 돈 가지고 있지만, 돈 자랑하는거 싫어요.」

「아빠는 무슨 일 하세요?」

「사업하고 계세요.」

「무슨 사업인가요?」

남자들은 잔뜩 호기심어린 눈으로 그녀를 주시했다. 그녀의 아빠가 재벌 못지않게 돈을 가지고 있다는 바람에 도대체 무슨 일을 하는 사람인지 궁금해하고 있었다.

「자세한건 잘 모르겠어요. 하도 여러 사업을 하시는 바람에 잘 몰라요. 전 관심도 없어요.」

「아니, 아빠가 하시는 일에 관심이 없다니…… 그건 비정상 아닙니까?」

「전 관심없어요. 필요한 돈만 아빠한테서 타내면 되지 아빠 사업에 관심가질 필요가 뭐 있어요. 아빠는 건설업도 하시고 …… 무역, 운수…… 그리고 요즘은 강남하고 제주도에다 호텔 지으신다고 거의 집에도 안 들어오세요. 우리 아빠 같이 사업밖에 모르는 남자는 싫어요. 사업한답시고 혼자서 밖으로만 돌아다니시니까 엄마는 마냥 과부 아닌 과부생활을 하신다구요. 그게 무슨 가정생활이에요. 나 같으면 이혼하고 말지 그런 식의 부부생활 안 해요.」

거침없이, 그리고 당당히 말하는 바람에 남자들은 압도된듯 모두가 움츠린 모습들이었다.

「누님은 그럼 어떤 신랑감을 원하십니까?」

「난 결혼 안 한다니까요.」

「결혼 안 한다고 떠들던 여자들이 더 빨리 결혼하던데요.」

「그럴 수도 있죠. 여자의 마음은 갈대와 같으니까요. 사랑 앞에는 제일 약한게 여자 아녜요.」

「누님도 사랑에는 약하신가 보죠?」

표범이 물었다.

「네, 강할 때는 강해도 약할 때는 또 한없이 약해요. 난 나보다 나이가 많은 사람보다 적은 사람이 더 좋아요. 그래서 혹시 결혼하게 되면 나보다 나이가 적은 남자하고 할 거예요. 나 욕심 많죠?」

남자들이 소리를 지르며 박수를 쳤다. 꿀꿀이는 발까지 구르며 소리를 질러댔다.

「그, 그렇다면 저희들도 가능성이 있군요! 야, 느네들 나이 적다고 너무 실망하지 말고 희망을 가져. 알았어?」

「병신 같은 자식들, 김치국 마시지 마!」

표범이 눈을 부라리며 쏘아붙였다.

서화는 남자애들의 노는 꼬락서니를 관찰하면서 속으로 쾌재를 불렀다. 되는대로 실컷 거짓말을 지껄이고나니 체증이 싹 가신듯 후련한 기분마저 들었다. 뒤끝이 어떻게 끝나든 상관할 바가 아니다. 헤어지면 두 번 다시 만나지 않을테니까.

그러나 그녀는 하이에나가 마음에 걸렸다. 그는 다른 남자애들과는 분명히 다른 느낌으로 다가오고 있었던 것이다. 그는 농락하고 싶은 상대가 아니었다. 할 수만 있다면 그와의 관계를 희망적인 쪽으로 발전시키고 싶은 것이 그녀의 생각이었던 것이다. 가난한 미국 유학생, 그러나 성공할 가능성이 그 누구보다도 많은 대학생과의 연애란 생각만 해도 가슴뛰는 일이었다. 연하의 남자를 애인으로 삼는다는 것도 괜찮을 것이다. 늙다리 남자들보다는 훨씬 나을 것이다. 연애가 발전하면 결혼까지도 고려해볼 수 있다. 연하의 남자를 남편으로 섬긴다? 그녀는 화려한 망상에 쓴 웃음이 나오려는 것을 참았다. 그것은 자기비하의 웃음이라고 할 수 있었다. 가진 것이라고는 미모와 몸뚱이뿐인 천박한 콜걸이 어떻게 미국 명문대 유학생의 아내가 될 수 있겠는가. 모든 것을 숨긴채 상대방을 속여가면서 연애 정도는 할 수 있을 것이다. 그러나 그 연애도 결국은 비련으로 끝나고 말겠지. 하물며 결혼이라니! 아무리 망상이라고 하더라도 그런 꿈은 애초부터 꾸지 않는게 좋다.

자기비하의 감정이 천천히 분노로 바뀌는 것을 느끼면서 그녀는 벌컥벌컥 맥주를 들이켰다. 그녀의 그런 모습을 사내녀석들이 놀란듯이 쳐다보았다.

「누님, 괜찮겠습니까?」

하이에나가 걱정스러운 눈으로 그녀를 쳐다보며 물었다.

「이 정도 가지고 취하지는 않아요. 자, 드세요!」

하이에나 앞에 빈 잔을 탁 놓으면서 그녀는 자기자신과 하이에나를 동시에 학대하고 싶은 충동을 느꼈다. 자신이 가질 수 없을 바에야 남이 가지지 못하게 짓뭉개버리고 싶은 것이 사람의 심리이다.

하이에나는 거절도 못한채 당황해서 잔을 받았다.

「주는 잔 거절하는 놈은 앉은 자리에서 만원씩 내놓기야.」

표범이 하이에나를 노려보면서 쏘아붙였다.

「그것 참 좋은 아이디어다. 좋아. 잔 거절하면 한 잔에 만원.」
하고 꿀꿀이가 소리쳤다.
「술잔을 비우지 않은채 자기 앞에 두 개 놓고 있어도 벌금을 내야해. 즉시 비우지 않으면 만원, 그리고 세 잔이 놓여있으면 2만원…… 그러니까 잔이 하나씩 늘어날 때마다 만원씩 추가야. 어때?」
표범이 잔인한 미소를 흘리면서 말하자 꿀꿀이와 유태인은
「좋다, 좋아.」
하고 맞장구를 쳤다.
「그건 너무한데요.」
서화가 하이에나의 눈치를 보면서 말했다.
「너무한거 아닙니다. 그래야만 술들을 마시지 그렇지 않으면 안 마십니다.」
표범은 자신의 제안을 관철시키고 말겠다는듯 말했다.
「그러지 말고 이렇게 하는게 어때요. 잔이 두 개 놓여있을 때에는 하나가 빌 때까지 더이상 잔을 권하지 말 것. 왜냐하면 한 사람에게 집중적으로 잔이 몰릴지도 모르잖아요.」
「하지만 두 잔을 앞에 놓고 하이에나처럼 마시지도 않고 마냥 앉아있기만 하면 어떡 합니까? 벌금으로 만원 내놓고 죽치고 앉아있으면 곤란하지 않습니까?」
「곤란할거 없어. 두 잔을 앞에 놓고 10분을 초과할 때마다 만원씩 받으면 돼. 그렇게 하는게 어때?」
유태인이 수정안을 내놓았다.
「만일 벌금낼 돈이 없으면 어떡 하죠?」
하고 서화가 물었다.
「옷 벗어야죠 뭐.」

꿀꿀이가 말했다.

「여기서 말이에요? 여기서는 곤란하잖아요.」

「나중에 방에 가서 벗으면 되죠 뭐.」

그녀는 고개를 갸우뚱하면서 하이에나를 쳐다보았다.

그는 미간을 찌푸리고 있다가 그녀와 시선이 마주치자 입을 열었다.

「하여간 저질로 노는구나.」

「그렇게 하기 싫으면 임마, 꺼지면 될거 아니야. 하기 싫으면 제발 꺼지라구. 김새게 하지 말고.」

「꺼지긴 왜 꺼지니. 끝까지 남아있을테니까 걱정하지 마.」

「그래요. 끝까지 남아있어야 해요. 먼저 가시면 난 실망할 거예요. 날 실망시키지 마세요.」

「실망시키지 않을 겁니다. 절대로…….」

하이에나가 결심을 굳히는 것을 보고 표범은 입가에 차가운 미소를 흘렸다.

「그래, 누님을 실망시키지 말고 잘 해봐라.」

「네가 말하지 않아도 잘 할 거야. 너 같은 녀석한테 질 수야 없지.」

전에 없이 하이에나가 큰 소리치는 것을 보고 표범은 어이없어하는 표정이었고, 꿀꿀이와 유태인은 흥미진진한 눈빛으로 두 사람을 쳐다보았다.

하이에나와 표범 사이에는 적의에 찬 시선이 잠시 오고갔다. 그들 사이에는 이미 따뜻한 우정 같은 것은 존재하지 않고 있었다.

「만일 누군가가 술을 더이상 못 마실 때 옆사람이 대신 마셔줘도 되는 거죠?」

서화가 두 사람의 눈치를 살피면서 물었다.

「안 됩니다. 그건 안 됩니다.」

표범이 손을 흔들며 완강하게 반대하고 나왔다.

「안 된다구요? 그럼 난 빠질래요.」

「누님이 빠지면 나도 빠질거야.」

하고 하이에나가 말했다.

난처해진 표범이 머뭇거리고 있자 유태인이 그의 귀에다 입을 대고 재빨리 속삭였다.

「야, 좋다고 그래. 저 기집애가 하이에나 것을 마셔줄수록 빨리 취할거 아니야. 취해서 뻗어야 빨가벗길거 아니야.」

그 말에 귀가 번쩍 뜨인 표범은 서화를 향해 서둘러 말했다.

「네, 좋습니다. 대신 마셔줘도 좋습니다. 누구 것을 마셔주실려고 그러는지는 몰라도 하이에나 것은 제발 마시지 마십시오. 이놈은 본때를 보여줘야 합니다. 자꾸 기어오르려고 하는데 이번에 단단히 버릇을 고쳐놔야 합니다. 이 자식은 지금까지 제 앞에서 끽 소리 못하고 지내왔는데 누님 앞이라고 지금 안하무인으로 까불고 있는 겁니다. 개구리가 올챙이적 생각 못한다고 바로 이놈을 두고 하는 말입니다.」

그가 주먹으로 머리를 쥐어박으려고 하자 하이에나가 얼른 피하면서 발끈해서 말했다.

「이 새꺄, 내 술은 내가 마실테니까 걱정하지 마. 이거나 처마셔라!」

조금 남아있는 맥주를 마저 마신 다음 빈 잔을 거칠게 표범 앞에 탁 놓자 모두가 놀라서 그를 쳐다본다. 하이에나는 잔이 철철 넘치게 술을 따랐고, 그의 움직임을 노려보고 있던 표범은 표독스러운 얼굴로 고개를 끄덕였다.

「흥, 짜아식, 꼴갑하고 있구나. 하루강아지 범 무서운줄 모른다더니. 배꼽이 웃는다 배꼽이. 좋아. 누가 먼저 뻗는지 해보자. 내가 사흘 낮 사흘 밤을 꼬박 새면서 술을 마시고도 끄떡하지 않았다는거 느네들이 잘 알지?」

표범은 맥주 한 잔을 단숨에 벌컥벌컥 들이키고나더니 빈 잔을 도로 하이에나 앞에 놓고 술을 가득 따랐다. 그것을 보고 서화가 말리고 나섰다.

「그런 식으로 술을 권하면 안 돼요. 기분좋게 술을 마셔야지 누구를 골탕먹이려고 술을 먹이면 어떡 해요. 그런 식으로 술을 마시면 한 시간도 못돼 판이 깨진다구요. 여기서 배겨날 사람 아마 아무도 없을 걸요.」

「그래, 누님 말이 맞다. 그렇게 하지 말고 잔을 받으면 곧바로 상대방에게 건네지 말고 다른 사람한테 건네주기로 하는게 어때. 한숨 돌리게 말이야. 술을 마시려면 숨을 좀 쉬어가면서 마셔야할거 아니야.」

유태인은 생각해주는척 하면서 탁자 밑으로 표범의 구둣발 잔등을 한번 지그시 밟아주었다. 사인을 받은 표범은 못 이기는체 하고 하이에나한테 권했던 잔을 들어 서화 앞에 놓았다.

「그럼 이 잔, 누님이 드십시오.」

「결국 그 잔이 나한테 오는군요. 할 수 없죠 뭐.」

그녀는 맥주 거품이 흘러내리는 잔을 들어 입으로 가져갔다.

문득 호텔 방에서 기다리고 있을 노무라가 걱정되었지만 지금 자리를 털고 그에게 가고 싶은 마음은 조금치도 없었다. 더구나 술까지 마신 터라 될대로 되라는 자포자기적인 심정이 가슴 밑바닥에 깔려있었다. 기다리다 지쳐서 자겠지. 아니면 다른 아가씨를 부를지도 모른다. 아무려면 어때. 흥, 그것을 세워주려면 꽤나 애먹어야 할걸. 자존심이 유난히 강해보이는 그 사내는 섹스에 실패한채 그대로 순순이 물러가지는 않을 것이다. 어떻게든 한국 아가씨의 다리 사이에 일장기를 꽂아야 직성이 풀릴 것이다. 그런 사내는 여자를 정복하지 못하면 한국도 정복하지 못한다고 생각하는 부류일 것이다. 모든 것을 섹스와 연관시키고 모든 것의 근본을 섹스에서 찾으려고 하는 오만한 일본인상. 그가 바로 노무라가 아닐까.

그녀는 전화라도 걸어주어야 한다고 생각은 하면서도 그대로 앉아있었다. 전화를 걸면 입장이 난처해질지도 모른다. 혹시 지금쯤 강마담이 알고 찾으러 다니고 있을지도 모른다. 화가 치밀어 씩씩거리며 해운대를 뒤지고 있을지도 모른다. 흥, 해보라지. 아쉬운건 그쪽이지 내 쪽이 아니다.

「누님은 만날 사람 없습니까?」

자신의 비밀과 속마음을 들여다보기라도 하듯 묻는 말에 그녀는 속으로 소스라치게 놀라면서 표범을 쳐다보았다. 그는 빤히 그녀를 응시하고 있었다.

「없어요.」

「아까 누구 만나러가신다고 하지 않았습니까? 제가 따라나갔을 때 말입니다.」

「그거야 하도 귀찮게 굴어서 떼어놓으려고 그런 거예요.」

「이쪽으로 전화도 걸려왔지 않았습니까?」

「나한테 전화가 걸려오든 말든 도대체 명치씨하고 무슨 상관이죠? 그건 엄연히 남의 사생활 아녜요. 남의 사생활을 그렇게 꼬치꼬치 캐묻는 법이 어딨어요.」

그녀가 발칵 성을 내며 말하는 바람에 표범은 당황했다.

「그건 누님 말씀이 맞아. 누님은 사생활 간섭하는걸 아주 싫어하신다구. 누님한테 사과해.」

하이에나가 점잖게 꾸짖고 나오자 표범은 아니꼬왔지만 할 수 없이 그녀에게 사과했다.

「기분상하게 했다면 미안합니다. 사생활을 침해하려고 그런 게 아니고…… 누님한테 관심이 많다보니까 그렇게 된 겁니다. 미안합니다. 앞으로는 조심하겠습니다.」

그는 고개까지 숙이면서 치욕을 느꼈다. 여자한테 사과하다니, 이런 일은 난생 처음이었다.

「비 그쳤나본데. 사람들 돌아다니고 있는데.」

꿀꿀이가 창 밖을 내다보며 말했다.

가로등 불빛 아래로 꽤 많은 사람들이 오가고 있는 것이 보였다. 우산을 펴들고 있는 사람들도 있었지만 대부분은 그냥 돌아다니고 있었다. 불빛 사이로 여전히 비가 내리고 있는 것이 보였지만 금방 옷이 젖을 정도로 많이 내리는 비는 아니고 우산 없이 돌아다녀도 될만큼 가는 부슬비였다. 이제 태풍과 세찬 폭우는 물러간 것 같았다.

거센 비바람 때문에 그동안 장사를 하지 못하고 있던 포장마차들이 어느새 하나 둘씩 나타나 불을 밝히고 있었다.

환한 대낮에 보면 포장마차들은 아름다운 해변의 풍광을 해치는 잡상처럼 보인다. 그러나 일단 날이 저물면 해운대 바닷가를 이쪽 끝에서 저쪽 끝까지 온통 수놓은 포장마차들의 불빛은 파도소리와 어우러져 더할 수 없는 아름다움과 낭만적인 분위기를 연출한다. 바다 위에 반사되는 무수한 불빛들과 파도와 함께 규칙적으로 산산이 부서지는 불빛의 잔해들, 바닷바람에 흔들리는 포장마차들, 바람막이 포장에 비치는 사람들의 그림자, 아마츄어 가수들의 목쉰 노래소리…… 각양각색의 포장마차 이름들…

… 겨울마차, 겨울여자, 혼수상태, 내 사랑 우수의 마적, 폭풍의 언덕, 지바고, 이방인, 3학년 1반, 마지막 여름, 그대가 물이라면, 헤밍웨이…… 기타소리, 중천의 달…… 해운대 포장마차는 이제 해운대의 빼놓을 수 없는 명물로 자리잡고 있었다. 해운대 밤바다에 만일 포장마차가 없다면 아름다운 불야성도 낭만적인 분위기도 사라져버릴 것이고, 해운대의 야경은 더없이 삭막해질 것이다.

「하나, 둘, 셋, 넷…….」

꿀꿀이가 탁자 밑에 모아둔 빈 맥주병들을 세기 시작했다.

「……열아홉…… 모두 열아홉 병 마셨어.」

「얼마 안 마셨는데 그래. 이제부터 시작이야.」

하고 유태인이 말했다.

하이에나 앞에는 잔이 두 개 놓여있었고, 하이에나는 반쯤 눈을 감고 있었다.

「야, 임마, 염불하는 거냐? 빨리 마셔. 못 마시겠으면 만원 내놔.」

표범이 위협적으로 말했다. 그는 하이에나가 어서 뻗기만을 기다리고 있었다. 하이에나는 그럭저럭 위기를 넘기고 있었는데 금방이라도 의식을 잃을 것 같으면서도 좀처럼 꼬꾸라지지 않고 있었다.

「내가 마실테니까 그만 마시세요. 안 되겠어요.」

해바라기가 잔을 집으려고 하자 하이에나가 눈을 번쩍 뜨면서 그녀의 손을 밀어냈다.

「아, 아니에요. 제 것은 제가 마셔야죠. 너무 걱정하지 마세요.」

하이에나는 잔을 집어들더니 단숨에 술을 마셨다.

그것을 보고 그의 친구들은 어리둥절했다. 하이에나가 그렇게 술을 많이 마시는 것을 보기는 처음이었던 것이다.

지금까지 그들은 하이에나를 술도 못 마시는 병신 정도로 알아왔었는데 오늘보니 그게 아니었다. 그는 보다 못한 서화가 곁에서 대신 마셔주려고 할 때마다 완곡하게 거절하면서 자기 잔을 스스로 챙겼던 것이다. 그때마다 표범을 비롯한 그의 친구들은 당혹감을 감추지 못하면서 어리둥절한 표정을 짓고는 했다. 도대체 몸뚱이가 너무 작아 술이 들어갈 데가 없는데도 그는 권하는 족족 마셔대고 있었던 것이다. 그것을 보고 가장 당황한 사람은 아무래도 표범일 수 밖에 없었다.

표범 역시 얼큰히 취기가 올라있었다. 그는 네 명중 가장 술을 많이 마시는 것으로 알려져있었다. 그런데 지금 가장 술을 못 마시는줄 알았던 하이에나가 놀랍게도 술을 거퍼 마심으로써 표범의 술실력에 슬금슬금 도전해오고 있었던 것이다. 이러다가는 내가 먼저 쓰러질지도 모른다. 정신을 바짝 차리지 않으면 저 새끼한테 정말 이 기집애를 빼앗기겠는데. 표범은 불안한 눈으로 하이에나를 지켜보았다.

하이에나는 빈 잔을 표범한테 주려고하다가 갑자기 그것을 서화 앞에다 밀어놓았다.

「누님, 사랑하는 누님…….」

그렇게 중얼거리면서 그는 멀거니 서화를 바라보았다. 서화는 하이에나의 주정을 얼마든지 받아들이겠다는 듯 얼굴 가득히 미소를 지으면서 따뜻한 눈길로 그를 쳐다보았다.

「누님, 많이 취하셨습니까?」

혀꼬부라진 소리로 묻는 그를 보고 서화는 와락 그를 껴안아 주고 싶은 충동을 느꼈다.

「아아뇨, 한 잔 주세요.」

「누님, 이 세상에서 가장 아름다우신 누님하고 술을 마시는데…… 아무리 제가 술을 못 마신다해도 술을 안 마실 수가 있겠습니까. 이 거지 발싸개 같은 놈들하고는 솔직히 말해 술마시고 싶은 생각 눈꼽만큼도 없습니다. 하지만 누님하고라면 밤새도록 얼마든지…….」

「뭐, 뭐가 어쩌고 어째?」

하이에나의 친구들은 기가 막힌듯 엉덩이를 들썩이며 잡아먹을 듯이 그를 노려보았다. 그러나 그는 두꺼운 안경 너머로 게슴츠레하게 그들을 쳐다보며 흐물흐물 웃기만 했다.

「왜…… 뭐가 잘못됐어? 너희들 날 잡아먹을려고 안달들 하는데…… 잘 안 될 거다 안 돼. 나는 말이야, 술을 마셔도 느네들처럼 바보같이 마시지 않는다구.」

「그럼 어떻게 마시냐?」

「미사일공학에 입각해서 마시지. 삼수생 술마시는 거하고 미사일공학도 술마시는게 같을 수 있냐. 흐흐흐…….」

그의 친구들의 입에서는 더이상 농담이 나오지 않았다. 그들의 얼굴은 금방 심한 모욕감으로 불그락푸르락해지고 있었다.

「너 말 다 했어?」

표범이 입가에 경련을 일으키면서 물었다. 그것을 보고 서화는 살얼음을 딛는 것처럼 아슬아슬한 느낌이 들었다. 그녀가 생각하기에도 하이에나 쪽에서 너무 심한 말을 한 것 같았다. 그런 말을 한 것을 보면 그는 많이 취한 것 같았다. 그러나 그의 친구들의 표정을 보니 그런 것을 이해하려들지 않을 것 같았다.

「그래. 말 다 했다. 어쩔테냐?」

하이에나는 그렇지 않아도 뾰쪽한 턱을 앞으로 쑥 내밀었다.

「이 새끼가!」

표범은 하이에나의 얼굴에다 맥주를 확 끼얹으면서 그의 멱살을 움켜잡았다. 그리고 주먹으로 그를 후려갈기려고 했다. 그때 서화의 앙칼진 목소리가 터져나왔다.

「안 돼요! 무슨 짓이에요!」

하이에나의 코 앞에서 표범의 주먹이 부들부들 떨고 있었다.

「이 새끼를 그냥…….」

「안 돼요! 참으세요. 장난으로 그런걸 가지고 뭘 그러세요.」

서화는 멱살을 움켜잡고 있는 표범의 손목을 끌어당겼다. 그리고 그가 마지못해 멱살을 놓자 손수건으로 하이에나의 얼굴을 재빨리 닦아주었다.

「누님만 아니었다면 넌 작살났어. 다행인줄 알아.」

표범이 이를 갈며 말했다.

「모두 남자답지 못해요. 조그만 일에도 화를 잘 내고 모두가 시시해요. 이런줄 몰랐어요. 내가 왜 이런 자리에 끼어들었는지 모르겠어요.」

「죄송합니다, 누님. 모든게 제 잘못입니다.」

하이에나는 그녀에게 고개를 숙여 사과한 다음 자리에서 몸을 일으켰다.

「누님한테는 사과하지만 너한테는 사과할 수 없어.」

하이에나는 손가락으로 표범을 가리키고 나서 비틀비틀 걸어갔다.

「어디 가세요?」

서화가 걱정스러운 듯이 물었다.

「화장실에 갑니다.」

하이에나는 자신이 몸을 가누지 못할 정도로 술을 많이 마신 것을 잘 알고 있었다. 그러나 그들에게, 특히 서화에게 자신이 약하다는 것을 보이기 싫었기 때문에 발을 헛딛지 않으려고 극도로 조심하면서 걸어갔다. 도중에 바닥에 쓰러지면 그것으로 패배를 인정하는 셈이 되고 만다.

화장실 안으로 들어서자 그는 안으로 문을 잠궜다. 그리고 변기 위에 상체를 숙인 다음 목구멍 속으로 손가락을 찔러넣었다. 위 속에 들어간 술이 온몸에 퍼지기 전에 그것을 모두 토해버려야 한다고 생각했다. 손가락을 찔러넣기가 무섭게 읙하는 소리와 함께 술과 음식물 찌꺼기가 쏟아져나오기 시작했다. 만일 위 속에 들어간 술이 음식물 찌꺼기와 뒤섞여 발효되기 시작하면 정신을 차릴 수 없을 정도로 취할 것이다. 그렇게 되기 전에 남김없이 토해버려야 한다. 그의 얼굴은 입에서 토해내는 더러운 음식물과 술, 그리고 눈물과 콧물 등으로 뒤범벅되어 참담한 모습으로 변해있었다. 그는 더이상 나오지 않을 때까지 손가락으로 목젖을 건드려 위 속에 들어있는 것들을 깡그리 토해냈다. 그런 다음 물로 입을 헹구고 얼굴을 씻었다. 그러고나니 한결 속이 가뿐해진 것 같았다.

밖으로 나온 그는 아무렇지도 않은듯 일행들 쪽으로 걸어갔다. 수시로 화장실에 들어가 마신 술을 토해내면 밤새 술을 마셔도 취하지 않을 것이다. 그런줄도 모르고 바보 같은 표범은 계속 나한테 술을 권하겠지. 누가 먼저 뻗는가는 물어보나마나한 일이다. 수단 따위를 가리고 있을 처지가 아니지 않은가. 어떻게든 놈을 먼저 뻗게해야 한다.

「괜찮으세요?」

서화가 걱정스러운 목소리로 물었다.

「전 아무렇지도 않습니다.」

그는 자신있게 말하고 나서 표범을 쳐다보았다.

「야, 그 술 마시고 이리 잔 넘겨. 뭐 하고 있는 거야?」

사실 그는 좀 쉬었다가 술을 마셨으면 하고 생각하고 있던 중이었다. 그런데 다른 친구도 아닌 하이에나한테서 재촉을 받고 보니 거절할 수도 없었다. 그는 기가 막히다는듯 코웃음을 치면서 술잔을 집어들었다.

「정말 나하고 한번 해보겠다는 거냐?」

「잔말 말고 빨리 술잔 넘겨, 임마.」

하이에나의 기세등등한 요구에 꿀꿀이와 유태인도 자못 놀라는 기색이었다.

「아쭈, 하이에나 제법인데 그래. 언제 이렇게 술이 늘었지? 너 미국에서 술만 배운거 아니야?」

꿀꿀이의 말에 하이에나는 씨익 웃었다.

「열길 물 속은 알아도 사람 속은 모른다고 했잖아. 두고보면 정체가 드러나겠지.」

의심스러운 눈으로 하이에나를 살피면서 유태인이 말했다.

표범은 숨이 차는 것을 느꼈다. 배가 터질 것처럼 부풀어 더이상 못 마실 것 같았지만 그는 억지로 맥주를 꿀컥꿀컥 들이마셨다. 그렇다고 힘들어하는 표정도 지을 수가 없어 아무렇지도 않은듯이 가장하면서 빈 잔을 하이에나에게 넘겼다.

「마셔라, 이 자식아.」

「그래, 얼마든지 마셔줄테니까 걱정하지 말고 네 걱정이나 해라.」

「아, 안 돼요! 그건 규칙위반이에요. 넘겨받은 잔을 곧장 상대방에게 넘기지 않기로 했잖아요. 다른 사람한테 넘기세요.」

서화가 강력히 이의를 제기하자 표범은 불쾌한 얼굴로 하이에나 앞에 놓여있는 잔을 도로 집어 서화 앞에 놓았다.

「그럼 누님이 드십시오.」

서화 역시 배가 불러 쉬지 않고 계속 술을 마신다는 것이 여간 부담스럽지가 않았다. 그러나 그녀는 술에 꽤 단련되어있는데다가 밤 새워 술을 마신 것이 한두 번이 아니었기 때문에 아직은 버틸만 했다. 그녀는 단번에 마시지 않고 3분의 1쯤 마신 다음 웃으며 말했다.

「내일은 날씨가 개일 것 같은데 뭐 할 거예요?」

「그야 육체미 감상하러 나가야죠. 모래밭에 비스듬히 앉아서 오가는 아가씨들의 풍만한 육체미를 감상하는 것이야말로 진정한 피서가 아니겠습니까. 아슬아슬하게 몸을 가리고 있는 비키니 수영복 차림의 아가씨를 보고 있으면…….」

꿀꿀이가 막 늘어놓기 시작한 장광설을 표범이 막았다.

「이 녀석은 수영을 못하기 때문에 물에 들어가면 그저 맥주병이에요.」

「히히…… 저는 물가에서 물장구치면서 노는게 제일 좋거든요. 어릴 때 생각도 나고, 동심으로 돌아간 기분이거든요. 누님은 내일 수영 안 하실 겁니까?」

「왜 안 해요. 수영복까지 준비해왔는데.」

「어, 어떤 수영복입니까?」

「아슬아슬한 비키니에요.」

「야, 그럼 내일 정말 볼만 하겠는데요. 누님 몸매가 아마 해운대에서 제일 멋질 겁니다. 제가 옆에서 보디가드 역을 해드리죠. 누님보고 침흘리며 달려들 놈들 아마 많을 겁니다. 조심하지 않으면 큰일 납니다.」

「너한테 보디가드 역을 부탁하기보다는 차라리 갈매기한테 부탁하는게 낫겠다. 만일 누님이 바다 가운데서 상어떼한테 공격을 받으면 수영도 못하는 것이 어떻게 경호를 하겠다는 거야.」

「모터보트 빌려타고 쫓아가면 돼지 뭐.」

「누님, 이 애 같은 처음부터 믿지 않는게 좋습니다. 바다에서의 보디가드라면 저한테 맡기십시오.」

「수영 잘 하세요?」

「고등학교 때 수영선수였거든요.」

표범의 자신만만한 말을 유태인이 증명해주었다.

「정말 수영선수였습니다. 상은 한 번도 못탔지만 선수는 선수였죠.」

「지금도 선수생활하세요?」

「아뇨, 외아들이 물에 빠져죽을까봐 부모님이 하도 반대하시는 바람에 그만두었죠.」

「내일 그럼 안심하고 물에 들어가도 되겠군요.」

「누님은 수영 잘 하십니까?」

「물에 빠져죽지 않을 정도는 해요.」

「그럼 잘 하시는군요.」

「잘 하지는 못해요. 여긴 이제 답답하니까 우리 딴 데로 가요.」

그녀의 말이 끝나기 무섭게

「우리 디스코텍에 가요!」

하고 꿀꿀이가 소리쳤다.

「난 포장마차가 좋은데.」

유태인이 말했다.

「야, 디스코텍에 가서 몸을 한번 풀어야지. 몸을 풀고 나서 포장마차에 가도 늦지 않다구.」

「좋아, 좋아.」

서화가 카운터에서 계산을 치르는 동안 남자들은 밖으로 우르르 몰려나갔다.

「저 기집애 오늘밤 홀라당 벗겨먹는 거야.」

계단을 내려가면서 꿀꿀이가 하이에나의 어깨를 툭 치며 말했다.

「벗겨먹을테니까 너 방해하면 안 돼. 알았어?」

표범이 벽에다 하이에나를 밀어부치며 윽박지르자 그는 싸늘하게 웃었다.

「마음대로 해. 하지만 잘 안 될걸.」

서화는 거스름돈을 받으면서 인디언 여인에게 사과했다.

「아까는 미안했어요.」

「괜찮아요.」

인디언 여인은 매상을 많이 올려준 손님의 기분을 거스를 수가 없어 조금 웃어보였다.

태풍이 지나간 뒤끝이라 밖에는 이상할 정도로 바람기가 없었다.

「여기서 딱 한 잔만 하고 갑시다.」

유태인이 혼수상태라는 이름의 포장마차를 들치며 말했다.

「좋아요. 한 잔씩만 하는 거예요.」

서화는 밤바다를 바라보며 숨을 깊이 들이마셨다.

캄캄한 바다 저쪽은 아무 것도 보이지 않았다. 바람은 자고 있었지만 먼 바다에서 밀려오는 파도는 아직 거칠게 울부짖고 있었다. 먼 바다에는 아직 태풍이 남아있는 것 같았다. 그녀는 하이에나의 부르는 소리를 듣고서야 포장마차 안으로 들어갔다.

포장마차 안에서는 젊은 남자가 기타를 치며 구슬픈 목소리로 노래를 부르고 있었다. 아주 못 생긴 젊은이였지만 목소리만은 꽤 매력적이었다.

난 하늘과 바다만 사랑하면서
떠돌아다니려 했는데
왜 당신이 나타나
나를 괴롭혔나요
아, 사랑이 무엇이기에
나를 이리도 지치게 만드나요
황토길 위에 흘린 내 눈물
채 마르기도 전에
당신은 떠났습니다. 산너머 저쪽으로

그것은 처음 들어보는 노래였다.

젊은 남자가 노래를 부르고 있는 동안 아가씨 한 명이 손님들을 맞아 시중을 들고 있었다. 그녀는 남자와는 달리 남자들의 시선을 끌만큼 예쁜 얼굴이었다.

한쪽 구석에는 남녀 한쌍이 술잔을 앞에 놓고 다정한 모습으로 앉아있었다.

갑자기 다섯 명이나 되는 젊은이들이 요란스럽게 밀어닥치는 바람에 포장마차 안은 시끄러워졌고, 아가씨는 주문을 받아내느라고 애를 먹고 있었다.

「나는 보드카!」

꿀꿀이가 먼저 큰 소리로 주문을 했다.

「이 새끼 취했어. 보드카를 마셔가지고 어떻게 하겠다는 거냐?」

「하여간 난 보드카!」

「난 에또, 약한 걸로 한 잔 주세요. 진토닉 주세요.」

유태인이 매부리코를 만지작거리며 말했다.

「위스키!」

표범이 손가락을 세워보였다.

하이에나는 얼룩이 진 메뉴판을 들여다보면서 고민스러운 표정을 지었다.

「야, 임마, 뭘 그렇게 들여다보고 있어? 시간 아깝다. 시간 아까워.」

표범이 또 시비를 걸어오는 것을 보고 서화가 하이에나 곁으로 바싹 붙어앉았다. 동시에 그녀는 밑으로 손을 뻗어 그의 허벅지 위에 올려놓았다. 리어커 위에 설치해놓은 탁자용의 판자가 위를 가려주고 있었기 때문에 다른 사람들의 눈에는 그것이 보이지 않았다.

「약한 걸로 드세요. 싱가폴슬링 드시겠어요?」

「네, 그러죠.」

「싱가폴슬링 주세요. 그리고 난 꼬냑 주세요.」

그를 대신해서 그녀가 주문했다.

「그렇게 너무 편애하시니까 저희는 몸둘 바를 모르겠습니다.」

유태인이 정중한 어조로 말했다.

「우리는 안중에도 없나봐. 쓸쓸한데.」

꿀꿀이가 풀이 죽은 표정으로 말했다. 그는 게슴츠레한 눈으로 그녀를 바라보다가 탁자 위로 코를 박았다.

「한 놈 뻗었어.」

하이에나가 중얼거리자 꿀꿀이가 얼굴을 쳐들었다.

「임마, 난 아직 멀었어.」

「자, 우리 건배해요.」

술잔이 모두 놓인 것을 보고 서화가 자기 잔을 쳐들었다. 그녀의 한쪽 손은 하이에나의 허벅지 사이로 이동하고 있었다.

하이에나는 침을 꿀컥 삼키면서 두 다리를 슬그머니 벌려주었다. 그러면서 자신도 한쪽 손을 그녀의 허벅지 위로 가져갔다. 술기운 때문에 얼마든지 대담한 짓을 할 수가 있을 것 같았다. 미니스커트 아래로 완전히 드러난 허벅지 위를 그는 자유롭게 더듬어나갔다. 그녀의 허벅지는 한없이 쓰다듬어주고 싶을 정도로 보드랍고 탄력이 있었다.

그대의 죽음을 기뻐하며
나는 노래를 부른다
내가 사랑하는 모든 것들
그 모든 것들의 죽음을 기뻐하며
나는 오늘 밤도 노래를 부른다
하늘도 죽었고
바다도 죽었다
갈매기도 죽었고
도시도 죽었다
태양도 죽었고
달도 죽었다
광야에 혼자 남은 나는
기쁜 마음으로 죽음을 기다린다

서화가 갑자기 하이에나의 부풀어오른 사타구니를 꽉 움켜잡는 바람에 그는 깜짝놀랐다. 너무 힘주어 잡았기 때문에 그는 아파서 얼굴을 찡그렸다. 그러나 친구들이 눈치를 챌까봐 노골적으로 찡그리지도 아야하고 소리지르지 못한채 참아야했다.

「이 노래 처음 들어본 것 같은데…… 누가 부른 거예요?」

서화는 하이에나가 아파하거나 말거나 상관하지 않고 그의 사타구니를 꽉 움켜잡은채 막 노래를 끝낸 못생긴 청년에게 물었다. 청년은 씨익 웃었다.

「아직 발표하지 않은 미발표작입니다.」

「누가 쓴 건가요?」

「제가 쓴겁니다. 작곡도 제가…….」

그는 말끝을 흐리며 멋적게 웃었다.

「그래요? 아주 멋있고 인상적이에요.」

「정말입니까?」

그가 정색을 하고 물었다.

「네, 정말이에요. 이렇게 멋진 노래는 처음이에요. 기쁘게 들리지 않고 통곡하는 것처럼 들려요.」

「감사합니다.」

그가 고개를 꾸벅했다. 순박해보이는 청년이었다.

하이에나는 참을 수가 없었다. 그는 오른손을 스커트 밑으로 밀어넣어 도톰하게 부풀어오른 부분을 덮었다. 그 부분은 축축하게 젖어있었고, 후끈거리는 열기가 손바닥 가득히 느껴졌다.

「한번 발표해보시지 그래요?」

서화는 하이에나의 손이 빠져나가지 않게 두 다리를 오무리면서 아마츄어 가수에게 말을 걸었다.

「그렇지 않아도 알아봤는데…… 이런 노래는 안 된답니다. 죽음의 찬미라나요. 무식한 자식들…….」

어디선가 여러 명이 입을 모아 부르는 노래소리가 파도소리에 섞여 들려왔다. 여기저기서 타오르는 촛불이 사람들의 얼굴을 환상적으로 만들어주고 있었다.

코고는 소리가 들려왔다. 어느 새 꿀꿀이가 탁자 위에 얼굴을 처박은채 코를 골고 있었다.

「이 자식 뻗었어. 어떡 하지?」

「내버려둬.」

갈수록 코고는 소리는 커져가고 있었다. 마치 탱크가 굴러오는 것 같은 소리에 모두가 킬킬거리고 웃었다.

서화도 웃으면서 두 다리 사이에 끼여있는 하이에나의 손 위에 자신의 손을 포갠 다음 그것을 꼬옥 눌러주었다.

「두 분은 어떤 사이세요?」

서화는 예쁘게 생긴 아가씨와 못 생긴 청년을 턱으로 가리켰다.

「친구예요.」

하고 청년이 말했다.

「친구…… 아주 멋있는 말이에요. 두 분이 어울려보여요.」

그것은 빈 말이 아니었다. 묘하게도 그들 두 사람은 포장마차와 함께 조화를 이루고 있었다.

「헤어지고 싶지 않아요.」

느닷없이 하이에나가 서화의 귀에다 대고 작은 소리로 속삭였다. 그의 손은 끈적거리는 체액으로 완전히 젖어있었다.

「나도 그래요.」

서화는 그의 귀에다 뜨거운 입김을 불어넣었다.

그들은 서로의 손을 꼭 맞잡았다.

그런 그들을 표범이 이글거리는 눈으로 쏘아보고 있었다.

「너무 다정해보이시는데요.」

하고 유태인이 말했다.

표범이 갑자기 주먹으로 꿀꿀이의 등짝을 후려갈겼다.

「일어나, 이 새꺄! 디스코텍 안 갈거야?」

꿀꿀이는 고개를 쳐들더니 둘레둘레 주위를 쳐다보았다.

「웬 코를 그렇게 고세요?」

서화의 말에 그는 머리를 긁적거렸다.

「헤헤, 제가 코를 좀 골았나요?」

「좀 골은 정도가 아니에요. 탱크가 굴러오는줄 알았어요.」

「헤헤, 죄송합니다.」

「여기 얼마예요?」

「3만 5천원입니다. 안주가 만원에다…….」

「여기 술값은 제가 내겠습니다.」

표범이 돈을 꺼내는 것을 보고 서화는 정색을 하고 막았다.

「오늘 밤 술값은 내가 내기로 약속하잖았어요. 그런 짓 하지 마세요. 그건 나를 모욕하는 거예요. 아셨어요? 나 술값은 얼마든지 있다구요. 여자라고 무시하지 마세요.」

「아, 알겠습니다.」

남자들을 먼저 밖으로 내보내고 나서 서화는 술값을 치렀다. 그리고 밖으로 나오면서

「두 분 아주 어울려보여요. 다음에 또 올테니까 그 노래 다시 한번 불러줘요.」

하고 말했다.

부슬비는 더욱 가늘어져있었다.

산책로 위에는 아까보다 더 많은 사람들이 오가고 있었다.

바닷가는 불야성을 이루고 있었고, 마치 초저녁 같은 분위기

였다.

「어디로 가는 거예요?」

서화는 남자들 뒤를 따라가다가 물었다.

「오리온 호텔 디스코장으로 갑니다.」

「거긴 싫어요. 다른데로 가요.」

그녀는 오리온호텔로부터 멀리 떨어져있는 리츠호텔을 가리켰다.

「저기로 가요. 리츠호텔에는 디스코텍이 없나요?」

「있습니다.」

하고 표범이 대답했다.

리츠호텔은 외관상으로는 마치 아파트처럼 보이지만 일단 안에 들어가보면 내부장식이 최고급으로 꾸며져있어 하룻밤 묵어가고 싶은 충동을 느끼게 하는 그런 호텔이었다.

그들은 잠시 리츠호텔까지 걸어갈 것인지 차를 타고 갈 것인지 하는 문제를 놓고 이야기를 나누었다.

남자들 가운데 표범이 서울서부터 몰고온 차가 있기는 한데 그것은 태평양 콘도 주차장에 있었다. 태평양 콘도까지는 한참을 걸어야하기 때문에 굳이 그 차를 이용하기 위해 거기까지 갈 필요는 없었다. 현재로서는 서화의 차가 가장 이용하기 편리한 거리에 세워져있었다. 그것은 바다의 침묵 앞에 세워져있었는데 사람들의 통행이 늘어나면서부터는 통행에 불편을 주는 존재로 사람들의 눈총을 받고 있었다. 어차피 다른 곳으로 갖다놓아야 했기 때문에 서화는 오던 길을 되돌아가 차 속으로 들어갔다. 그러자 남자들도 모두 따라와 차에 올라탔다.

「운전할 수 있겠습니까?」

하이에나가 걱정스러운 듯이 물었다.

서화는 씨익 웃었다.

「취한줄 아세요. 괜찮아요. 난 아무리 취해도 운전할 수 있어요.」

「이쪽 산책로는 차량 통행금지입니다. 저쪽으로 돌아가야 합니다.」

「알고 있어요.」

사람들이 산책로로 이용하고 있는 호안도로는 어느 새 포장마차로 뒤덮이기 시작하고 있었으므로 어차피 그쪽으로의 차량 통행은 어렵게 되어있었다.

뒤로 차를 뺐다가 반대쪽으로 방향을 잡은 서화는 액셀러레이터를 힘주어 밟았다. 그 바람에 차가 튕기듯이 앞으로 튀어나갔다.

남자들은 그녀의 거친 운전에 처음에는 재미있어하다가 차츰 겁먹은 표정을 지었다. 하이에나는 운전석 옆자리에 혼자 자리를 차지하고 앉아있었다.

「누님, 우리는 아직 장가도 못 갔습니다. 그렇게 아시고 잘좀 부탁합니다. 그건 그렇고…… 지금 어디 가는 겁니까?」

꿀꿀이가 창 밖을 내다보면서 물었다.

「드라이브하는 거예요. 여기가 달맞이길 시작이에요. 한 바퀴 둘러서 내려오면 기분이 좋아질 거예요.」

그녀는 오르막 길에서부터는 일부러 차의 속도를 줄였다.

열린 차창을 통해 시원한 바닷바람이 몰려들었다. 덥지도 춥지도 않은 상쾌한 밤이었다. 헤드라이트에 비치는 노면만 시야에 들어올뿐 주위는 온통 캄캄한 어둠에 싸여있었다.

언덕을 올라가자 비로소 빌라촌과 대형 식당에서 흘러나오는 불빛 때문에 시야가 조금 트이기 시작했다.

뒤따라오던 차들이 중앙선을 넘어 그녀의 차 옆을 스쳐가곤 했다.

달맞이길 고개 가까이 이르렀을 때 갑자기 차의 엔진이 꺼지면서 차가 슬그머니 서버렸다.

「무슨 일이죠?」

사내들은 조금 불안한듯 그녀 쪽을 쳐다보았다.

「습기가 많아서 엔진이 꺼졌나봐요.」

「누님, 차 바꾸셔야 되겠습니다. 이 차 고물 같은데요.」

「그렇지 않아도 신청해놨어요.」

그녀는 시동을 걸려고 해보았지만, 그때마다 쿨럭거리는 소리만 날 뿐 좀처럼 시동이 걸리지 않는다.

「제가 한번 걸어볼까요?」

표범이 운전석으로 오려는 것을 그녀는 단호하게 거절했다.

「내 차는 내가 제일 잘 알아요. 그전에도 시동이 꺼진 적이 있는데, 뒤에서 밀어주니까 금방 걸렸어요. 수고스럽지만 모두 좀 내려서 밀어주세요. 요 위까지만 가면 되니까 조금만 밀어주면돼요.」

「야, 모두 내려!」

표범이 하이에나의 뒤통수를 주먹으로 쥐어박은 다음 맨 먼저 차에서 내려 뒤쪽으로 돌아갔다.

「저 새끼가!」

하이에나가 뒤통수를 문지르며 차에서 내리려고 하는 것을 보고 서화가 재빨리 그의 허벅지를 꼬집어 막았다.

「그대로 앉아있어요. 자는 척하세요.」

「야, 임마, 뭐 하고 있는 거야?! 빨리 내려!」

차를 두드려대면서 사내들이 소리쳤다.

서화는 고개를 내밀고 뒤에다 대고 말했다.

「속이 안 좋은가 봐요. 그대로 두고 세 분이서 밀어줘요. 셋이 밀어도 충분하잖아요!」

세 명은 상체를 구부린채 차를 밀기 시작했다.

차가 고개 위에 거의 다 올라왔을 때 마침내 시동이 걸렸다.

「됐죠?」

「네, 됐어요. 타세요.」

차는 부르릉 소리를 내면서 앞으로 달려갔다. 세 명은 차를 잡으려고 뛰어갔다. 그러나 그들이 차에 막 이르자마자 차는 또 부르릉하고 달려갔다.

「야!」

표범이 성이 나서 헐떡거리며 소리쳤다.

차는 50미터쯤 앞에 서있었다.

「저 기집애가 우릴 놀리는데.」

유태인의 말을 받아 꿀꿀이가

「어휴, 저 두 년놈을 작살내야 하는데.」

하고 말했다.

앞에서 차의 클랙션 소리가 들려왔다.

빨리 오라는 신호였다. 그들은 슬금슬금 차 쪽으로 걸어갔다. 표범이 잽싸게 먼저 뒷문 손잡이를 잡았지만 문은 안으로 잠겨 있었다.

「리츠호텔로 오세요!」

해바라기의 외치는 소리와 함께 차가 다시 앞으로 튕겨나갔다.

「야, 이 기집애야!」

표범은 어둠 속으로 멀어져가는 빨간 불빛을 향해 돌멩이를 힘껏 던졌다.

〈제2권에 계속〉

슬픈 殺人 · 제1권

지은이——————— 金聖鍾
펴낸이——————— 金聖鍾
초판인쇄일———— 1992년 10월 20일
초판발행일———— 1992년 10월 25일
펴낸데——————— 추리문학사
㉾612-012 부산시 해운대구 중2동 1483-6
☎:743-0480,741-9658 / FAX:742-2346
㉾121-050 서울시 마포구 마포동 312-1
강변한신코아오피스텔 1606호(서울지사)
☎:701-6977 / FAX:713-5504
등록——————— 1981년 7월 24일 제 카7－36호
값——————— **값 5,000원**

ISBN 89-85351-41-9
ISBN 89-85351-40-0(세트)